Stefanie Koch

KOMMISSAR LAVALLE
Der Kopf der Schlange

AF141815

Über die Autorin:
Stefanie Koch, geboren 1966 in Wuppertal, studierte in Frankreich, arbeitete in Italien, Thailand und Bangkok und lebt heute in Düsseldorf, wo sie unter anderem als Managerin internationaler Telekommunikationsprojekte tätig ist. Seit 2003 steht sie mit eigenen Kabarettprogrammen auf der Bühne, schreibt für den Rundfunk und veröffentlicht erfolgreich Thriller und Kriminalromane, sowohl unter ihrem echten Namen als auch unter dem Pseudonym Mia Winter.

Die Autorin im Internet: www.stefanie-koch.com

Stefanie Koch

KOMMISSAR LAVALLE
Der Kopf der Schlange

Der vierte Fall

Kriminalroman

dotbooks.

Für Brigitte

Prolog

»If it be your will that I speak no more and my voice be still as it was before, I will speak no more …« In seinen Gedanken hörte Henri Lavalle den Song von Leonard Cohen. Wenn es dein Wille ist, dass ich nicht mehr spreche und dass meine Stimme stillschweigt, wie früher, dann werde ich nicht mehr sprechen …

Tränen brannten auf seinem Gesicht, aber er konnte sie nicht abwischen, weil seine Töchter Alberta und Christa rechts und links neben ihm standen und seine Hände fest umklammert hielten. Graue Wolken krochen wie flüssiges Blei über den Himmel und verdichteten sich am Horizont zur Schwärze einer mondlosen Nacht. Seine Brust schmerzte, und jeder Atemzug drückte auf sein erstickendes Herz.

Dort in der Erde lag sie, die erste Frau, die er wirklich geliebt hatte. Die Blumen taumelten in einem kurzen Tanz auf sie hinab, um dann mit ihr begraben zu werden. Immer noch wollte seine Seele nicht begreifen, dass er nicht einfach die Hand nach ihr ausstrecken konnte und sagen: Komm, gehen wir …

Anns ausgestreckte Hand – eine Geste der Versöhnung und der Verführung, eine Geste der Liebe und Freundschaft.

Wenn seine Töchter ihn doch loslassen würden, damit er ihr in den Abgrund folgen könnte! Er zerrte an seinen Händen, versuchte, sich zu befreien. Sein Herz drohte zu zerspringen, wenn er jetzt nicht endlich seinen Schmerz, seine Wut, seinen Hass hinausschreien konnte. Nein, er wollte nicht still sein, er musste brüllen, um irgendwann wieder atmen zu können: »Nein, bitte, Ann, sei nicht still, nicht jetzt, noch nicht jetzt, bitte …!«

Kapitel 1

Henri Lavalle schreckte hoch. Das Adrenalin schoss durch seinen Körper, schlagartig war er hellwach. Er hörte Schreie, die nicht seine waren. Henri stellte fest, dass er in seinem Bett lag und nach langer Zeit mal wieder davon geträumt hatte, an Anns Grab zu stehen. Er schob die durchgeschwitzte Decke zur Seite. Noch einmal zuckte er zusammen, denn schon wieder erklang dieser durchdringende Schrei. Er seufzte. Die 11-jährige Alberta und ihre 19-jährige Schwester Christa übten auf dem Dachboden über ihm Karate. An diesem Morgen zusammen mit Ann. Sie hatte seine Töchter als Lehrerinnen für ein Managementmeeting rekrutiert. Die karriereorientierten Geschäftsleute sollten von Kindern lernen. Und das probten sie seit einigen Wochen auf dem Dachboden.

Sein Smartphone gackerte. Henriette, seine Exschwiegermutter, bei der er seit vier Jahren lebte, hatte ihm eine Nachricht über WhatsApp geschickt. »Falls du auch von den Kampfschreien aufgewacht sein solltest – hier unten ist das Frühstück fertig.« Henri zögerte einen Moment. Es war nicht einmal fünf Uhr, und er hätte am liebsten weitergeschlafen, um sich von dem Albtraum zu erholen. Doch dann donnerte über ihm erneut der Dachboden, und er gab auf. Auch Kater Poseidon, der passend zu Henris Einzug in das alte Haus sein Streunerdasein aufgegeben hatte, war von den

9

Kampfschreien aufgewacht und machte sich gähnend bereit, ihm zu folgen.

Henri strich seine schwarzen Locken zurück, zog sich den Morgenmantel über, nahm einen kurzen Umweg über das Bad, um sich kaltes Wasser ins Gesicht zu spritzen und die Zähne zu putzen, und öffnete die Wohnungstür. Er ließ dem Kater den Vortritt, der die Stufen hinunterglitt und durch den offenen Türspalt in Henriettes Wohnküche schlüpfte. Noch bevor Henri unten angekommen war, stieg ihm der Duft von frisch gemahlenem Kaffee und gebratenen Eiern in die Nase. Sein Magen knurrte vernehmlich.

»Die Mädels und Ann werden auch Hunger haben, wenn sie mit ihrem Morgentraining durch sind«, sagte Henriette, die am Herd stand und mit der Pfanne herumhantierte. Auch zu dieser frühen Stunde war sie in bunte Tücher gehüllt und trug einen senfgelben Turban. Henri rutschte auf die Eckbank, widerstand dem Wunsch zu rauchen und goss sich Kaffee ein.

»Warum bist du so früh schon fix und fertig angezogen? Bist du überhaupt im Bett gewesen?«

Henriette drehte sich zu ihm um. »Du hast es also vergessen?«

Henri zuckte mit den Schultern: »Hast du heute Geburtstag?«

Henriette schmiss das Küchenhandtuch nach ihm. »Meine Tochter Penelope kommt heute an, und ich muss die Souterrainwohnung noch sauber machen.«

Henri kam es so vor, als verfügte das kleine Haus in der Düsseldorfer Carlstadt über jede Menge geheime Zimmer, die je nach Bedarf allmählich zum Vorschein kamen. Beim

Einzug hatte er sich für die kleine Wohnung im ersten Stock entschieden, von der er nie etwas geahnt hatte. Irgendwann hatte er hinter dem Schrank zwei Türen zu weiteren Zimmern entdeckt, in denen jetzt zwei seiner vier Töchter wohnten. Henriette nutzte die Hochparterrewohnung als ihr Reich. Und als sich ihre jüngste Tochter Penelope vor zwei Wochen ankündigte, stellte sich heraus, dass der Keller gar kein Keller war, sondern eine Souterrainwohnung mit eigenem Eingang über den Hinterhof.

Henri griff nun doch nach den Zigaretten. »Natürlich erinnere ich mich, aber so früh am Morgen denke ich normalerweise noch nicht an den Tag, der vor mir liegt. Sie kommt um fünfzehn Uhr am Flughafen an, und ich soll sie abholen, stimmt's?«

Henriette trat lächelnd an den Tisch. »Genau. Ehrlich gesagt, bin ich ein bisschen aufgeregt. Ich habe Penelope fünf Jahre nicht gesehen. Montreal war mir immer zu weit«, sie zögerte, »und ihr wohl auch.«

Henri zog die Stirn kraus. Seine ehemalige Schwiegermutter pflegte komplizierte Beziehungen zu ihren fünf Kindern, die aus drei Ehen stammten. Die Söhne aus ihrer ersten Ehe mit einem amerikanischen Soldaten lebten in den USA und führten gemeinsam eine Ranch, die ihr Vater ihnen hinterlassen hatte. Sie schickten regelmäßig Postkarten und luden ihre Mutter immer wieder ein, sie zu besuchen. Henris Exfrau Lisa war die einzige Tochter aus Henriettes Ehe mit einem deutschen Mann. Anschließend hatte sie sich mit einem schwedischen Rentierzüchter zusammengetan und noch zwei Kinder bekommen. Obwohl Julian inzwischen die Rentierzucht übernommen hatte, kam er immer wieder nach Deutschland, um Henriette zu besuchen, während Penelope durch die Welt tingelte und sich mitunter monatelang nicht bei ihrer Mutter meldete. Henri hatte immer gespürt, dass die beiden jüngsten Kinder für Henriette etwas Besonderes waren, obwohl sie nur selten über sie redete.

»Warum kommt Penelope noch mal hierher?« Henri blickte Henriette über den Rand seiner Kaffeetasse hinweg an.

»Sie wird es uns sicher erzählen, wenn sie hier ist«, entgegnete seine Exschwiegermutter.

Über ihnen donnerte der Dachboden, und sie hörten die drei synchron schreien. Sie gingen jetzt die Katas durch, vermutete Henri.

»Ich weiß wirklich nicht, ob es eine so gute Idee war, Alberta als Karatetrainerin für Manager zu engagieren«, brummte Henri.

Henriette stand auf, öffnete den Backofen, nahm das Brot heraus und kam zum Tisch zurück. »Ich finde es großartig. Und für Alberta und Christa wird das eine gute Erfahrung.«

Auf der Treppe wurde es laut, dann flog die Tür auf. Seine Töchter trugen ihre Karateanzüge und Ann einen normalen Trainingsanzug. Ihre Gesichter leuchteten. Henri lächelte sie an und rückte ans andere Ende der Bank, damit alle Platz fanden. Es versetzte ihm einen Stich, dass die drei ihn für ganze fünf Tage allein lassen würden.

Ann streckte die Hand nach ihm aus, zog ihn von der Bank und flüsterte ihm ins Ohr: »Komm, geh mit mir duschen.« Er roch ihre Haut, die irgendwie immer nach Vanille und Jasmin duftete, selbst jetzt, als sie völlig verschwitzt war.

»Lasst uns noch was über«, ermahnte Henri seine Töchter, die wie Wölfe über das reichhaltige Frühstück herfielen.

Später chauffierte Kommissar Henri Lavalle seine Töchter und Ann zum Flughafen. Zunächst würden sie nach München fliegen und von dort mit dem Heli des Reuss-Konzerns weiter nach Meran. Per Bus sollte es ins Schnalstal gehen, wo sie mit einer Seilbahn in das exklusive Parrothotel schweben würden, das auf 3200 Metern Höhe lag. Der Reuss-Konzern, dessen europäische Dependancen in Anns Verantwortung lagen, hatte sein weltweites Management zusammengerufen und das kleine Hotel mit nur zwanzig Zimmern exklusiv für fünf Tage gebucht. Man leistete es sich, dass an diesen fünf Tagen auch die Seilbahn nicht fuhr und somit den Touristen der Weg zur Aussichtsplattform ebenso versperrt blieb wie den Managern der Weg nach unten. Denn zu Fuß würde man mindestens einen halben Tag benötigen, um in den nächsten Talort zu gelangen, und acht Stunden wieder hinauf. So ließ sich verhindern, dass sich jemand am frühen Abend ausklinkte und verschwand.

»Bei einer so wichtigen Teambildungsmaßnahme«, hatte Ann ihm erklärt, »muss sich jeder der Situation stellen, ohne Fluchtmöglichkeit oder Ablenkung. Ich muss sehen können, wie sie aufeinander reagieren, wenn sie sich auf die Nerven gehen, und das passiert frühestens nach 24, spätestens nach 48 Stunden.« Sie hatte die Fernsehgeräte aus den Zimmern entfernen lassen und dem Hotelpersonal verboten, den Managern das WLAN-Passwort zu verraten. Smartphones und Laptops mussten spätestens vor Trainingsbeginn abgegeben werden. Seine beiden Töchter ahnten noch nichts von der

Fernseh- und Smartphonediät, weil Ann befürchtet hatte, sie würden dann nicht mitkommen.

Obwohl er sie nun schon einige Zeit kannte, hatte Henri noch immer gewisse Schwierigkeiten mit dem Luxus, den ihre Gehaltsklasse mit sich brachte. Ann Stahl flog nur Businessclass, und wenn sie in Berlin im Europasitz des Konzerns arbeitete, verfügte sie über eine riesige Wohnung mit Blick auf den Potsdamer Platz und dazugehörendem Chauffeur. Seit sie in sein Leben getreten war, kannten seine Töchter die Kö, die Prachteinkaufsmeile der Düsseldorfer Schickeria, die Champagnerstände der Innenstadt und nahezu jedes Sternelokal in Nordrhein-Westfalen. Henri wusste, dass Ann die Kinder nicht kaufte. Es war ihr einfach nur lästig, in ihrer Freizeit darauf Rücksicht zu nehmen, dass Henri und seine Töchter einen anderen finanziellen Hintergrund hatten als sie. Wenn sie darüber stritten, redete Henri sich mit seinen sozialistischen französischen Wurzeln heraus. Das brachte Ann stets zum Lachen, und meistens landeten sie mit einer Flasche Champagner im Bett. Er lächelte bei der Erinnerung an das letzte Mal vor zwei Tagen, als Alberta und Christa mit zwar wunderschönen Schultaschen nach Hause gekommen waren, deren Preis bei Henri einen Schluckauf hervorgerufen hatte. Er tastete nach dem dunkelblauen Pashminaschal, den Ann ihm mitgebracht hatte, und musste zugeben, dass er sich wunderbar leicht anfühlte und perfekt wärmte. »Und er betont das klare Blau deiner Augen«, hatte Ann versucht, ihm zu schmeicheln.

Henri beobachtete Alberta und Christa, die hinter seiner Freundin durch die Sicherheitsschleuse gingen, bis das Gewühl der Menschen sie verschluckt hatte.

Henri Lavalle verließ das Flughafengebäude durch den vorderen Ausgang. Der Oktober hatte Düsseldorf zunächst mit mildem Spätsommerwetter verwöhnt, doch vor zwei Tagen war der eisige Nordwind gekommen, der auch jetzt die Herbstblätter über die Bürgersteige und zwischen den Füßen der Menschen hindurchtrieb. Henri zog den blauen Schal enger um seinen Hals. Die Luft roch nach Laub und Kerosin. Er zündete sich gerade eine Zigarette an, als sein Smartphone gackerte. Eine Nachricht aus dem BKA: »Leichenfund Düsseldorf, Kaiser-Wilhelm-Ring 25 c.« Henri zuckte zusammen, ließ seine Zigarette fallen und trat sie aus. Dann rief er im Bundeskriminalamt an und landete bei Monika Heimer, der Vorzimmerdame seines Chefs.

»Guten Morgen, Moni, hier ist Henri. Bitte gib Xaver Bescheid, dass ich in Düsseldorf bin und mir die Leiche ansehe. Wissen wir schon mehr?«

»Nein, bisher keine Infos.«

Henri stutzte. Das war der Code für eine Straftat mit möglicherweise politischem Hintergrund. Seit dem NSA-Abhörskandal galt keine Leitung mehr als sicher.

»Ich melde mich, sobald ich da bin«, versprach er. »Ist jemand von der Düsseldorfer Polizei vor Ort?«

»Alex Sanders, dein früherer Kollege.«

Henri beendete das Gespräch und suchte in den Kontakten seines Smartphones. Er kannte gleich zwei Frauen, die in dem alten Eisenbahnhaus im Kaiser-Wilhelm-Ring 25 c wohnten: Anns engste Freundin Marie und Joyce Darlington, eine Journalistin, mit der er gelegentlich zusammenarbeitete. Ob er Joyce kurz anrufen sollte? Doch noch bevor er auf den entsprechenden Button auf seinem Smartphone drückte, überlegte er es sich anders, sprang in sein Auto, setzte das Blaulicht aufs Dach und fuhr los.

Im Kaiser-Wilhelm-Ring hielt Henri Lavalle seinen BKA-Ausweis aus dem Auto, damit der Beamte ihn durch die Absperrung ließ. Dann schloss er den Wagen ab und rannte die Treppen hinauf. Die Tür zu Joyce Darlingtons Wohnung stand offen, drinnen erwartete ihn das grelle Licht der Tatortscheinwerfer.

Am Boden lag eine große, schlanke Frau in einem Businessanzug, ihr Gesicht war hinter blutverschmierten kurzen, schwarzen Haaren verborgen. Ann, durchzuckte es Henri panisch. Der Traum von heute Morgen holte ihn ein.

»Ich habe es auch im ersten Moment gedacht«, sagte Alex Sanders, der neben ihn getreten war. »Aber die schwarzen Haare sind nur eine Perücke.«

»Eine Perücke«, wiederholte Henri lahm. Wie in Zeitlupe nahm sein Gehirn die Wahrheit auf. Vor ihm auf dem Teppich lag mit gespaltenem Schädel die Journalistin Joyce Darlington, die aussah wie Ann Stahl.

»Was hast du gedacht?« Henri sah seinen ehemaligen Mitarbeiter finster an.

»Dass die Tote deine Ann Stahl ist.«

»Das kann sie gar nicht sein. Die habe ich nämlich vor einer halben Stunde in den Flieger gesetzt«, erklärte Henri, ohne zuzugeben, dass er im ersten Moment dasselbe gedacht hatte.

»Was will das BKA hier?«, wollte Alex wissen.

»Bei Journalisten sind wir immer mit im Boot«, behauptete Henri und reichte Alex die Hand. »Guten Morgen überhaupt. Wie geht es dir?«

»Zorro und sein Superteam vom LKA haben gerade erst angefangen, die Spuren zu sichern. Er hat auch gleich den Rechtsmediziner mitgebracht, da unsere Gräfin im Urlaub ist.«

Zorro kam auf Henri zu und grinste ihn breit an. »Das ist ja wie ein Klassentreffen der Ehemaligen«, rief er und reichte Henri weiße Überschuhe und eine Haube für die Haare. »Nicht, dass du uns den Tatort verunreinigst.«

Henri streifte die Sachen mechanisch über und ging langsam um die Leiche herum. Sein Herz tat weh, denn er hatte Joyce wirklich gerngehabt. Gleichzeitig überschlugen sich seine Gedanken. Die Spurensicherung würde hier in der Wohnung seine Fingerabdrücke finden, die Computerforensik würde seine Nummer in den Anruflisten von Joyce' Smartphone entdecken und außerdem seine – wenn auch verschlüsselten – eMails, die sie entschlüsseln würden.

Henris Blick wanderte zu Joyce' Schreibtisch, doch die Tischplatte war leer. Er ging in ihr Schlafzimmer, doch auch auf dem Nachttisch war nichts zu sehen. »Sag mal, Zorro.« Henri beugte sich zu dem Spurensicherer hinunter. »Habt ihr ihr Laptop, Smartphone und Tablet schon eingetütet?«

Zorro schüttelte den Kopf, schob eine widerborstige Haarsträhne wieder unter seine Kapuze und nuschelte: »Nein, nichts dergleichen.«

»Vielleicht nur ein verunglückter Raub?«, schlug Alex vor.

»Es gibt keine Einbruchsspuren, also muss sie den Täter eingelassen haben. Davon mal abgesehen, klaut heutzutage nur ein Depp oder ein Superprofi ein Apple-Gerät«, sagte Zorro und richtete sich auf. »Schneller, als du gucken kannst, hat die Polizei dich gefunden. Ein Profi baut alles noch vor

Ort auseinander, lässt den Passwortknacker durchlaufen, lädt die Daten runter und schmeißt das Zeug in den Rhein, wo selbst der beste GPS-Tracker es nicht mehr orten kann.«

Wie Henri hatte auch Zorro vor zwei Jahren die Düsseldorfer Polizei verlassen. Im Gegensatz zu ihm war er allerdings ins Kompetenzcenter des LKA gewechselt. Henri traf ihn ab und zu in ihrer Stammkneipe Uerige in der Düsseldorfer Altstadt und hatte seine rasante Entwicklung zum Chef der Spurensicherung begleitet. »Suchen deine Leute schon danach?«

Zorro grinste. »Musst du mich das fragen?« Er tütete Haare von der schwarzen Perücke ein. »Hattest du mit Joyce noch was laufen?«

»Laufen nicht gerade. Es gab noch alte Baustellen, die uns beide nicht losgelassen haben. Du wirst also auch Spuren von mir finden.«

»Gut zu wissen«, murmelte Zorro. »Unser Rechtsmediziner Maxim Winter ist der beste in Europa. Wenn einer was finden kann, dann er.«

»Soll mich das trösten?«, fragte Henri düster. Joyce Darlington war Chefredakteurin des Düsseldorfer Tages- und Nachtkuriers gewesen. Dieses Klatschblatt, so hatte Henri erst nach einer Weile bemerkt, war jedoch nur ein Deckmäntelchen gewesen, und dazu ein äußerst nützliches, denn es hatte ihr ermöglicht, mit den begehrtesten Promis zu Tisch zu sitzen, dort, wo auch die Reichen und Mächtigen sich gern aufhielten.

»Wieso denken selbst wir, die wir es besser wissen müssten, es trifft nur die anderen?« Henri kramte eine Schachtel Zigaretten aus seinem Jackett hervor.

»Hier nicht«, brummte Zorro.

»Schon gut. Hast ja recht.« Henri packte die Zigaretten wieder ein und wandte sich an Alex Sanders, der gerade eine Liste abhakte. »Sag mal, Alex, wo treffen wir uns gleich? Im LKA oder im Polizeipräsidium?«

»Wir sind noch Baustelle, wie du vielleicht weißt. Zorro, habt ihr Platz für uns?«

Zorro zog einen Handschuh aus und rief seine Chefin an. Er gab ihr die Fakten bekannt, nannte die Anwesenden, nickte und legte wieder auf.

»Ihr seid nicht gerade herzlich willkommen, aber ich schätze, das Zauberwort war BKA. So jemandem weist man nicht die Tür.« Zorro grinste breit und widmete sich wieder seinen Spuren.

Als der Rechtsmediziner die Leiche umdrehte, hatte Henri das Gefühl, als würde Joyce Darlington ihn unvermittelt anstarren. Er senkte den Kopf, um dem Blick aus den klaren graugrünen Augen zu entgehen, die ihn so oft über einer Tasse Kaffee, einem aufgeklappten Laptop, einem Glas Wein angesehen hatten.

»Der Schlag auf ihren Kopf hat sie nicht getötet«, erklärte Maxim Winter, dem die exaltierte Haltung eines Florettfechters anhaftete. »Aber ihre Augen haben eine seltsame Grünfärbung.«

»Könnte das von ihren bunten Kontaktlinsen kommen?«, schlug Henri vor.

»Danke für den Hinweis, aber die Farbe stammt von den Petechien in ihren Augen. Sie wissen schon, die Einblutungen im Augapfel«, erklärte Maxim Winter, ohne sich umzudrehen.

»Wenn ich mich nicht irre, bedeutet das Auftreten von Petechien, dass das Opfer sich gewehrt hat«, sagte Henri. »Die entstehen doch, wenn nur die Halsvenen gequetscht wurden, nicht aber die Halsschlagader, oder?«

Er wagte sich einen Schritt weiter auf den Kopf von Joyce zu.

»Das Opfer wurde aber nicht stranguliert«, antwortete Winter knapp, legte den makellosen und unverletzten Hals der Toten frei und stand mit einer federnden Bewegung auf. »Und das ist gut für Sie, denn so ein Fall ist für das Kompetenzcenter durchaus interessant.« Winter zog seine Handschuhe aus und reichte Henri die Hand. »Ich freue mich wirklich, mit Ihnen zusammenarbeiten zu dürfen. Ich habe schon viel von Ihnen gehört.«

Henri nickte, und Zorro zwinkerte ihm zu. Wäre es nicht um die Journalistin Joyce Darlington gegangen, hätte Henri die Freude der beiden geteilt. In diesem Moment gackerte sein Smartphone. Winter blickte sich überrascht um.

»Ach, das ist Ihr Handy«, sagte er dann. »Das Smartphone von Tanni, der Leiterin unserer IT-Abteilung, hat nämlich den gleichen Klingelton.«

Henri nahm das Gerät aus der Innentasche seines Jacketts. Eine SMS von Ann: Die drei waren sicher in München gelandet und warteten jetzt auf den Heli.

»Wir sehen uns gleich im LKA, ich fahr schon mal voraus«, meinte Henri und verließ das Haus eiliger, als es nötig gewesen wäre. Draußen stellte er fest, dass der Kaiser-Wilhelm-Ring zumindest einspurig wieder für den Verkehr freigegeben war. Direkt dahinter floss gemächlich der Rhein vorbei und ließ die Containerschiffe an Düsseldorf vorbeischweben. Der Leichenwagen der Rechtsmedizin fuhr gerade auf das Haus zu. Henri lehnte sich an sein Auto, zündete sich eine Zigarette an und starrte auf das Display seines Smartphones.

Er fragte sich, ob er Ann gleich erzählen sollte, dass Joyce tot war. Die beiden kannten sich schon ewig, allerdings ohne befreundet zu sein. In ihrer Schulzeit waren sie auf dem gleichen Internat gewesen wie Marie. Während Ann und Marie in dieser Zeit enge Freundinnen geworden waren, hatten Ann und Joyce wenig miteinander zu tun gehabt. Henri entschied, dass es keinen Grund gab, Ann zu diesem Zeitpunkt mit dem Mord zu belasten, und schrieb nur kurz zurück: »Wir haben einen neuen Fall, lass uns am Abend telefonieren.«

Auf dem Weg zum LKA in der Völklinger Straße telefonierte Henri mit seinem Chef Xaver Bernhard und holte sich das Okay, in diesem Fall sowohl mit der Düsseldorfer Kriminalabteilung als auch mit dem LKA zusammenzuarbeiten. »Dieses Kompetenzcenter hätte ich nur zu gern in meinem Stall«, meinte Xaver Bernhard, »aber die wollen nicht.«

»Warum eigentlich nicht?«, fragte Henri, während er von der vierspurigen Straße in die Einfahrt bog.

»Die haben eine Leiche im Keller des Innenministers von NRW, die offenbar sehr hilfreich ist.« Xaver lachte über seinen eigenen Witz. »Halt mich auf dem Laufenden.« Es klickte in der Leitung.

Über die Gegensprechanlage vor der Schranke des LKA erfuhr Henri, dass nur die direkten Mitarbeiter des Kompetenzcenters direkt vor dem Haus parken durften. Er möge bitte einen der weiter hinten gelegenen Parkplätze anfahren und sich dann beim Pförtner melden, um einen Besucherausweis zu erhalten.

»Frau Dr. Rac erwartet Sie in ihrem Büro«, schnarrte der Pförtner und schob Henri den Besucherausweis hin. »Sie hat gesagt, ich soll ihn gleich für eine Woche ausstellen. Von 7 bis 19 Uhr kommen Sie damit durch die Tür. Außerhalb dieser Zeiten nur in Begleitung. Ich heiße Wolf und der Nachtpförtner Otto.«

Henri dankte, klemmte sich den Besucherausweis an den Gürtel und ließ sich auf dem Weg in den ersten Stock ein bisschen Zeit. Er kannte Dr. Natalia Rac und war sich nicht sicher, wie sie auf ihn reagieren würde. Langsam ging er am ersten Büro vorbei, dessen Tür mit der Aufschrift »Leitung Kompetenzcenter« versehen war, und klopfte dann an die Bürotür, auf dem »Stellvertretende Leitung Kompetenzcenter« stand.

»Herein, der Pförtner hat dich schon angemeldet«, scholl es von der anderen Seite der Tür. Henri trat ein und blieb abwartend stehen. Natalia saß an ihrem Schreibtisch und telefonierte. Sie war zierlich und drahtig zugleich und trug ein hellgrün geblümtes figurbetontes Kleid zu einer farblich passenden Strickjacke. Unter dem Tisch spielte sie mit ihren hochhackigen Schuhen, die sie mit den Füßen hin und her schob.

»Alles klar, Maxim, dann verschieben wir das Kick-off auf 12 Uhr«, sagte sie in den Hörer. »Bis dahin arbeite ich mit Henri Lavalle und Tanni im Konferenzraum. Zorro ist eh noch am Tatort und wird auch nicht so früh hier sein. Bis gleich.« Natalia legte auf, rutschte zurück in ihre Schuhe und stand auf. Mit einem Lächeln kam sie auf ihn zu, reckte sich hoch und küsste ihn rechts und links. Er sah ihr an, dass sie an damals dachte.

»Wie lange haben wir uns nicht gesehen?«, fragte Henri und wich Natalias Blick aus.

»Drei Jahre und zwei Monate, um genau zu sein. Deine Tochter Christa macht sich übrigens sehr gut.«

In ihrer knapp bemessenen Freizeit gab Natalia Karateunterricht und trainierte Henris Töchter. Christa bereitete sich gerade auf die zweite Dan-Prüfung vor und sparte für eine Japanreise.

»Ich fürchte, sie will später einmal in deine Fußstapfen treten.« Natalia blickte ihn freundlich von unten an.

»Red's ihr aus, wenn es geht«, antwortete Henri und ging einen halben Schritt zurück. »Du siehst gut aus, wie geht es deiner Familie?«

Als einer von nur wenigen Menschen wusste er von der umfangreichen Familie, die Natalias Leben umgab: unzählige Geschwister, Cousinen und Cousins, Tanten und Onkel. Sie stammte aus dem ehemaligen Vielvölkerstaat Jugoslawien und war mit dem Dienst an der Waffe groß geworden. Nach dem Abitur hatte sie einige Jahre Militärdienst absolviert.

Natalia winkte ab. »Ein weites Feld. Davon erzähle ich dir ein andermal. Lass uns jetzt lieber in den Konferenzraum gehen, Tanni arbeitet bereits seit sieben Uhr daran, alle Informationen von dieser Darlington zusammenzutragen, und wird einiges für uns haben. Dein früherer Kollege ist auch schon da. Komm.« Auf dem Weg zum Konferenzraum zeigte Natalia nach links und rechts und erklärte ihm den

Aufbau des Kompetenzcenters. »Meine Chefin Leana Meister hat gerade zwei Wochen Urlaub, um Zeit mit ihrer Familie zu verbringen, sonst hättest du auch sie kennengelernt.«

Im Flur wartete Alex schon auf sie. Henri stellte die beiden einander vor. Natalia trat auf Alex zu und reichte ihm die Hand. »Ich bin Natalia. Wir nennen uns hier beim Vornamen.«

Sie betraten den Konferenzraum, und obwohl Henri vom BKA einiges gewohnt war, staunte er. Am Kopfende des hundert Quadratmeter großen Raums hing ein riesiger Bildschirm, an den übrigen Wänden eine Kette kleinerer Monitore. Eine junge Frau mit einem bunten Make-up, das an einen Papagei erinnerte, stand an einem Multitouch-Tisch und schickte Bilder, Listen und Zeitungsartikel, die entweder von Joyce verfasst worden waren oder von ihr handelten, auf die kleineren Bildschirme. Henri kam sich vor wie in einer Joycegalerie.

»Darf ich vorstellen? Das ist Tanni, unser Küken. Sie leitet mit nur 28 Jahren die Computerforensik und Recherche im Kompetenzteam.«

»Hi Fools«, begrüßte die junge Frau Henri Lavalle, Alex Sanders und Natalia. Dann machte sie eine ausladende Geste: »Darf ich vorstellen? Das nicht geheime oder vielleicht doch geheime Leben der Joyce Darlington. Setzt euch.«

Henri nahm auf dem Stuhl neben Natalia Platz, Alex setzte sich gegenüber hin, und alle blickten nach vorn. Auf dem großen Bildschirm erschien ein Lebenslauf von Joyce Darlington. »Fangen wir wie immer mit den Flöckchen an«, begann Tanni.

»Flöckchen bedeutet was?«, hakte Alex nach.

Tanni präzisierte: »Schickes Gehalt von brutto zwölf Riesen monatlich, ein Unterkonto mit 40 000 geparkten Schleifen, ein paar Aktientäschchen und ein Haus in Benrath, das ihr gehört und vermietet ist.«

Natalia, Henri und Alex erfuhren, dass Joyce vor 37 Jahren im irischen Belfast zur Welt gekommen war. Ihrem Vater Joseph Mac Flaherty, der beim Geheimdienst gewesen war, hatte sie eine illustre Kindheit in verschiedenen Ländern zu verdanken. Sie hatte einen IQ von 156 und sprach Englisch in verschiedenen Varietäten, darunter in der des britischen Königshauses und der dunkelsten Londoner Kneipenszene. Italienisch, Französisch und Arabisch konnte sie genauso akzentfrei wie Russisch und Irisch.

Henri erinnerte sich, dass er das schon einmal gehört hatte, und zwar von Ann. Gerade wollte er fragen, warum Joyce einen anderen Nachnamen trug als ihr Vater, da machte Tanni schon weiter. »Ihr Vater war erst beim irischen, dann beim britischen Geheimdienst tätig und wurde vor 20 Jahren vermisst gemeldet. Zum Schutz von Mutter und Kind erhielten die beiden den Nachnamen Darlington und einen deutschen Pass sowie das Haus in Düsseldorf-Benrath. Joyce studierte Politik und Journalistik in München und Hamburg und kehrte vor zehn Jahren nach Düsseldorf zurück, um beim Düsseldorfer Tages- und Nachtkurier Karriere zu machen. Vor drei Jahren übernahm sie die Chefredaktion.«

Natalia drehte sich zu Henri um. »Wenn ich mich recht erinnere, weil sie exklusiv und als Erste darüber berichtet hat, wie du deinen Chef Dr. Pahl und diesen Braukönig ins Gefängnis geschickt hast.«

»Eins zu null«, feixte Tanni und strich sich durch die raspelkurzen blonden Haare.

»Und wenn ich mich recht erinnere, erholt ihr euch gerade noch davon, dass vor zwei Wochen der Leiter des LKA Nordrhein-Westfalen seinen Hut nehmen musste«, konterte Henri.

»Das stand aber nicht in der Presse, und im Knast ist Köhler auch nicht«, bemerkte Alex.

Tanni zeigte auf die Bildschirme hinter Henri und Natalia. »Dort seht ihr Joyce Darlington mit Stadtpromis – vor drei Monaten mit dem Bürgermeister und vor zwei Monaten mit dem Düsseldorfer Polizeipräsidenten Holger Edler. Gemeinsam verteilen sie bei der Düsseldorfer Tafel Lebensmittel an Bedürftige. Und hier sind Fotos von Joyce im Rotary Club, beim Filmball München, bei der Verleihung der Goldenen Palme in Cannes … Wirklich ein Jetset-Leben.«

Natalia stand auf und ging an den Bildschirmen entlang. »Und fast immer haben Journalisten, gerade die aus den Klatschblättern, ein bisschen zu viel Wissen über Promis. Und damit hätten wir zahllose Motive und Verdächtige.«

»Offenbar sind ihr Laptop, ihr Tablet und ihr iPhone verschwunden«, sagte Henri und stand ebenfalls auf. »Wer hat euch eigentlich heute Morgen an den Tatort geschickt, Alex?«

»Es gab einen anonymen Anruf«, erklärte Tanni. »Die Nummer kam von einer öffentlichen Telefonzelle am Düsseldorfer Flughafen, Ankunft C. Die Kameras haben leider dort einen toten Winkel.« Sie zeigte auf einen Bildschirm, wo eine Kameraaufzeichnung zu sehen war. »Dunkelbraune Schuhe, Doc Martens, Größe 39 bis 40. Die Person hat um

7.21 Uhr telefoniert – also exakt der Zeitpunkt, als der Hinweis bei der Notrufzentrale einging.«

Alex Sanders hob die Arme. »Meine Leute haben gerade erst angefangen zu ermitteln.«

»Ihre Leute haben jetzt Pause«, sagte Natalia freundlich, aber bestimmt. »Das gibt ihnen Zeit, sich um andere Fälle zu kümmern. Die werden mit unserem Tempo ohnehin nicht Schritt halten können. Weiter, Tanni!«, kommandierte sie.

»Mit Vergnügen. Wir haben mit der Redaktion gesprochen, Joyce Darlington hatte sich eine Woche freigenommen, um in Ruhe an einer neuen Story zu arbeiten. Sie hätte heute Morgen wieder zum Dienst erscheinen sollen. Unsere Kollegen waren schon bei der Zeitung und konnten erwirken, dass der Todesfall bis Ende dieser Woche nicht in der Presse auftaucht. Die offizielle Variante lautet, dass sie ihren Arbeitsurlaub verlängert hat. Die Redaktion hat uns per Kurier schon die gespiegelte Festplatte von Joyce Darlingtons Büro-PC zukommen lassen. Mein Team hat sie in der Prüfung, aber bisher nichts Relevantes gefunden, sonst wüsste ich es. Derzeit gehen meine Mitarbeiter die Metadaten auf der Festplatte des PCs im Büro durch. Die Kameras vor dem Wohnhaus löschen leider alle 48 Stunden ihre Aufzeichnungen, auch hier versuchen wir, in den Metadaten noch etwas zu finden.«

Natalia trat ganz nah an das Standbild der Aufnahme am Flughafen: »Diese verdammte Doc-Martens-Mode«, sagte sie. »Es könnte ein Mann oder eine Frau sein.«

Henri nickte zustimmend. Nicht nur Ann, sondern auch seine Töchter Christa und Alberta trugen diese angeblich so coolen Männerschuhe.

Er blickte von Natalia zu Tanni und wieder zu den Bildschirmen zurück. Beeindruckend, wie schnell dieses Team offenbar arbeiten konnte. Er verstand seinen Chef, der auch gern so einen Apparat zur Verfügung hätte. Henri wusste, dass das Kompetenzcenter mit einigen besonderen Möglichkeiten ausgestattet war, beispielsweise Blankoschecks der Staatsanwaltschaft mit der uneingeschränkten Erlaubnis, diese auch zu nutzen. Nichts davon drang an die Öffentlichkeit. Die fütterte man ganz im Gegenteil geschickt mit Erfolgsgeschichten.

»Wie wollen wir vorgehen?«, wandte sich Henri an Natalia. »Bei dieser Fülle von Informationen würde ich mit den letzten Sachen anfangen, an denen Joyce gearbeitet hat. So ein Mord stellt nur selten eine späte Rache dar. So etwas geschieht gewöhnlich zeitnah und im Affekt.«

Natalia setzte sich wieder. »Kommt darauf an. Bei einer Frau ist eine späte Rache durchaus denkbar.«

»Schädel einschlagen ist eher Männersache«, mischte Alex sich ein.

Natalia drehte sich langsam zu ihm um: »Das könnte an Ihrem Frauenbild liegen, Alex. Ich brauchte nicht mal ein Werkzeug, um Ihren Schädel zu spalten.« Sie lächelte und wandte sich wieder dem Hauptbildschirm zu. »Trotzdem dürfte es schwer sein, die Wut, die man braucht, um einem Menschen den Kopf zu zertrümmern, Monate oder gar Jahre zu konservieren. Tanni, zeig uns bitte, woran Joyce Darlington zuletzt gearbeitet hat.«

Tanni platzierte ein aktuelles Bild der Journalistin oben links in der Ecke des Bildschirms. In der Mitte erschienen nacheinander ihre Leitartikel in den letzten fünf Monaten.

Einer handelte von einem Ehepaar, das immer wieder neue Frauen zu sich ins Haus gelockt, gequält und dann ermordet hatte. Joyce hatte den Anwohnern vorgeworfen, einfach weggesehen zu haben. Ein anderer Leitartikel befasste sich mit dem Eurovision Song Contest. Joyce hatte monatelang recherchiert und herausgefunden, dass es Absprachen gab, wer für wen stimmte. Dabei war sie der Zahlung von größeren Geldsummen auf die Spur gekommen. Außerdem hatte sie über Attentate in ganz Europa geschrieben: Paris und Rom, Berlin, Frankfurter Flughafen, Moskau und Stockholm.

»Politischer, als man diesem Käseblatt zutraut«, bemerkte Alex.

»Sie war ein sehr politischer Mensch«, meinte Henri. »Der Kurier war nur ihre Tarnung.«

»Kann es sein, dass sie durch ihren Vater für einen Geheimdienst gearbeitet hat und es ein Auftragsmord war?«, schlug Alex vor.

»Wenn Geheimdienste jemanden umbringen lassen, sehen die Leichen anders aus.« Natalia blickte auf ihre Uhr und stand auf. »Kurz vor zwölf. Machen wir eine kleine Pause, das restliche Team schlägt gleich auf. Henri, kommst du kurz mit in mein Büro?«

Henri sehnte sich nach einer Zigarette. Wenn er sich recht erinnerte, rauchte auch Natalia immer noch. Kurz vor ihrem Büro fragte er: »Kannst du nicht ein bisschen netter zu Alex sein?«

Natalia grinste ihn an. »Er wollte vor drei Jahren, als wir den Laden aufgemacht haben, unbedingt hier landen. Und wir wollten dich. Er hat damals den Fehler gemacht, dich schlechtzumachen. Solche Leute kann ich grundsätzlich nicht leiden.«

»Du weißt genau, warum ich nicht wollte«, antwortete Henri und betrat hinter Natalia das Büro.

»Das würde mich allerdings auch interessieren«, sagte ein Mann, der an Natalias Schreibtisch stand und offenbar gerade eine Notiz geschrieben hatte. Er kam auf Henri zu und gab ihm die Hand. »Ich bin Sven. Schön, Sie kennenzulernen. Also, warum haben Sie sich von Natalia nicht überreden lassen?« Sein runder Kopf war kahl rasiert, seine dünnen Lippen wirkten hart, sein durchtrainierter Körper steckte in einer engen schwarzen Jeans und einem Muskelshirt. »Sie ist nämlich sehr gut darin, Menschen zu überreden«, fuhr Sven grinsend fort.

»Darf man hier irgendwo rauchen?«, fragte Henri statt einer Antwort und strich seine schwarzen Locken zurück.

»Willkommen im Raucherzimmer des LKA.« Natalia nahm Zigaretten aus ihrem Schreibtisch, stellte die Alarmanlage aus und öffnete das große Fenster. »Warum bist du hier, Sven?«

»Ich habe dir schon geschrieben, dass die Biologie noch nichts hat. Wir kommen also erst zur 17-Uhr-Besprechung. Den Rest hören wir mit.«

Natalia nickte, und Sven verschwand wieder.

»Mithören?«, fragte Henri, während er erst Natalia und dann sich selbst Feuer gab.

»Was wir gerade auf den Bildschirmen hatten, sehen alle anderen in ihren Großraumbüros auf ihren Bildschirmen und über den PC. Mit ihren Kopfhörern können sie sich in den Konferenzraum einklinken und mithören. So vermeiden wir lange Briefings. Ich erwarte von jedem, der im Konferenzzentrum erscheint, dass er oder sie weitgehend up to date ist.« Natalia inhalierte tief. »Wie gut kanntest du Joyce?«

Henri blies den Rauch in die kalte Luft. »Wir hatten nichts miteinander, wenn du das meinst. Aber es gibt zwei alte Baustellen. Da ist der Organhandel mit den Artisten und ja, immer noch Dr. Pahl und Holger Edler, unser Polizeipräsident. Joyce und ich haben die Hartnäckigkeit für ungelöste Fälle geteilt, die bei der normalen Polizei irgendwann in der Statistik landen und bei einer Zeitung im Archiv. Wann immer einer von uns was Neues herausfand, trafen wir uns.«

»Wann zuletzt?«

»Vor zwei Monaten.«

»Ganz sicher?«

»Ist das eine Vernehmung?«

»Sag es!«

»Ja, ganz sicher. Ich müsste in meinen Einzelverbindungsnachweisen checken, ob wir danach noch einmal telefoniert haben.«

»Das macht Tannis Team bereits.«

Henri wollte gerade seine Zigarette hinausschnippen, als Natalia blitzartig seine Hand festhielt: »Nicht auf den Parkplatz! Ausmachen und in den Müll.« Er drückte die Kippe auf der Fensterbank aus und ging zum Mülleimer neben der Tür. »Der gläserne Mensch also«, sagte er.

»Willkommen bei Big Data.« Natalia reichte ihm ihre ausgedrückte Kippe und schloss das Fenster. »Ich kann dir sagen, wie oft du Alkohol kaufst, welche Käufe du online erledigst, welche Zeitungen und Bücher du kaufst und wann du sie liest, deine Wiederverkäufe. Und wir tun das immer und mit jedem, auch wenn es nicht erlaubt ist. Für uns ist das Datenschutzgesetz tatsächlich nur ein Papier und eine Erklärung auf unserer Website.«

»Ob ich das gut finde, weiß ich nicht.« Henri schob die Zigarettenschachtel in seine linke Jacketttasche.

Natalia lächelte und trat dicht an ihn heran: »Darum geht es hier nicht.«

Henri erwiderte ihren Blick.

»Ich sehe erste graue Strähnen in deinem Haar, die sind neu«, fuhr sie fort. »Bekommt dir das neue Leben beim BKA nicht?«

»Das ist Weisheit, derzeit läuft in meinem Leben alles perfekt.«

Natalia blieb noch einen Moment dicht vor ihm stehen, als wollte sie prüfen, wie wahr diese Worte seien, dann drehte sie sich um, nahm ihren Block vom Schreibtisch und sagte: »Komm, wir holen uns auch noch einen Kaffee, und dann sehen wir mal, was Maxim herausgefunden hat. Ich glaube, er hat eine Überraschung für uns.«

Auf dem Rückweg zum Konferenzraum kamen sie an der Küche mit der Kaffeemaschine vorbei. Henri ließ sich von Natalia die Tasse füllen und griff mit der anderen in die Keksdose, denn er hatte das sichere Gefühl, dass das Mittagessen heute ausfallen würde.

»Wow«, rutschte es ihm heraus, als er den Konferenzraum betrat und die vielen Menschen sah. Es waren mindestens 40 Leute. Wie auf ein geheimes Kommando nahmen sie alle Platz, als Natalia den Raum betrat. Aus dem lärmenden Durcheinander wurde Stille. Natalia wies auf den Stuhl neben sich, und Henri gehorchte.

Am Bildschirmtisch standen Tanni und der Rechtsmediziner Maxim Winter nebeneinander und warteten auf ein Zeichen von Natalia, das in Form eines kaum wahrnehmbaren Kopfnickens erfolgte. Tanni fasste kurz zusammen, woran ihr Team derzeit arbeitete, und schloss damit, dass es seit dem Vormittag im Bereich der IT keine neuen Einsichten gebe. Die Bildschirme wurden kurz dunkel, dann erschien auf dem großen Monitor der Leichnam von Joyce, wie Henri ihn am Tatort gesehen hatte. Direkt daneben wurde ein Foto aus der Rechtsmedizin gezeigt. Henri fröstelte. Der schlanke, fast magere Körper war an den Extremitäten übersät mit Einstichen. Auf den anderen Bildschirmen folgten Großaufnahmen von ihren Händen. Die Fingernägel wiesen tiefe Kanäle auf, offenbar hatte der Täter auch dort Nadeln hineingetrieben. Es war offensichtlich: Joyce hatte eine lange Folterung über sich ergehen lassen müssen, bevor sie starb.

»Fangen wir mit den Petechien an«, sagte Maxim und strich sich eine Haarsträhne hinters Ohr, die sich aus seinem kurzen Zopf gelöst hatte. »Auffällig ist, dass sie grün leuchten.« Er schob die anderen Fotos der Leiche an den unteren Rand des Bildschirms und zeigte dann eine Nahaufnahme vom Auge der Toten. »Das Grün weist darauf hin, dass Joyce Darlington eine große Menge eines Medikaments mit einer Schwefelverbindung zu sich genommen hatte. Die Schwefelatome haben sich mit dem roten Blutfarbstoff Hämoglobin verbunden, was zu dunkelgrünem Blut und damit auch grünen Einblutungen in den Augen geführt hat. Wir konnten das Medikament Sumatriptan im Blut nachweisen. Triptane, die Schwefelverbindungen enthalten, werden bei Migräne und Clusterkopfschmerzen eingesetzt. Die Frage, wie es zu der hohen Dosierung kam, haben wir noch nicht beantworten können, es ist also nur eine Annahme, dass das Medikament oral eingenommen wurde. Weiterhin zeigt das Opfer in nahezu allen Organen die Vergiftung mit Formalin. Wir konnten eine 37-prozentige Formaldehydlösung aus den Leichenteilen extrahieren.«

»Was hat das zu bedeuten?«, fragte Henri ungeduldig.

Maxim sah ihn irritiert an.

Natalia legte ihre Hand auf Henris Oberschenkel und flüsterte: »Nicht unterbrechen, erkläre ich dir später.«

»Wie schon die 87 Einstiche an den Extremitäten zeigen, war auch die Zufuhr von Formalin Teil der Folterung. Wir haben in den Armbeugen die Einstiche von Kanülen gefunden. Formalin führt letztlich zum Erstickungstod, was der Täter durch die langsame Gabe zum einen und durch das Migränemedikament zum anderen hinausgezögert hat.«

Maxim verschob weitere Bilder auf den Hauptbildschirm. »Wir sehen hier den Magen und Abschnitte des Darms. Die Läsionen ebenso wie die Perforierung der Blase ähneln denen durch eine Laugenverätzung. Wir nehmen an, das Formalin wurde ihr in einer Art Dialyseverfahren zugeführt. Denn sonst hätten wir in den Schleimhäuten von Mund und Rachen Schädigungen finden müssen, die an Verletzungen durch Säure erinnern. Es ist davon auszugehen, dass Joyce Darlington nach der Resorption des Formalins eine metabolische Azidose erlitten hat, die zu Schwindel und Benommenheit führt. Sehr wahrscheinlich ist sie immer wieder bewusstlos geworden.«

Das kann ich ihr nur wünschen, dachte Henri und wäre am liebsten aufgestanden, um den Raum zu verlassen. Aber Maxim war noch nicht fertig.

»Extremes Herzrasen wird Joyce in Panikzustände versetzt haben. Gestorben ist sie an einem Lungenödem, ebenfalls Folge der Formalinvergiftung. In letzter Konsequenz ist sie erstickt, was wiederum zu den Petechien geführt hat. Wenig später hätten auch ihre Nieren und ihre Leber versagt. Die Zertrümmerung des Schädels erfolgte postmortal. Fesselspuren haben wir an den Handgelenken, aber auch an den Fußgelenken gefunden. Als Todeszeitpunkt können wir vorläufig Montag vergangener Woche veranschlagen, im Laufe des Nachmittages. Es liegt am Formalin, dass der Körper noch so gut erhalten ist. Und jetzt übergebe ich an Theo von der Physik.« Maxim wischte über den Bildschirm auf dem Multitouch-Tisch, und alle Bilder, die er gezeigt hatte, erschienen auf den Seitenbildschirmen, sodass der Hauptbildschirm wieder frei war.

Ein magerer großer Mann mit tanzenden, braunen Locken kam nach vorn. Der Leiter der Physik zeigte mithilfe einer Skizze, die er auf den Hauptbildschirm projizierte, dass der Täter neben Joyce gekniet haben musste, als er auf ihren Kopf einschlug. Daraus wiederum schloss Theo auf die Armlänge, aus der sich die Größe des Täters berechnen ließ: etwa 1,60 Meter. Die Tiefe der Gewebeverletzungen an den Armen und Beinen des Opfers, wo der Täter gekniet hatte, lieferte dem Physiker einen Anhaltspunkt für das wahrscheinliche Gewicht von 70 Kilo.

Die Überprüfung aller technischen Geräte hatte ergeben,

dass die Klimaanlage seit einer Woche auf zehn Grad programmiert war. Aufgrund eines Stromausfalls am Tag zuvor hatte sich die Temperatur in der Wohnung wieder normalisiert und war der Jahreszeit entsprechend mit 16 Grad gemessen worden. Die laufende Klimaanlage hatte die Leiche zusätzlich konserviert, warum keine Fäulnisgerüche aufgetreten waren.

Dann übergab Theo das Wort an die Spurensicherung. Zorro berichtete, dass die Wohnung so penibel sauber sei, dass vielleicht sogar ein professioneller Tatortreiniger am Werk gewesen sei. Sie hatten weder Fingerabdrücke gefunden noch Lebensmittel im Kühlschrank. Vereinzelt hatten sie Bleiche nachweisen können, die bekanntlich jede DNA vernichtete. Die Küche war so gesäubert, als sollte sie an einen Nachmieter übergeben werden. Da der Tod bereits vor einer Woche eingetreten und die Mülltonnen seitdem zwei Mal geleert worden seien, gebe es keine Chance auf verwertbares Spurenmaterial aus dem Abfall.

Schließlich stand Natalia auf und ging nach vorn.

»Wir suchen alle Datenbanken nach ähnlichen Mordfällen ab. Vielleicht haben wir es tatsächlich mit einem verwirrten Tatortreiniger zu tun. Auch werden wir die letzten Fälle von Joyce durchforsten. Tanni, such bitte das Laptop – und wenn es im Rhein liegt, wir holen es rauf. Maxim, lass bitte jeden Millimeter ihrer Haut durch den Scan laufen. Ihre Haut ist derzeit die einzige Stelle, wo wir eine Spur des Täters finden könnten. Und du, Henri, arbeitest mit mir an den Recherchen zum Leben von Joyce Darlington. Alles, woran du dich erinnerst, kann von Interesse sein. Richte ihm einen Account ein, Tanni, ich will nicht, dass das BKA mitliest. Die kriegen die Ergebnisse, das muss reichen. Und Ihnen, Alex, danke ich für Ihre Anwesenheit. Sie können jetzt gehen. Bitte geben Sie Tanni Ihren Ausweis. Der Pförtner lässt Sie dann raus.«

»Aber …«, versuchte Alex, Widerspruch zu erheben, doch Natalia schnitt ihm das Wort ab. »Sie können keinen Beitrag zur Lösung leisten, der Fall gehört uns. Schönen Tag noch. Alle anderen an die Arbeit.«

Stühle wurden gerückt, Unterlagen zusammengelegt, Kaffeetassen hochgenommen. Henri fiel auf, dass er vor lauter Spannung sogar seine Kekse und seinen Hunger vergessen hatte.

»Die nächste Besprechung findet nicht, wie ursprünglich vorgesehen, um fünf statt, sondern morgen früh um acht Uhr, dann haben wir hoffentlich mehr von der Nachtschicht!«, rief Natalia so laut, dass es auch die hörten, die bereits den Konferenzraum verlassen hatten.

Alex blieb hinter Henri stehen, beugte sich kurz zu ihm hinunter und sagte: »Danke! Ich sollte wohl auch mit mehr Frauen im Dienst schlafen.«

Henri sprang hoch und packte seinen ehemaligen Kollegen am Kragen seiner Jacke. »Lass mich damit in Ruhe! Ich kann nichts dafür.«

»Weiß doch jeder«, blaffte Alex zurück und versuchte, sich frei zu machen.

»Weiß was?«, fragte Sven, der gerade gut gelaunt um die Ecke kam.

»Dass unser toller Lavalle nicht nur Frau und Kinder für die karrieregeile Ann Stahl hat sitzen lassen, sondern auch die gute Natalia Rac gefickt hat.«

Noch bevor Henri denken konnte, dass er Alex gern verprügeln würde, hatte Sven bereits zugeschlagen. Nun lag Henris ehemaliger Kollege am Boden, von Svens rechtem Fuß am Solarplexus in Schach gehalten. »Und jetzt raus hier!«

Henri half Alex auf, um Sven nicht ins Gesicht sehen zu müssen. Ihm war klar, dass so nur ein Mann reagierte, der die Frau verteidigte, mit der er das Bett teilte. Es war drei Jahre her, dass Natalia und Henri ein Seminarwochenende miteinander verbracht hatten. Genau in den Monaten, als er seine Frau Lisa zum zweiten Mal und endgültig verlassen hatte und Ann sich nicht recht entschließen konnte, ihm eine zweite Chance zu geben. Er war auf einer Fortbildung zum Thema internationale Verbrechen über Natalia gestolpert, die er bis dahin nur als Karatelehrerin seiner Töchter kannte.

Alex klopfte seine Jacke ab und verschwand ohne ein weiteres Wort.

»Muss ich da was wissen?«, fragte Sven lächelnd.

Henri entspannte sich.

»Nein, ist Jahre her.«

Der Konferenzraum war mittlerweile leer. Natalia zog die Tür hinter sich zu, und Henri sah aus dem Augenwinkel, wie sie Sven zunickte.

»Komm«, sagte Natalia, »ich zeige dir, wo du sitzen kannst.«

Gemeinsam gingen sie in Richtung der Büros. An der Treppe bog Sven ab, um in sein Labor zu gelangen, das im Erdgeschoss lag.

Henri betrat hinter Natalia ihr Büro. Sein Blick fiel auf die Uhr an der Wand. »Verdammt!«, er holte sein Smartphone heraus. Der Akku war leer. »Ich hätte jemanden am Flughafen abholen müssen.«

»Wann?«

»Vor einer Stunde«, sagte Henri resigniert. »Wo kann ich telefonieren?«

»In meinem Büro. Da haben wir auch Kabel für jedes verdammte mobile Gerät, das es gibt.«

Henri trat an Natalias Schreibtisch, versorgte sein Smartphone mit Strom und wählte von Natalias Telefon aus Henriettes Festnetznummer, die er zum Glück auswendig wusste.

»Henriette Pasche hier.«

»Ich bin es und …«

»Sie ist schon hier. Das Flugzeug ist fast eine Stunde vor der Zeit gelandet, ich hatte dir eine WhatsApp geschickt. Bist du noch am Flughafen?«

»Nein, ich …«

»Du hattest es vergessen?«

»Hmm. Tut mir leid.«

»Kein Stress, Henri. Die Mädels haben über WhatsApp Fotos aus der Seilbahn geschickt, ging auch an dich.«

»Mein Akku hat den Geist aufgegeben, das Gerät lädt gerade.«

»Wo bist du?«

»Beim LKA.«

»Oha, doch nicht etwa bei …«

»Doch, genau da. Ich erzähle es dir heute Abend.«

»Schaffst du es zum Essen? Penelope würde sich freuen. Gegen acht?«

»Werde da sein, und wie gesagt, es tut mir leid.«

»Ich hatte nicht wirklich damit gerechnet, dass du sie abholst. Ich fürchte, ich habe nur das Gefühl gebraucht, Verstärkung zu haben«, sagte Henriette leise, und Henri fragte sich einmal mehr, warum deren Beziehung zu dieser Tochter so schwierig war.

»Wo ist Penelope jetzt?«

»Unten und richtet sich ein. Also, bis später.«

Henri legte langsam den Hörer auf die Gabel. Er war wirklich dankbar für diese unkonventionelle Frau in seinem Leben.

»Du wohnst immer noch bei deiner Exschwiegermutter?«, fragte Natalia, löste den strengen Knoten im Nacken und massierte sich die Kopfhaut. Ihre dunkelblonden Haare fielen weit über den Rücken. »Das ist schon was Besonderes. Mein Vater hätte dich kastriert, wenn du seine Tochter verlassen hättest, und meine Mutter hätte dich vergiftet.«

»Ihr slawischen Frauen seid eben anders.« Henri grinste sie an. Es machte Spaß, ein wenig mit ihr zu flirten und die grausame Tat einen Moment zu vergessen.

»Wenn schon, muss es heißen, slowenische Frauen.« Sie band ihre Haare wieder zusammen, drehte sie um das Gummi und steckte sie geschickt mit einem Stift fest. »Tanni ist übrigens aus demselben Dorf wie ich.«

»Sie ist großartig.« Henri nahm sein Smartphone und gab den Code ein. Sofort blinkte die Anzeige auf, zwölf Anrufe in Abwesenheit, vier neue Mitteilungen. Vier der Anrufe waren von Ann, je zwei von seinen Töchtern und weitere vier von seinem Chef Xaver Bernhard. »Darf ich von hier mit dem BKA telefonieren, oder ist das auch schon verboten?«

»Du darfst dich frei bewegen.« Natalia ging zu dem Bildschirm an der Wand hinter ihrem Schreibtisch und gab erste Fragen über den Touchscreen ein.

Zufälliges Opfer?
Sadistischer Täter mit Vorgeschichte?
Zugriff auf Medikamente und Formalin?
Auffälligen Kontobewegungen?
Organisierter Täter?
Wiederholungstat?
Kontrollverlust?
Wut auf Joyce – oder war sie nur Stellvertreterin?

Henri klickte sich schnell durch die Fotos, die Ann und seine Töchter aus der Seilbahn geschickt hatten. Sie lachten, zeigten auf die Berge hinter sich und waren, so nahm er an, den Mitreisenden ganz sicher auf die Nerven gegangen. Er löschte sie alle, da er keine privaten Fotos auf seinem Diensttelefon haben wollte. Ann hatte ihm noch geschrieben, dass sie oben auf dem Berg möglicherweise keinen Empfang mehr hätten. Sie würde es dann über das Telefon am Empfang versuchen. Er wählte nacheinander alle drei an, aber sie waren wohl schon auf über 3000 Metern angekommen. Alberta hatte sich auf den Schnee gefreut.

Dann rief er seinen Chef an.

»Xaver Bernhard hier. Ach, du bist es, hast du das Kompetenzcenter schon unterwandert? Wie ich höre, hat Alex nicht das Rennen gemacht?«, dröhnte es so laut, dass Natalia sich zu ihm umdrehte und die Stirn runzelte.

»Xaver, ich würde dich gern auf laut stellen. Dr. Natalia

Rac ist mit im Raum, genau genommen ist es ihr Büro. Okay?«

»Klar, legt los, was habt ihr?«

Natalia kam zu Henri an den Schreibtisch, wo das Smartphone lag.

»Xaver, du alter Zuhälter, was habt ihr denn bitte für Karten im Spiel bei diesem Mord?«

»Freue mich auch, dich zu hören, Natalia. Erst mal würde ich gern wissen, wieso du die Düsseldorfer Kripo so verärgerst und Henri behältst?«

»Was denkst du?« Natalia grinste breit.

»Na ja, Alex Sanders interessiert dich nicht, und Henri willst du abwerben!«

»Gut, damit sind wir alle auf der gleichen Seite«, antwortete Natalia, setzte sich seitlich auf ihren Schreibtisch, schlug die Beine übereinander und fasste für Xaver Bernhard kurz und präzise die ersten Ergebnisse zusammen. Als sie fertig war, trank sie einen Schluck Kaffee. »Und jetzt du, Xaver, was wollt ihr von Joyce Darlington?«, fragte sie.

»Nun, es ist so …«

»Xaver, jetzt keine Märchen. Du weißt, wir finden es eh heraus, und dann versohle ich dir deinen fetten Arsch.«

Henri wusste nicht, ob er erschreckt oder belustigt sein sollte über den Ton, den Natalia da anschlug. Er arbeitete seit zwei Jahren für Xaver, der nach langen Jahren endlich ein Boss war, der ihn in Ruhe ließ und von dem er lernen konnte. In den zwei Jahren hatte er nie jemanden so mit Xaver reden hören.

»Schon gut. Botschaft ist angekommen. Also, Miss Darlington hat ordentlich in der Bankenwelt gebuddelt. Sie hat gleich eine ganze Liste von europäischen Banken bearbeitet und davon vier ins Visier genommen.«

»Was hat sie da gebuddelt? Komm schon, Xaver, lass es dir nicht aus der Nase ziehen, das nervt.« Natalia trommelte mit ihren Fingern auf der Schreibtischplatte herum.

Xaver seufzte geräuschvoll in den Hörer. »Insgesamt haben sich diese vier Banken mit verschiedenen Kapitalerhöhungen in den letzten Jahren rund 25 Milliarden Euro am Markt besorgt – verbrannte Milliarden. Durch Staatsanleihen, Rettungsschirme, Aktientausch. Heute beträgt die Börsenkapitalisierung dieser Banken gerade noch 500 Millionen Euro pro Bank. Darlington vermutete dahinter Geldwäsche. Und wir haben sie im Auge behalten, weil es nicht so unwahrscheinlich ist, dass sie damit dem organisierten Verbrechen auf die Eier geht.«

»Welche Banken waren das?«

»Ich mail dir die Liste rüber.«

Natalia pfiff anerkennend. »Habt ihr das Laptop und ihr Smartphone?«

»Das hätten wir gern.«

»Deine Mutter hat dir gesagt, dass du nicht lügen sollst, richtig?«

»Ehrenwort, Liebes. Unser IT-Freak Bernd Albrecht hat sowohl von ihrem Smartphone als auch von ihrem Laptop eine letzte Einbuchung ins Netz vom vergangenen Montag um sechs Uhr in der Früh.«

»Da lebte Joyce laut den Aussagen der Rechtsmedizin noch«, sagte Henri.

»Maxim Winter will ich nicht widersprechen. Kann aber auch sein, dass der Täter zu diesem Zeitpunkt die Daten runtergeladen und dann alles zerstört hat«, gab Xaver zu bedenken.

»Sag Bernd, er soll sich mit dieser Tanni kurzschließen«, bat Henri.

»Längst geschehen. Die zwei kennen sich eh«, sagte Xaver. »Noch was, Natalia?«

»Ja, Süßer, wieso hattet ihr Joyce auf dem Schirm?«

Natalia und Henri hörten Xaver atmen. »Wir haben gerade ihre lückenlose Beobachtung vorbereitet«, sagte er schließlich.

»Warum?«, bohrte Henri überrascht nach.

»Weil sie uns beobachtet hat.«

Henri und Natalia wechselten Blicke.

»Wie das denn, bitte, hatte sie einen Privatschnüffler engagiert?«, fragte Natalia.

»Eher einen Kumpel in der JVA Ratingen. Joyce hat uns, ohne die Quelle bekannt zu geben, Fotos von hochrangigen BKA-Mitarbeitern geschickt, die in der JVA zu Besuch waren. Was sie da zu suchen hatten, ist bei uns nirgends verzeichnet. Und wen sie besucht haben, ist uns auch nicht bekannt, denn die Fotoquelle hat nur auf den Fluren fotografiert. Leider tauchen diese Beamten nicht in den Besucherlisten auf. Wir ermitteln seit drei Wochen und haben letzte Woche beschlossen, Joyce Darlington zu überwachen, um zu erfahren, wie sie an die Fotos gekommen ist.«

»Sie hat mir nichts davon gesagt«, sagte Henri.

»Schon vergessen, Junge? Du bist das BKA!«

»Könnten die vielleicht hinter dem Mord …?«, meinte Natalia.

»Nein, die sind so weit oben, die machen sich die Hände nicht schmutzig. Wir ermitteln wegen Erpressbarkeit, im Sicherheitstrakt der JVA Ratingen sitzen nämlich zwei hohe Mafiabosse. Alle anderen sind Kleinganoven, nicht der Rede wert und sicher nicht geeignet, die obere Etage des BKA ins Gefängnis zu zitieren.«

Henri runzelte die Stirn: »Du denkst, das sind Showbesuche?«

»Genau, da soll jemand gewarnt werden, den Häftlingen was anzutun.«

»Das heißt, ein Bericht von Joyce hätte dem Ganzen eher gedient als geschadet?«

»Kommt auf die Seite an. Es ist eigentlich geheim, dass sie dort im verschlafenen Ratingen sitzen. Ein Artikel in der Presse könnte die falschen Leute dorthin lotsen, oder aber die Aufmerksamkeit verschafft ihnen Schutz, weil alle ein Auge drauf haben. Wir halten euch auf dem Laufenden. Natalia, noch was?«

»Nee, für den Moment nicht. Oder doch, wie lange können wir Henri haben?«

»Solange du willst«, säuselte Xaver, »ich habe schon seine aktuellen Fälle umverteilt.«

»Was willst du dafür?«

»Keine Abwerbung!« Das klang sehr ernst.

Sie zog ein Papier aus ihrem Schreibtisch und schob es Henri zu. »Er unterschreibt in diesem Moment die Geheimhaltungsvereinbarung.« Sie reichte ihm einen Kugelschreiber und hielt ihren linken Zeigefinger an die Stelle, wo er unterschreiben sollte. »Du wirst ihn also nicht aushorchen können.«

»Damit kann ich leben, Schätzchen.« Xaver lachte dröhnend. »Denn lernen wird er trotzdem was bei euch, das ist mal sicher.«

Natalia beendete das Gespräch, nahm das von Henri unterschriebene Blatt und schob es in ihre Schreibtischschublade. Dann kehrte sie, ohne weiter auf das Gespräch einzugehen, zu ihrem Bildschirm zurück.

»Was denkst du, ist das die Handschrift des organisierten Verbrechens?«

Henri stellte sich neben sie. »Nein, ganz sicher nicht. Die hätten Joyce spurlos aus dem Verkehr gezogen.«

»Wenn sie wissen wollten, wer noch von ihren Ergebnissen weiß?«

»Du kennst die Folterleichen der Mafia, oder?«

Natalia nickte. »Ja, die sehen ganz anders aus! Zumindest in den seltenen Fällen, in denen wir sie zu Gesicht bekommen.«

Henri rief sich die Bilder des Tatorts ins Gedächtnis. »Wusstest du, dass Serientäter oft nicht erkannt werden, weil sie ihren Modus Operandi ändern? Sie setzen ein anderes Werkzeug ein oder wählen eine andere Art des Opfers, Frau, Mann, Kind. Aber tatsächlich ist das nur die oberflächliche Wahrheit. Gewisse Schnittmuster zum Beispiel wiederholen sich. Seit Jahren streite ich um eine Datenbank, die Schnitt- und Stichmuster und nicht nur Fesselstricke, sondern auch die Stärke, mit der zugezogen wurde, speichert und vergleicht.«

»Tanni könnte dir so was schreiben.«

Henri lachte. »Nicht abwerben!« Er drehte sich zum Fenster und sah hinaus. »Die Wunden, die Nadelstiche waren zögerlich. Der Täter hat ihr den Blazer und die Bluse am Arm hochgeschoben, aber sie nicht ausgezogen. Die Hose hat er bis übers Knie geschoben. Ich bin mir sicher, dass Maxim herausfinden wird, dass zuerst die 87 Einstiche an den Extremitäten erfolgten, und dass er dann, mehr aus Verzweiflung, weil er nicht bekam, was er wollte, auf die Fingernägel auswich.«

Henri drehte sich zu Natalias Fragensammlung um und ging sie Punkt für Punkt durch.

Organisierter Täter?
Wiederholungstat?
Kontrollverlust?
Wut auf Joyce – oder war sie nur Stellvertreterin?

»Joyce war kein zufälliges Opfer, er hat keine und schon gar keine sadistische Vorgeschichte, und er hat ganz sicher Zugang zu Medikamenten. Ich denke, er hat sich mit dem ausgerüstet, was seine häusliche Umgebung hergibt, die Migränepillen sind womöglich von seiner Frau oder Mutter, vielleicht arbeitet ein Vater oder Onkel mit Formalin. Er wusste nicht, dass Joyce allein im Haus war, es hat sich einfach so ergeben und vielleicht dazu beigetragen, dass es so eskaliert ist. Ich denke, er wollte sich mit ihr treffen und nicht unvorbereitet gehen. Da er nicht die Informationen bekommt, die er haben will, übermannt er sie, knebelt sie vielleicht und holt die Medikamente und Kanülen aus seinem Auto. Nach der Tat reinigt er den Tatort, packt seine Sachen ein und programmiert die Klimaanlage. Ich könnte mir sogar denken, dass er ihr nur deshalb den Schädel eingeschlagen hat, weil er es wie einen Raub aussehen lassen wollte. Es war seine erste Tat, aber er wird sie ganz sicher wiederholen, wenn es noch einen Menschen gibt, von dem er annimmt, dass er etwas weiß oder etwas hat, das er braucht. Vielleicht ist das alles aber auch falsch.«

»Das gibt es bei uns nicht. Du solltest morgen mit Maxim an einem Profil arbeiten, das macht seit einigen Monaten Leana, aber die ist ja im Urlaub.«

»Was ist mit Maxim?«

»Er hat einen mehr als überdurchschnittlichen IQ, ist haarscharf, aber wirklich nur haarscharf am Autismus vorbeigeschlittert. Er wird nicht gern angefasst. Befreundet ist er nur mit Tanni, und Leana hat er zu seiner Lehrerin auserkoren. Jedes Mal, wenn er zu uns Normalsterblichen herunterschwebt, strengt er sich an, kurz, präzise und einfach zu sprechen. Unterbrichst du ihn, ist es so, als würdest du bei einem PC von der Benutzeroberfläche aufs Betriebssystem wechseln. Deshalb solltest du ihn auf gar keinen Fall unterbrechen.«

»Mir ist auch aufgefallen, dass das Team keine Schlüsse zieht aus dem, was sie zusammengetragen haben.«

»Das sollen sie auch nicht.« Natalia schaltete mal wieder die Alarmanlage aus und öffnete das Fenster. »Wenn sie anfangen, die Ergebnisse zu interpretieren, ändert sich die Wahrnehmung, und sie suchen nur noch nach dem, was sie finden wollen. Du weißt doch, der Beobachter beeinflusst mit seiner Erwartungshaltung den Ausgang des Experiments.«

Henri trat zu ihr ans Fenster und nahm dieses Mal eine ihrer Zigaretten an. Sie rauchten eine Weile schweigend, schließlich blickte Henri auf seine Uhr. Halb sechs. »Wie geht es jetzt weiter?«

»Du musst ohnehin gleich das Gebäude verlassen. Für heute ist es genug. Die nächste Teambesprechung ist morgen früh um acht Uhr. Dann hören wir, was die anderen haben, und legen die Vorgehensweise für den Tag fest.«

Henri drückte seine Zigarette aus und brachte sie zum Papierkorb.

»Hast du Joyce eigentlich gemocht?«, fragte Natalia, schloss das Fenster und schaltete die Alarmanlage wieder ein, um einem Rüffel des Sicherheitsdienstes zu entgehen. Sie vergaß es nämlich oft genug.

»Ja, ich habe sie sehr geschätzt.«

»Dann trauere heute Abend ein wenig um sie. Du bist entlassen. Danke für deine Mitarbeit heute.«

Henri nahm sein aufgeladenes Smartphone vom Tisch und ging zur Tür. »Bis morgen.«

Als er die Treppe runterlief, sah er Zorro auf dem Weg nach draußen und rannte hinterher. Am Auto holte er ihn ein. »Nimmst du mich mit?«, fragte er. »Dann muss ich morgen früh hier keinen Parkplatz suchen.«

»Klar, steig ein.«

Sie waren gerade losgefahren, da schlug Henri vor: »Noch auf ein oder zwei Bier ins Uerige?«

Zorro nickte. »Gern. Wie du weißt, wartet zu Hause schon lange keiner mehr. Ich wette, du willst ein bisschen was über das Team erfahren?«

»Genau, und nach dem Bier kommst du einfach mit. Henriette hat gekocht, ihre Tochter aus Montreal ist angereist.«

»Welches Kind ist das?«, fragte Zorro, während er in die Altstadt abbog.

»Vier von fünf, Tochter zwei von zwei und Kind von Vater drei aus Schweden«, spulte Henri auswendig herunter.

Zorro lachte. »Also, von wem willst du was wissen?«

»Natalia«, gab Henri unumwunden zu.

»Die ist ja wohl der absolute Knaller, oder nicht?«

Zorro stellte sein Auto im Parkhaus unter der Rheinuferpromenade ab, und bei ein paar Gläsern Altbier, die sie draußen tranken, damit Henri rauchen konnte, erhielt Henri einen kurzen Abriss über das Kompetenzteam im Allgemeinen und Natalia im Besonderen.

Als sie um kurz vor acht die Hohe Straße erreichten, schloss Henri die Tür auf und ließ Zorro den Vortritt. Auf der obersten Stufe zum Hochparterre angekommen, blieb Zorro so abrupt stehen, dass Henri gegen ihn rempelte. Mitten im Flur machte eine Frau Kopfstand.

»Bonjour, Messieurs«, sagte sie.

»Hallo, Penelope«, antwortete Henri. »Was tust du da?«

»Ich bekomme von dem langen Flug das Blut nicht mehr aus den Beinen, und Mom wollte nicht, dass ich in ihrer Wohnküche Kopfstand mache, weil sie Sorge hatte, ich würde in den Meeresfrüchtesalat kippen.«

Henri und Zorro beobachteten, wie Penelope ganz langsam ihre Beine anwinkelte und dann mit einem Sprung auf den Füßen stand. Ihre weißblonden Korkenzieherlocken standen in alle Richtungen, ihre Augen waren von einem hellen Blau, und sie war so exakt Henriettes Kopie, erweitert um schwedische Gene, die zu dieser sehr hellen Variante führten, dass es Henri für einen Moment die Sprache verschlug.

»Kommt«, sagte Penelope, »wir haben nur auf euch gewartet.«

Der alte Holztisch war mit buntem Geschirr und geblümten Servietten gedeckt. Während Zorro und Henri in dem Salat aus Muscheln, Tintenfisch, Sepia und Krabben schwelgten, bestritt Penelope die Konservation und pickte nur ab und zu mit der Gabel in ihrer Schüssel herum. Sie erfuhren, dass sie nach fünf Jahren in China und zweien in Japan noch drei in Australien drangehängt hatte, um dann in Montreal zu stranden. Der Liebe wegen, wieso auch sonst. Sie hatte Qigong, Tai-Chi und Yoga gelernt und lehrte seit zehn Jahren selbst. Zwischendrin räumte Henriette die Salatschüsseln ab und kam mit frischen Tellern und einem Huhn im Tontopf zurück, dessen Gesellschaft aus kleinen knusprigen Kartoffeln und Fenchel bestand. Henri bemerkte, dass sie dabei ihre Tochter kaum aus den Augen ließ. Gerade als er Zorro den Teller füllte, wusste er auch, warum: Penelope kippte schlagartig nach vorn und schlief ein.

»Das war bei ihr als Kind schon so. Wenn sie überdreht war und übermüdet, sprudelten die Worte aus ihr heraus, bis irgendwas in ihr komplett den Saft abdreht.«

Henri stand auf und hob Penelope vorsichtig hoch. Tatsächlich schien sie tief und fest zu schlafen. »Leg sie bitte auf das Sofa in meinem Schlafzimmer, nicht, dass sie allein ist und erschreckt, wenn sie wieder wach wird. Es wird der Jetlag sein.« Henriette öffnete ihm die Tür, ihr Schlafzimmer lag direkt hinter der Küche.

»Wie kann sie so federleicht sein?«, fragte Henri verwundert, als er sie vorsichtig auf das Sofa legte.

»An ihr war noch nie ein Gramm Fett, egal was sie gegessen hat.« Henriette deckte ihre Tochter zu und blickte auf sie hinunter. »Es ist seltsam, sie hier zu haben«, sagte sie leise.

»Du bist nicht glücklich darüber?«

»Das weiß ich noch nicht.« Henriette drehte sich zu ihm um und wies mit der Hand Richtung Küche. »Penelope ist ein kompliziertes Wesen.«

An Zorros Händen lief der Bratensaft vom knusprigen Hühnchenschlegel herunter, den er in der linken Hand hatte. Mit der Rechten knetete er die Kartoffeln in das würzige Olivenöl, in dem Rosmarin und Fenchelsamen schwammen. Zufrieden grinste er Henri an.

»Ich habe diese Abende mit euch auch vermisst, Zorro«, sagte Henri. Als sie noch ein Team waren, hatten sie oft gemeinsam bei Henriette in der geräumigen Wohnküche zu Abend gegessen und dabei ihre Fälle besprochen. Aber nachdem Henri seinen Chef hingehängt hatte, wurde die kleine Sonderabteilung Serienmord zerschlagen. Zorro wechselte zum LKA, Henri zusammen mit dem Computerfreak Bernd zum BKA und Alex ins KK1, Abteilung Todesermittlungen.

Nach dem köstlichen Essen verabschiedete sich Zorro und versprach, Henri morgen früh um halb acht einzusammeln. Henriette holte den Cognac aus dem Regal und kochte Espresso. Henri versuchte, Ann und seine Töchter zu erreichen, doch ihre Handys waren ausgeschaltet. Schließlich rief er die Auskunft an und ließ sich mit der Festnetznummer des Hotels verbinden.

»Parrothotel, die Rezeption, was kann ich für Sie tun?«

»Ich würde gern drei Ihrer Gäste sprechen«, bat Henri.

»Tut mir leid, die sind alle in einer Veranstaltung, und wir wurden angewiesen, auf keinen Fall zu stören.«

»Es sind meine Kinder!«

»Ihren Töchtern geht es sehr gut, Herr Lavalle. Frau Stahl sagte mir schon, dass Sie wahrscheinlich anrufen.«

»Haben Sie da oben keinen Handyempfang?«

»Gemeinhin schon, Herr Lavalle, aber heute Morgen ist der Mobilfunkmast ausgefallen, und der Schnee liegt zu hoch. Wir kommen im Moment nicht hin, um nachzusehen, was los ist. Soll ich was ausrichten?«

»Sie sollen anrufen! Egal, wann!«

»Wird erledigt, Herr Lavalle.«

Henri kehrte zurück in die Wohnküche. Henriette hatte abgeräumt und gespült. Auf dem Tisch standen noch die halb leere Flasche Wein, der Cognac und zwei kleine Tassen mit dampfendem Espresso. Henri ärgerte sich, dass er die drei nicht erreichen konnte.

»Sie sind bei Ann in besten Händen«, beruhigte Henriette ihn. »Es muss aufregend für die zwei sein, von jetzt auf gleich in der oberen Etage der Geschäftswelt spazieren zu gehen.«

»Wir haben vereinbart, jeden Tag einmal zu telefonieren.« Henri goss sich Rotwein nach.

»Sie haben sich doch heute gemeldet. Das Foto aus dem Heli zeigt doch, dass es ihnen gut geht. Erzähl mir lieber von deinem Tag! Was genau ist mit der armen Joyce Darlington passiert?«

Fast jeden Abend saß Henri bei Henriette in der Küche. Sie aßen miteinander und besprachen den Tag. Er hatte sich immer gewünscht, mit einer Partnerin über seine Arbeit sprechen zu können, allerdings hatte er dabei an *seine* Partnerin gedacht. Lisa hatte Mord nicht an ihrem Esstisch haben wollen, und Ann war auf einem so völlig anderen Stern unterwegs, dass es auch nicht wirklich funktionierte – es sei denn, es ging um Management-Winkelzüge. Aber Henriette liebte es dafür umso mehr. »Das ist die Würze meines Alltags«, sagte sie oft.

»Kurzum, wir wissen schon sehr viel für einen Tag«, meinte Henri, »aber noch lange nicht genug, um auch nur die Idee einer Spur zu haben.«

»Sie war eine schillernde Person, diese Joyce. Klatsch und Tratsch von der Kö und knallharte Journalistin in einem.«

»Und mit dieser Seite muss es zu tun haben«, entgegnete Henri, lehnte sich an und schloss für einen Moment die Augen.

»Und was ist mit Natalia?«, fragte Henriette und goss sich Cognac ein.

»Was soll da sein?«

»Komm schon. Ihr habt seit damals nicht mehr gesprochen, oder?«

Henri öffnete die Augen wieder und trank einen Schluck Rotwein. »Es war nur ein Wochenende. Und das ist drei Jahre her. Zum Glück habe ich Ann an meiner Seite, und Natalia hat einen netten Typen, einen Biologen, wie es scheint.« Er schwenkte den Rotwein im Glas.

»Und?«

»Nichts und, Madame. Natalia ist eine bemerkenswerte Frau, und dieses Kompetenzcenter, das sie da aufgebaut hat, das hätte ich auch gern. Was für ein Team …«

Henri schwärmte davon, mit welcher Konsequenz die Richtlinien eingehalten wurden. Wer nichts beitragen konnte, musste gehen, so wie Alex heute, mit Animositäten beschäftigte sich keiner, die wurden weggeräumt, damit alle wieder effektiv arbeiten konnten.

»Es ist unglaublich despotisch«, schloss Henri, »und zugleich von einer bestechenden Eleganz. Trotzdem tat mir Alex heute leid, so vor allen nach Hause geschickt zu werden, weil er nach Natalias Meinung nichts zu bieten hatte.«

Henriette blickte über ihr Cognacglas hinweg. »Hätte er denn was beitragen können?«

Henri lächelte nur gequält.

Kurz nach Mitternacht verabschiedete Henri sich in die obere Etage. Die Stille war ungewohnt, denn selbst wenn seine Töchter schliefen, wusste er um ihre Anwesenheit. Er spürte, dass der Schlaf ihn nicht wollte, und so holte er Anns Flipchart aus der Abstellkammer und resümierte noch einmal für sich, was sie bisher hatten. Ihn irritierte, dass die Tat so dilettantisch vollzogen worden war. Wer quälte schon einen Menschen mit Nadelstichen, versuchte ihn dann, mit Formalin gefügig zu machen, und schlug dem Opfer postmortal auf den Kopf?

Doch nach diesem dilettantischen Verlauf: planvolles Handeln, penible Reinigung des Tatortes, wahrscheinlich gezielte Zerstörung der elektronischen Spuren, die Einstellung der Klimaanlage. Offenbar hatte der Täter genau gewusst, dass die Leiche sich so ein paar Tage halten würde, ohne zu riechen.

Poseidon kratzte an der Balkontür und hielt eine Maus in der Schnauze.

»Das kannst du vergessen, Kumpel«, sagte Henri.

Die Maus zappelte um ihr Leben, und Poseidon schüttelte sie gründlich durch. Dann ließ er sie fallen, tippte sie mit der Pfote an und wartete darauf, dass sie fortlief. Henri hatte gelesen, dass dieses so scheinbar grausame Spiel um Leben und Tod den Sinn hatte, dass die Maus durch ihre eigenen Stresshormone schmerzfrei wurde und durch diese Hormone ihr Fleisch für die Katze besser verdaulich.

»Nichts ist ohne Sinn«, murmelte Henri vor sich hin und wandte sich wieder dem Flipchart zu. Er wischte das Geschriebene aus und notierte oben in die Mitte das Stichwort »Folter«. Henri wusste sehr wohl, dass die Folter der psychischen Zermürbung des Opfers diente. In der Regel erfolgte diese schrittweise, in diesem Fall erst mithilfe der Nadeln, dann durch den Einsatz von Formalin. Welches Ziel mochte der Täter in diesem Fall gehabt haben? Henri schrieb »Welches Ziel?« aufs Flipchart und fragte sich, wie lang wohl die Pausen zwischen den einzelnen Folterphasen gewesen sein mochten. Er wusste, dass die Pausen von ehemaligen Opfern oft als das Schlimmste an der Folter beschrieben wurden. Jean Améry hatte über seine Folter im KZ geschrieben: »Wer der Folter erlag, kann nicht mehr heimisch werden in der Welt. Die Schmach der Vernichtung lässt sich nicht austilgen. Das zum Teil schon mit dem ersten Schlag …«

»Pausen zwischen den einzelnen Phasen?«, schrieb Henri aufs Flipchart. Er selbst hatte schon einmal Folter erleiden müssen. Aus diesem Grund hatte er darauf bestanden, dass seine Töchter einen Kampfsport nicht nur ordentlich lernten, sondern auch regelmäßig trainierten, um das Werkzeug zu haben, den ersten Schlag abwehren zu können.

»Nadeln unter die Fingernägel – eine Standardmethode beim Foltern«, hielt Henri ebenfalls fest, fragte sich aber, ob das in diesem Fall überhaupt von Bedeutung war.

Nachdem er mit seinem Smartphone ein Foto vom Flipchart gemacht hatte, rief er sich die Themen ins Gedächtnis, zu denen Joyce recherchiert hatte, aber nichts aus dieser Liste war ein Sujet, an dem sie exklusiv gearbeitet hatte. Selbst die Bankengeschichte wurde von zahlreichen und bedeutend größeren Zeitungen immer wieder durchleuchtet. Und die Mafia, da war er mit Natalia einer Meinung, hatte definitiv eine andere Handschrift. Der Täter hatte neben Joyce gekniet, hatte dieser Theo gesagt. War das ein Zeichen von Demut oder Verzweiflung gewesen? Und warum nur hatte Joyce diese Miss-Business-Verkleidung getragen, in der sie wie Ann aussah?

Henri nahm sein Telefon und versuchte wieder, Ann zu erreichen. Das Telefon war ausgeschaltet oder hatte keinen Empfang. Er fluchte. Seine Gedanken kehrten zu Joyce zurück. Sie hatte immer wieder andere Outfits gewählt und ihn damit überrascht. Einmal war ihm eine Frau auf der Straße entgegengekommen, und erst als sie dicht vor ihm stand und ihm in die Augen sah, hatte er Joyce erkannt.

Der Kater stand wieder vor der Balkontür, und da er diesmal weder eine Maus noch eine andere Begleitung dabeihatte, ließ Henri ihn herein. Er trat auf den kleinen Balkon, der zum Hinterhof führte, und rauchte. Als seine Augen sich an die Dunkelheit gewöhnt hatten, sah er Penelope, die schon wieder auf dem Kopf stand, dieses Mal mitten im Hinterhof. Sie schien weder ihn noch die Kälte zu bemerken. Henri überlegte einen Moment, ob er sie ansprechen sollte, aber als sich Poseidon bemerkbar machte und maunzend sein Fressen erbat, verwarf er den Gedanken. Leise schloss er die Balkontür, fütterte den Kater, und da es bereits nach drei war, beschloss er, wenigstens ein paar Stunden zu schlafen.

Kapitel 2

Der Wecker klingelte um sechs Uhr. Henri rollte sich auf den Rücken und tastete mit der Hand vorsichtig nach dem Kater, der es sich zwischen ihm und der Wand bequem gemacht hatte. Poseidon räkelte sich kurz, rollte sich wieder ein und schlief weiter. Henri hangelte nach seinem Telefon und wählte die Nummer des Hotels. Nachdem er zehn Mal das Freizeichen gehört hatte, schaltete sich der Anrufbeantworter ein. Henri legte auf und blieb noch einen Moment auf dem Rücken liegen. Schließlich stand er auf, nahm sein Smartphone, den Bademantel und tapste auf nackten Füßen ins Bad.

Im Wohnraum, wo auch die Küchenzeile war, stellte er die Kaffeemaschine an und mahlte die Bohnen. Während der Kaffee langsam durchlief, vibrierte und gackerte sein Smartphone. Seine Tochter Christa hatte den Hahnenschrei durch das Gackern eines Huhnes ersetzt, weil sie den Hahnenschrei nervig fand.

Eine SMS war eingetroffen mit der Aufforderung: »Bitte installieren Sie diese eMail-App für das LKA-Kompetenzcenter.« Es folgten ein entsprechender Link und eine Nachricht von Tanni, in der sie ihn bat, die Installation möglichst schnell durchzuführen. Außerdem teilte sie ihm seine eMailadresse im LKA-Kompetenzcenter mit. Natalia hatte ihm am Vortag das System erklärt. Durch diese App gab es keine Ausrede, man habe eine eMail nicht bekommen. Ganz egal, ob die erste Besprechung um zehn stattfand (wenn nichts Besonderes anlag) oder um sieben in der Früh – alle waren so auf demselben Wissensstand.

Henri klickte den Link an, woraufhin sich die App installierte. Die Anzeige teilte mit, dass die Installation zehn Minuten dauern würde. Währenddessen sollten mit dem Gerät keine anderen Programme gestartet werden. Also nahm er seinen Kaffee und ging duschen.

Als er die Treppe hinunterlief, hörte er Zorro bereits in der Wohnküche mit Henriette lachen. Er hat das alles wohl doch sehr vermisst, dachte Henri kopfschüttelnd. Dabei wusste er selbst, wie dankbar man war, in Henriettes Wohnküche zu landen, wenn man kein richtiges Zuhause hatte.

Wie erwartet, saß Zorro vor einem reichhaltigen Frühstück. Henri konnte um diese Uhrzeit selten richtig essen, weshalb auf seinem Teller nur ein frisches Croissant lag. Henriette goss ihm Kaffee ein.

»Ich konnte weder Ann noch das Hotel erreichen, und ich werde heute Morgen keine Zeit haben, immer wieder anzurufen. Könntest du das vielleicht übernehmen?« Henri strich sich die noch feuchten schwarzen Locken hinter die Ohren.

»Klar, mach ich gern«, sagte Henriette und setzte sich zu ihnen.

»Und erzähl ihr bitte nichts von Joyce, ich möchte, dass Ann es von mir erfährt. Schläft Penelope noch?«, fragte Henri.

»Ich nehme es an. Irgendwann ist sie aufgestanden und in ihr Apartment gegangen.« Henriette nestelte so umständlich an ihrer Bluse herum, dass Henri argwöhnisch wurde.

»Gibt es da eigentlich irgendwas, was ich über Penelope wissen müsste?«

»Zorro, wo wohnen Sie eigentlich jetzt?«, verschaffte Henriette sich Zeit.

»Warum, hast du noch eine Wohnung im Haus frei?«, versuchte Henri zu scherzen, aber er spürte genau, irgendwas stimmte hier nicht. Er blickte auf seine Uhr, fast halb acht. »Komm, Zorro, wir müssen los, ich will auf keinen Fall zu spät da sein.«

Zorro grinste und schlürfte seinen Kaffee. »Das ist man bei Natalia tatsächlich nur einmal.«

Der Oktobermorgen war dunkel und wolkenverhangen. Obwohl das Thermometer im Auto nur fünf Grad zeigte, konnte Henri sich noch nicht entschließen, einen Mantel zu tragen. Der warme Pashminaschal, den Ann ihm geschenkt hatte, war sein Kompromiss. Zorro saß indes in einer Daunenjacke neben ihm und trug Handschuhe.

»Wie kommst du denn so zurecht? Allein?«, fragte Henri.

»Es ist alles so, wie es sein soll«, murmelte Zorro und achtete auf den Verkehr um ihn herum. »Ich sehe meine Kinder hin und wieder, und meiner Ex geht es gut. Meine Familie ist das Kompetenzcenter, und das fühlt sich richtig an, auch wenn ich selbst …« Zorro hielt an einer roten Ampel und sah zu Henri hinüber. »Weißt du, ich mache jetzt den ganzen Tag die Dinge, die ich am besten kann, und zwar mit Leuten, die mir helfen, weil sie ihre Sachen am besten können. Meine kleine Wohnung putzt die Hausverwaltung.«

»Deine Kinder fehlen dir nicht?«

Zorro schüttelte den Kopf. »Ich liebe sie, aber nein, sie fehlen mir nicht.« Er grinste. »Du und Henriette allerdings schon.«

Um Viertel vor acht parkten sie vor dem Gebäude. Zorro verabschiedete sich kurz, um mit seinen Leuten von der Spurensicherung zu reden. Henri ging die Treppe hinauf und lief in Natalia hinein.

»Guten Morgen, Henri. Komm, gehen wir in den Konferenzraum und vorher an der Küche vorbei.«

»Gib es was Neues?«

»Das erzähle ich gleich, wenn alle zusammen sind.«

Um acht befanden sich alle Teamleiter im Konferenzraum. Natalia stand auf, schloss die Tür und sagte: »Gut, Zorro, fängst du an? Hat deine Abteilung Neuigkeiten?«

Zorro schüttelte den Kopf: »Das nicht, aber wir erwägen, den gesamten Hausflur nach Spuren und Fingerabdrücken abzusuchen, da wir davon ausgehen können, dass der Täter zwar die Wohnung komplett gereinigt hat, nicht aber den Hausflur. Die Putzfrau, die alle zwei Wochen kommt, war seit dem Mord noch nicht da. Vielleicht finden wir dort etwas.«

Natalia nickte. »Danke. Und ihr, Sven?«

»Der Hautscan läuft, du weißt ja, es dauert bis zu 48 Stunden.«

»Tanni?«

»Wir haben alle Berufsgruppen überprüft, die üblicherweise mit solchen Werkzeugen arbeiten. Bisher haben wir kein Beerdigungsinstitut, keinen Tatortreiniger oder Krankenpfleger mit einer Verbindung zu Joyce. Seit heute Morgen suchen wir bundesweit, die nächsten zwei Tage sollten uns neue Erkenntnisse bringen. Was Joyce betrifft, haben wir keine Angehörigen auftreiben können. Die Mitarbeiter der Redaktion wurden alle gestern befragt, aber keiner wusste genau, woran sie gerade gearbeitet hat. Das soll typisch für sie gewesen sein, Joyce hat offenbar von Teamarbeit nicht viel gehalten. Smartphone und Laptop sind nach wie vor verschwunden, aber wir stellen gerade die Anruflisten wieder her. Außerdem haben wir alle Überwachungskameras in der Umgebung des Hauses, der Redaktion und auf ihren täglichen Strecken angezapft und werten die Aufzeichnungen gerade mit der Gesichtserkennung aus. Bisher haben wir aber noch kein Ergebnis.«

»Wenn die letzten zwei Wochen nichts bringen, geht noch weiter zurück. Maxim?«

»Keine neuen Erkenntnisse. Wir versuchen gerade, die Tatwaffe zu ermitteln, mit der Joyce auf den Kopf geschlagen wurde.«

»Ist das wirklich noch wichtig?«, murmelte Henri vor sich hin, aber Maxim hatte ihn gehört.

»Die Tatwaffe wird uns nicht mehr über den Mord sagen, aber mehr über den Mörder und vielleicht seine Arbeit«, sagte er und blickte dabei Henri an.

»Gutes Stichwort, Maxim. Wenn du Zeit hast, möchte ich jetzt gern mit dir und Henri an einem Profil arbeiten«, verkündete Natalia. »Es ist halb 9, wir sehen uns um 12 zu einer Zwischenbilanz und zum Resümee um 17 Uhr, wenn nichts anderes dazwischenkommt. Fragen?«

Henri blieb mit Maxim im Konferenzraum. Er betrachtete den jungen Mann, der nicht nur einer der jüngsten, sondern auch einer der besten Rechtsmediziner Deutschlands war. Maxim stellte sich an den Bildschirmtisch und öffnete eine neue Datei, die er abspeicherte, noch bevor das erste Wort geschrieben war. Henri hatte das Gefühl, als würde der junge Mann ihn völlig ignorieren. Dann tippte Maxim in der Geschwindigkeit einer ausgebildeten Sekretärin Worte untereinander: »Nadeln, Gift, Macht, Angst, Wut, Dominanz, Verzweiflung, Verlust, Demütigung, Bitte, Ende einer Reise, Aufbegehren, Zerstörung …« Henri überlegte sich gerade, ob er aufstehen sollte, um einen Kaffee zu holen, als Maxim fragte: »Was sticht Ihnen als Erstes ins Auge?«

»Die Nadeln, sie sind seit Jahrtausenden ein Folterwerkzeug.«

»Wenn Sie Ihre Erfahrung und Ihr Wissen einen Moment außer Acht lassen würden – was wäre dann Ihre erste Wahl?«

Henri ging die Liste noch einmal durch. »Aufbegehren«, sagte er dann.

»Weiter.«

»Zerstörung, dann Demütigung …«

»Gut, dann gehe ich die Liste jetzt Wort für Wort durch und erkläre, warum mir diese Worte zu der Tat eingefallen sind«, entgegnete Maxim. »Danach kommst du … kommen Sie dran.«

»Wir können uns gern duzen«, schlug Henri vor.

»Ich betrachte alles, was der Täter jemandem antut, als Reflexion seiner selbst. Denken wir also über das Wort Zerstörung nach. In ihm ist etwas zerstört worden, vielleicht innerlich, vielleicht sein Haus, vielleicht seine Lebensgrundlage, die Liebe. Das könnte der Auslöser gewesen sein. In der Zerstörung wiederholt er ein Muster. Deshalb der nachträg-

64

liche Schlag auf den Schädel. Es war nicht nur der Abschluss seiner Tat, es war auch das Ende eines Musters, vielleicht sogar ein Befreiungsschlag.«

Maxim machte eine Pause, blickte auf und sah Henri an.

»Ein Täter mit verschiedenen Persönlichkeitsanteilen«, fuhr er fort. »Die These ist etwas gewagt, könnte jedoch eine Erklärung für die zwei differierenden Verhaltensmuster am Tatort sein, die verschiedenen gefühlsmäßigen Polaritäten. Da ist zunächst das eher kindliche und planlose Foltern mit den Nadeln. Selbst die Steigerung zur Vergiftung mit Formalin geschieht stümperhaft. Von der kindlichen Wut und Hilflosigkeit kehrt er sich in dem Moment ab, in dem Joyce tot ist. Er verlässt das emotionale Kind und wird zum gefühlskalten und deshalb planvollen Soziopathen.«

Die Tür des Konferenzraumes ging auf, und Natalia schob einen kleinen Wagen mit Kaffee, Saft, Brötchen und Obst herein. Dann nahm sie Platz, und Maxim fuhr mit der Darlegung seiner Gedanken fort.

»Im Gegensatz zum Psychopathen ist der Soziopath wenigstens eingeschränkt fähig zu Mitgefühl.« Maxim ging zum nächsten Punkt über. »Die Demütigung. Dem Opfer den Kopf zu zertrümmern, nachdem es an dem Gift gestorben ist – das kommt einem Nachtreten gleich. Dieses Nachtreten geschah möglicherweise bereits nach dem Sprung des Täters vom emotionalen Kind zum planvollen Mann. Möglicherweise hat er schon selbst am Boden gelegen, und es wurde nachgetreten.«

Eine Gänsehaut überzog Henris Körper, und er musste sich sehr beherrschen, um diesem Frösteln aus dem tiefsten Inneren nicht nachzugeben. Sie lagen so unendlich viele

Jahre zurück, diese Erinnerungen aus seiner Kindheit, mit der er sich mittlerweile eigentlich ausgesöhnt hatte. Aber jetzt kam es ihm so vor, als ob dieser Maxim ihn mit seinen Worten geradewegs dorthin zurückjagte. Die Faustschläge ins Gesicht, durch die er stolperte und rückwärts gegen die Wand prallte, die Flucht unter den massiven Esstisch und das Nachtreten seines Vaters. Henris Fäuste ballten sich, er konnte es nicht verhindern. Sein Mund wurde trocken, und er musste sich räuspern, um seine Stimme aus dem verzweifelten Schweigen von damals zurückzuholen.

»Willst du …«, begann Henri. »Entschuldigung, darf ich dich überhaupt unterbrechen?«

Maxim strahlte ihn an. »Ja, natürlich, aber danke, dass du gefragt hast.«

»Willst du damit also sagen, dass dem Täter alles, was er Joyce angetan hat, selbst widerfahren ist?«

Maxim trat ein wenig zur Seite. »Der Mensch ist simpler, als man gemeinhin annimmt. Wir tun nichts, was wir nicht kennen oder selbst erlebt haben. Denn das ist es, was unser Gehirn speichert.«

»So einfach ist das mit Tätern aber nicht.«

»Das habe ich nicht gesagt. Wir suchen hier einen Mann, der Zerstörung und Demütigung erlebt hat. Ob er es als Kind von seiner Mutter erfahren und ob es jetzt einen Auslöser gab, der ihn zu dieser Tat geführt hat, können wir an dieser Stelle noch nicht sagen. Ganz sicher ist, dass das, was wir an einem Tatort sehen, einem Muster entspricht, das beim Täter gespeichert ist. Stell dir irgendeine Situation vor, die dich emotional mitnimmt. Du hast in diesem Moment nicht die Möglichkeit, in Ruhe zu bedenken, wie du handeln sollst. Also greifst du auf Erlerntes zurück. Diese Tat war kein lang geplanter Mord. Der Täter musste unter enormem Stress schnell handeln und hat es getan, indem er auf zwei verschiedene Muster zurückgegriffen hat.« Maxim machte eine Pause. »Können wir mit den nächsten Punkten weiter-machen?«, fragte er dann.

Henri nickte, stand auf und nahm sich Kaffee. »Möchtest du auch einen, Maxim?«

»Nein danke, Kaffee senkt meine Konzentration.«

»Aha. Und du, Natalia?«

»Gern. Mach weiter, Maxim«, bat sie, während Henri ihr eine Tasse Kaffee reichte. Maxim ging die gesamte Liste durch und stellte bei jedem Wort, das ihm eingefallen war, eine Beziehung zum Täter her.

»Wir haben es meiner Meinung nach mit einem Mann zu tun, der in der Mitte seines Lebens steht«, fasste Maxim schließlich zusammen. »Ein junger Mensch wäre ungestü-mer vorgegangen und hätte Verlust und Demütigung bei der Folterung noch anders ausleben können. Unser Täter dürfte mindestens 50 Jahre alt sein. In seiner Wahrneh-mung ist das, was zerstört wurde, nicht mehr wiederher-stellbar oder neu zu erreichen. Dieser Mann hat entweder seinen Job, sein Unternehmen und/oder seine Familie verloren. Kommen wir also zu dem Opfer.« Maxim blickte kurz hoch und sah, dass Henri wie in der Schule die Hand hob.

»Ich hätte noch ein paar offene Punkte zum Thema Fol-ter.« Er nahm sein Smartphone aus der Jacketttasche und rief das Foto vom Flipchart auf, das er vergangene Nacht gemacht hatte.

»Gibst du es mir, dann lade ich es auf den Bildschirm, und wir können es alle sehen?« Natalia streckte ihre Hand aus, und Henri überließ ihr sein Smartphone. Sie ging nach vorn, verband es mit einem Kabel, und Maxim tippte ein paar Befehle auf dem Multitouch-Tisch ein. Henris Foto von letzter Nacht erschien mit dem Zeitstempel 3.15 Uhr.

»Du warst also spät im Bett?«, bemerkte Natalia und lächelte ihn an.

»Folter ist ein interessanter Aspekt«, meinte Maxim, ohne auf Natalias Bemerkung einzugehen. »In diesem Fall war es definitiv keine sexuell motivierte Folter. Von den Reaktionen im Gewebe her weiß ich, dass der Täter keine großen Pausen eingelegt hat. Die kleinen, durch die Nadeln verursachten Verletzungen bringen den Körper dazu, an diesen Stellen Kollagen, Elastin und Hyaluronsäure auszuschütten. Diese drei Substanzen sagen mir, wann die einzelnen Verletzungen stattgefunden haben. Unser Täter hat sehr langsam angefangen und ist dann immer schneller geworden. Erst ein paar Nadelstiche auf Armen und Beinen, dann ganz viele dicht nebeneinander.«

Da klopfte es an der Tür. Mittlerweile war es zwölf Uhr und Zeit für die von Natalia angekündigte Zwischenbilanz. Henri nutzte die kurze Unruhe und ging hinaus, um Henriette anzurufen.

»Ja, ich habe Ann erreicht«, sagte sie ohne Begrüßung.

»Sie selbst oder das Hotel?«

»Ich habe der Dame am Empfang keine Wahl gelassen und darauf bestanden, dass sie Ann zum Telefon bringt.«

Henri grinste in sich hinein. Henriette hatte viel gelernt, seitdem sie zusammenwohnten.

»Sie sagte, es sei alles perfekt, nicht nur die Lage des Hotels. Auch die Räumlichkeiten seien großartig und die Gäste begeistert. Ich habe dann noch nach den Kindern gefragt, und sie sagte, die hätten im Moment noch nicht viel zu tun. Die Karatelehrgänge fangen wohl erst heute Nachmittag an.«

Natalia kam auf den Flur und winkte ihn herein.

»Danke, Henriette, ich melde mich später noch einmal.« Henri schob sein Smartphone in die Tasche. Wie sollte es auch nicht perfekt sein? Schließlich hatte Ann diese Tagung geplant. Sie hatte zwar das Hotel nicht selbst ausgesucht, aber am Schluss für sehr geeignet befunden. Nichts, was sie tat, überließ sie dem Zufall.

Henri fürchtete, dass der Reuss-Konzern Ann bald nach New York berufen würde. Vor einem Jahr hatte der Konzern seinen Hauptsitz in die Vereinigten Staaten verlegt, kurz darauf war das Unternehmen an die Börse gegangen. Seit zwei Jahren leitete Ann nun das Europageschäft. New York war der logische nächste Schritt ihrer Karriere, das wusste Henri, das wusste Ann, und seit Monaten sparten sie dieses Thema aus. Vielleicht habe ich deshalb diese Albträume?, dachte Henri. Seit dem ersten Tag, an dem er sich in Ann verliebt hatte, begleitete ihn die Furcht, sie wieder zu verlieren.

Henri hörte nur mit halbem Ohr zu, während Maxim das vorläufige Täterprofil zusammenfasste. Dann ging Tanni nach vorn.

»Fools, wir haben nicht viel Neues. Immer noch keine Thanatopraktiker oder Mitarbeiter eines Beerdigungsinstituts oder andere Berufsgruppen mit Formaldehyd und Nadeln und einer Verbindung zu Joyce. Auch mit den Datenbanken für Mordfälle sind wir komplett durch. Die ViCAP-Anfrage in Amiland läuft noch.«

Henri beugte sich zu Natalia. »Ihr habt Zugang zu Vi-CAP?«, flüsterte er.

»Auf die eine oder andere Weise, ja«, entgegnete Natalia grinsend.

»Aber«, fuhr Tanni fort, »ich denke nicht, dass ein Ami nach good old Düsselvillage kommt, um hier das Gleiche zu tun wie dort. Egal, die Anfrage läuft. Auch mein Algorithmus für den Vergleich ist schon gelaufen.« Sie richtete ihren Blick auf Henri. »Dieses Programm sucht zunächst nach allen Übereinstimmungen. Zum Beispiel, in welchen Fällen Nadeln im Spiel waren oder Folter oder Hautverletzungen … Dann versucht es, eventuelle Steigerungen zu finden. Damit können wir ausschließen, dass unser Täter irgendwo mit kleinen Spielen angefangen und sich dann gesteigert hat, wodurch er durch mein ausgelegtes Netz rutschen würde. Außerdem haben wir mit der Hausbesitzerin Marie von der Weide telefoniert, doch sie konnte uns nichts über Joyce sagen, was wir nicht schon wussten. Die Befragungen der umstehenden Häuser verliefen ergebnislos. Keine auffälligen Autos, keine Streitigkeiten auf der Straße, wir haben wirklich alle nach allem gefragt.«

Sie hielt einen Moment inne und runzelte die Stirn.

»Ach ja, von Zorro soll ich melden, dass sie verschiedene Fingerabdrücke im Hausflur und an der Eingangstür sicherstellen konnten. Sie sind noch vor Ort und denken, dass um 17 Uhr die ersten Auswertungen durch sind.«

Die Biologie konnte mit dem verwendeten Reinigungsmittel aufwarten. Es war ein in medizinischen Laboren gängiges Produkt, ein Konzentrat aus Orangen- und Limonenöl, hochgradig antibakteriell. Auch der Physiker Theo fasste die vorläufigen Untersuchungsergebnisse seiner Abteilung zusammen: Die Nadeln, das Formalin, das Reinigungsmittel und die Bleiche wiesen auf ein Labor im medizinischen Bereich hin. Deshalb habe man die Tatwerkzeuge eingegrenzt und halte nun einen massiven Stößel aus Granit oder Stein für wahrscheinlich.

Natalia stand auf, ging nach vorn und löste ihr streng zusammengebundenes Haar. Henri mochte das an ihr, denn jedes Mal, wenn sie das tat, zeigte ihr Gesicht seine Weichheit und Verletzlichkeit. Das war vor drei Jahren der Moment gewesen, in dem er sie einfach küssen musste.

»Es ist noch etwas früh, aber doch schon der zweite Tag, und der Mörder hatte schon eine ganze Woche, um sich zu erholen und weiter seine Spuren zu verwischen. Was bietet ihr an?«

Das entstehende Schweigen im Raum empfand niemand als unangenehm, denn jeder versuchte, seine Gedanken zu ordnen.

Natalia band ihre Haare wieder zusammen, und die Strenge ihres Gesichtes mit den hohen Wangenknochen kehrte zurück. »Das logische Motiv, eine Journalistin zu ermorden, wäre doch, wenn sie über etwas schreiben will, was ich nicht will«, beantwortete sie ihre eigene Frage.

»Und die Folter hebelt dieses Motiv sofort aus«, gab Henri zurück, »denn ich foltere nur, wenn ich davon ausgehe, dass das Opfer etwas weiß, was ich nicht weiß. Wenn ich sie am Schreiben hindern will, genügt es, sie zu töten.«

»Wie würdest du Joyce Darlington beschreiben?«, fragte Maxim und sah Henri an.

»Meine Lebensgefährtin Ann Stahl kannte Joyce aus der Schule«, antwortete er. »Ann hat einmal gesagt, dass Joyce immer ganz genau wisse, was sie tue. Und für eine gute Geschichte sei sie bereit, eine Menge zu tun, wenn eine hohe Auflage in Sicht ist. Joyce gibt 10 000 Euro nur dann aus, wenn sie sicher ist, dass 30 000 dabei herauskommen.«

»Du würdest sie also als bestechlich bezeichnen?«, wollte Natalia wissen.

»In unserem Fall mit dem Leiter des Apollovarietés«, nuschelte Zorro, »war sie es auf jeden Fall. Sie hat uns sehr geholfen, um dann bei der Verhaftung die Erste zu sein.«

Henri nickte. »Ja, das stimmt.«

»Spielen wir das Szenario durch«, schlug Natalia vor. »Joyce wollte eine Story bringen. Das Objekt der Story will das verhindern, und sie verabreden sich, denn wir dürfen nicht vergessen, dass sie ihren Täter in ihre Wohnung eingelassen hat. Sie reden. Joyce weigert sich, die Informationen entweder zu löschen oder herauszugeben, und verweigert damit auch dem Täter den Ausweg aus seiner Situation. Dann wieder habe ich einen Grund zu foltern.« Natalia ging beim Reden auf und ab. »Die Geschichte, die sie bringt oder nicht bringt, muss die Eigenschaft haben, mich zerstören zu können, sonst morde ich nicht. Oder Joyce hielt etwas zurück, was mich hätte retten, sprich, rehabilitieren können, auch das ist denkbar, Henri, oder?«

Henri nickte. Dann wandte er sich an Tanni. »Sie haben die Überwachungskameras gecheckt, oder?«

»Wir haben bei den Kameras vor dem Haus die Metadaten teilweise wiederherstellen können. Das gilt auch für die anderen relevanten Kameras. Joyce ist in den Aufzeichnungen nur selten zu sehen.«

»Joyce hat sich oft verkleidet«, erklärte Henri. »Ihre normale Körpergröße von …« Er blickte zu Maxim.

»1,73 Meter und 4 Millimeter.«

»Genau, und diese Körpergröße konnte sie bis zu 1,85 Meter variieren, was nicht immer an hohen Absätzen sichtbar war. Zudem besaß sie Perücken in allen Haarfarben, ebenso Hüte und Tücher. Joyce war sehr wandelbar. Und es waren keine Verkleidungen, nein, sie *war* dann diese Person, eine schüchterne Muslima im Kopftuch, eine Nonne mit Bibel, eine intellektuelle Professorin.«

Henris Smartphone gackerte. Tanni griff automatisch nach ihrem eigenen Gerät. »Hey, das glaub ich jetzt nicht, Sie haben das gleiche Huhn auf Ihrem Handy? Legt es auch ein Ei?«

»Tanni«, warnte Natalia.

»Ich muss mal eben telefonieren, es ist Marie von der Weide, die Vermieterin von Joyce. Wir kennen uns durch Ann«, sagte Henri, stand auf und ging hinaus auf den Flur.

Dort versuchte er, Anns bester Freundin auszureden, ihre Konferenz in Leningrad zu unterbrechen und nach Düsseldorf zu kommen.

»Du kannst doch momentan sowieso nichts tun. Ann ist in diesem Hotel, es gibt keinen Handyempfang dort, und ich will ihr gern persönlich von Joyce' Tod erzählen.«

»Du hast echt Nerven. Ich buche den nächsten Flug nach … verdammt, welches Hotel war das noch mal?«

»Marie, sie hat dort eine wichtige Konferenz, willst du das alles über den Haufen werfen? Sie war ja nicht einmal mit

Joyce befreundet. Es reicht doch, wenn Ann am Freitag-abend davon erfährt, wenn sie zurück ist.«

»Also gut.« Marie seufzte laut, und Henri wusste, dass sie sich jetzt durch die roten Haare strich. »Dann komme ich auch am Freitag. Brauchst du noch was aus meinem Haus? Unterlagen von Joyce?«

»Nein danke. Es sei denn, du weißt, woran sie gearbeitet hat.«

»Banken. Das war ihr großes Thema.«

»Das haben wir schon. Mit dem Thema war sie aber nicht allein. Dazu haben viele Leute recherchiert.«

»Soweit ich weiß, hat die Bank of Scotland bei der Ban-kenkrise eine ganze Reihe kleine Leute geprellt.«

»Was meinst du mit geprellt?«

»Nun, die sind ja schlecht im Haushalten, und so haben die paar Milliarden aus den diversen Rettungsschirmen nicht gereicht. Die haben Kredite von Unternehmen kaputt geschrieben. Also Kredite, die eigentlich im grünen Bereich lagen, aber mit einem kleinen Schubs, wie einer Erhöhung der Zinsen, einer Extragebühr, in die roten Zahlen rutsch-ten. Die Bank hat die Kredite gekündigt, und zahlreiche Unternehmen sind pleitegegangen.«

»Das ist nichts Besonderes, so was tun Banken nun mal.«

»Mm, schon klar, aber nicht, wenn die Kredite im grünen Bereich sind. Und was sich gar nicht gehört, ist, deinen Mit-arbeitern horrende Boni zu zahlen für jedes kaputt geschrie-bene Unternehmen, und genau das hat die Bank of Scotland gemacht. Dann haben sie die Unternehmen, die Immobilien und Länder in ihr Eigentum übernommen und gewinnbrin-gend verkauft. Noch einmal Boni.«

»Die Bank of Scotland und Joyce?«

»Nein, Joyce war einer deutschen Privatbank auf die Spur gekommen, die sich ebenso verhalten hat.«

»Welche meinst du?«

»Das wiederum hat sie für sich behalten. Du weißt, eine gute Story ist schnell kaputt. Es muss aber eine Düsseldorfer Bank gewesen sein, weil der Kurier ja nicht gerade überregional berichtet.«

»Ist dir sonst noch irgendwas aufgefallen?«, wollte Henri wissen. »Besucher, die du nicht kanntest, ein neuer Mann?«

»Du kennst meinen Job, oder? Ich schätze, du hattest mehr mit ihr zu tun als ich.«

»Danke, Marie, da hast du natürlich recht. Wir hören voneinander, wenn du Freitag zurück bist, ja?«

»Geht klar, wie ist Penelope?«

Henriette hatte ihm nie viel von den Geschwistern seiner Exfrau erzählt. Aber seit Penelope sich vor drei Wochen angekündigt und ihrer Mutter erklärt hatte, dass sie länger bleiben wolle, war sie ständig Thema im Haus in der Hohen Straße.

»Erzähl ich dir ein andermal«, sagte Henri und beendete das Gespräch.

Als er in den Konferenzraum zurückkam, wähnte er sich erst allein, dann entdeckte er Maxim in der Ecke vor einem Foto von Joyce. »Hatte sie viele Verehrer?«, fragte er abgewandt.

»Ja, hatte sie. Aber das hat sie nicht interessiert.«

»Sie hat das Gesicht einer Jägerin. Auf jedem Foto ist sie auf der Jagd.«

Natalia kam zurück. »Ich habe für dich auch japanische Nudelsuppe bestellt, ich hoffe, das passt?«

Henri nickte, ging zu Maxim und starrte das gleiche Foto an, während er den beiden vom Telefonat mit Marie erzählte.

Natalia nickte und wählte die Nummer der IT-Forensik.

»Ich habe mitgehört«, erklärte Tanni. »Ich schränke die Suche nach Joyce Darlington vorübergehend ein und setze ein paar Leute dran, unsere Privatbanken zu durchleuchten, wo so etwas gelaufen sein könnte.«

Natalia legte wieder auf.

»Wenn eine Bank einen Bericht zu fürchten hat, was tut sie dann?«, fragte sie.

Maxim kehrte zum Tisch zurück. »Bestechen, wäre mein erster Versuch.«

»Eine Journalistin? Was, wenn sie den Bestechungsversuch aufzeichnet und dann als Beweis präsentiert?«, hielt Henri dagegen.

»Ich würde versuchen, ihre Quelle auszuschalten«, sagte Natalia.

Henri schüttelte unmerklich den Kopf und dachte: Da ist es wieder, das Mädchen, das mit sechs in eine Militärschule geschickt worden war, in der mehr Kampftechniken gelehrt wurden als Rechtschreibung, Kunst und Literatur. Er legte den Kopf schräg und strich seine schwarzen Locken hinters Ohr. »Könnte Joyce die Quelle gewesen sein? Sie kann doch höchstens selbst eine Quelle gefunden haben, und sie wurde gefoltert, um die Quelle ausfindig zu machen. Hier beißt sich die Katze in den Schwanz, wenn ich an das unprofessionelle Foltern und das professionelle Säubern des Tatortes denke. Was übersehen wir?« Er blickte Maxim und Natalia an. Es klopfte, ihr Essen wurde auf einem Tablett hereingeschoben.

76

»Wir gehen die ganze Zeit von einem Einzeltäter aus. Was, wenn ein Zweiter gekommen ist, um den Tatort zu reinigen?«, fuhr Henri fort.

Natalia trug die Suppenschalen an den Tisch, verteilte Stäbchen und Porzellanlöffel, Servietten und Seetangsalat. Als sie die Deckel von den Schalen nahm, verbreitete sich ein Duft nach Koriander und Sesamöl im Raum. Henri hörte seinen Magen knurren und nahm am Konferenztisch neben Natalia Platz.

»Oder noch ganz anders.« Er tauchte den Löffel in die dunkle Brühe. »Täter Nummer eins ist ein Mitarbeiter der Bank, der um seinen Job fürchtet, wenn das mit den Bonizahlen herauskommt. Er will von Joyce wissen, woher sie die Infos hat. Die Situation eskaliert, Joyce stirbt. Der Täter verlässt panisch den Tatort.« Henri schlürfte die Brühe von dem Löffel und spürte, wie sie sich heiß und würzig in seinem Mund verteilte. »Die Suppe ist unglaublich«, murmelte er. »Es geht euch wirklich gut hier.«

»Wir nennen es optimiertes Arbeiten«, meinte Natalia und fischte geschickt mit den Stäbchen Nudeln aus der Suppe, »keine Zeitverschwendung durch langes Essengehen und Warten im Restaurant, keine Ablenkung. Wenn wir hier drin essen und manchmal, wenn es besonders dicke kommt, auch schlafen, bleiben wir fokussiert, und das gute Essen anstatt Pizza ist die Rückzahlung. Mach weiter«, forderte sie und schob die Nudeln in ihren Mund. Henri wusste, dass alle Büros im Kompetenzcenter mit Schlafsofas und Badezimmern ausgestattet waren.

»Variante eins: Er erzählt es jemandem, und der oder die will helfen, kommt zum Tatort und macht sauber«, fuhr

Henri fort. »Variante zwei: Er flieht vom Tatort, und kurz darauf kommt jemand, der vielleicht das Gleiche wie er wollte und zur Sicherheit lieber den ganzen Tatort reinigte.«

»Woher stammen bei diesen Varianten das Formalin und die Nadeln?«, fragte Maxim von der gegenüberliegenden Seite.

»Aus dem Labor seiner Freundin oder aus dem alten Kellerlabor seines Opas. Er muss nicht zwingend eine Tätigkeit haben, bei der er Zugriff auf diese Chemikalie hat.« Henri aß konzentriert weiter.

»Zorro wird sicher was zu den Fingerabdrücken sagen können«, meinte Maxim.

»Nicht jeder hält sich am Geländer fest«, gab Henri zu bedenken, »und die Türknäufe wird er sicher auch abgewischt haben, wenn er so gründlich ist.«

»Ich dachte, du hast lange mit Zorro gearbeitet«, feixte Natalia und blickte ihn von der Seite an.

Henri zog die Schultern hoch. »Was soll das heißen?«

»Dass Zorros Team den ganzen Flur saugen wird, um Bodenproben zu erhalten«, sagte Maxim. »Er wird die Tür von innen und außen präparieren, ob sich vielleicht ein Abdruck einer Ohrmuschel abzeichnet, falls jemand von außen versucht haben sollte zu lauschen, ob wer in der Wohnung ist, oder in der Wohnung, ob im Flur was zu hören ist. Er saugt die Tiefgarage, um Bodenproben zu finden, die ihm erzählen können, wo die Autos vorher geparkt haben …«

»Jetzt hört schon auf! Ist das wahr, oder läuft das immer noch unter Brautwerbung?«, fragte Henri.

»Willkommen im Kompetenzcenter«, antwortete Natalia, hob ihre Schale und trank daraus den letzten Rest Suppe.

»Gibst du uns Zeit für eine Zigarette?«, fragte sie in Maxims Richtung. Der nickte und begann, das Geschirr auf den Wagen zurückzustellen, während die anderen den Raum verließen.

Natalia und Henri standen nebeneinander am Fenster und blinzelten nach der Dunkelheit im Konferenzraum in den klaren Herbsttag, der allerdings am Horizont bereits mit schwarzen Wolken drohte. Trotz des Sonnenscheins war die Luft schneidend kalt, und Henri zog seinen Schal enger zu.

»Und? Reizt es dich nicht, oder hast du das auch im BKA?«

Henri inhalierte und blickte auf Natalia hinunter, die ihre Schuhe ausgezogen hatte und nun fast einen ganzen Kopf kleiner war als er. »Nein, das haben wir nicht. Ich schätze, diese Kosten kann ein Land sich nur einmal leisten. Natürlich kann man sich fragen, warum ausgerechnet ihr vom LKA Nordrhein-Westfalen die Glücklichen seid.«

»Nur kein Neid. Es war Dr. Köhlers Idee und mein Konzept, und ja, er hat, oder besser gesagt hatte, einen guten Draht zum Innenministerium und einen Innenminister, der das Wagnis eingegangen ist. Auch wenn wir Köhler zum Teufel jagen mussten, wir verdanken ihm dieses Center hier, ohne ihn gäbe es uns nicht.« Natalia zog an ihrer Zigarette. »Wir haben uns was getraut, und der Erfolg gibt uns recht. Wir hätten auch baden gehen können, aber wir haben eine Aufklärungsquote von 99 Prozent.«

»Ist die schöngerechnet? Oder warum nutzt man euch nicht als Blaupause und baut in anderen Städten so ein Kompetenzcenter nach?«

Natalia drückte ihre Kippe aus. »Du vergisst dabei die Menschen. Diejenigen, die bei uns arbeiten, sind die Besten in ihrem Fach. Keiner hackt schneller als Tanni, schreibt schneller und besser ein Programm als sie, vor Maxim haben alle Rechtsmediziner Angst, weil sie wissen, er findet immer noch was, wenn sie selbst nach Tagen und Wochen aufgegeben haben. Aber Maxim braucht Tanni, um auch menschlich gut funktionieren zu können. Unsere Biologen und Physiker sind Forscher und bilden sich ständig weiter. Das kannst du nicht beliebig oft duplizieren. Ich liebe, was wir geschaffen haben, was wir hier tun, jeden Tag aufs Neue.«

Henri nahm ihre Kippe und brachte sie mit seiner zum Papierkorb. »Ja, es ist durch und durch dein Baby, ich weiß noch, wie du mir vor drei Jahren davon erzählt hast«, sagte er und lächelte Natalia an, die das Fenster schloss, zu ihrem Schreibtisch ging und eine rote Strickjacke anzog, die auf ihrem Stuhl hing. »Immer noch kein Wunsch nach realen Kindern?«, setzte Henri nach.

»Nein, das hier ist mein einziges Kind, und wenn ich mich nicht mit vollem Einsatz dieser Sache widme, geht es einfach nicht.« Sie schlüpfte wieder in ihre Schuhe, die sie sieben Zentimeter größer machten.

»Und Sven, will er keine Kinder von dir?«

»Warum sollte er?«, fragte Natalia und runzelte die Stirn.

»Ihr seid ein Paar.«

Natalia lachte. »Siehst du, Henri, das ist der Grund, warum ich dich hier haben will! Du hast ein Gespür für Menschen. Du hast Sven einmal gesehen und eine Reaktion, und er hat dir schon alles erzählt.«

»Nicht alles.« Henri hielt ihr die Tür auf. »Er hat mir zum Beispiel nicht verraten, warum er bei einer Frau bleibt, die weniger von ihm will als er von ihr.«

»Genau das brauchen wir hier, denk mal drüber nach, was du hier mit deinen Fähigkeiten leisten könntest.«

Als sie nach einem kleinen Umweg durch die Kaffeeküche im Konferenzraum ankamen, wartete Maxim schon auf sie.

Henri und Natalia setzten sich.

»Erklär Henri bitte kurz die Pyramide, die du in der Zwischenzeit vorbereitet hast«, bat Natalia ihn.

»Gern.« Maxim ging zum Multitouch-Tisch und rief eine Datei auf. Eine unendlich lange Liste von Fragen erschien auf dem Hauptbildschirm.

Wie wohnt er/sie?

Familienstand?

Kurzfristige Ziele?

Langfristige Ziele?

Kleidung?

Bücher?

Filme?

Karriere?

Beziehungen?

Nach 90 Fragen war Schluss. Maxim gab einen Befehl ein, und die ersten Antworten erschienen. Schließlich war eine Pyramide zu sehen.

»Das ist ein von Tanni entwickeltes Programm«, erklärte Maxim. »Das Internet ist voll von Infos zu jedem, der online unterwegs ist: Bücher kaufen, Filme kopieren, Musik streamen, Geld überweisen. Wir wissen, was er bei Amazon bestellt, was er in Supermärkten kauft, wie oft er Alkohol oder Schokolade in seinen Einkaufswagen legt, was für Medikamente er braucht, wo er essen geht. EC-Karte, Payback, Kreditkarte oder Kundenkarte. Diese Daten reichen uns gemeinhin völlig, um viele Fragen zu beantworten. Alexa und ihre Konkurrenten sind neuerdings eine aufschlussreiche Ergänzung. Wir haben ursprünglich mit 50 Fragen begonnen, mittlerweile sind es über 100, die wir nicht alle abfragen, sondern gewichten.« Henri warf Maxim einen bewundernden Blick zu. Er ist nicht einmal stolz auf das, was er da macht, dachte er kopfschüttelnd.

»Stimmt etwas nicht?«, fragte Maxim.

»Nein, Entschuldigung, mir ist nur etwas durch den Kopf gegangen.«

Maxim gab weitere Befehle ein. »Dann füllen wir jetzt die Pyramide«, sagte er. Zuunterst erschien als kaum sichtbare Linie der Faktor »Herkunft und Familie«, darüber kam einige Zentimeter breit »Ehrgeiz und Eitelkeit«. Die gesamte obere Spitze der Pyramide nahm das Stichwort »Karriere« ein.

»Was du hier siehst, ist das Psychogramm eines Menschen, der seine Herkunft verleugnet und sich einen anderen Halt sucht, der das Fundament einer sicheren Familie ersetzen kann. Das Arbeiten mit Masken ermöglichten ihr eine zusätzliche Sicherheit, weil das Verstecken ihrem Wesen entsprach, sie fühlte sich also sehr wohl in diesen Rollen.« Maxim zögerte einen Moment: »Das trug sicher dazu bei, dass sie die Rollen so gut spielen konnte. Die von dir, Henri, beschriebene Fähigkeit, in andere Personen zu schlüpfen, beherrschte dieser Charakter weit über die äußerlichen Verkleidungen hinaus.« Er machte eine Pause und wandte sich ihrem Foto zu. »Joyce Darlington stand auf einem wackeligen Boden. Das war sicher auch ein Grund, warum sie keine Beziehungen führte, denn ein Partner im Alltag hätte das irgendwann gemerkt. Darüber hinaus wäre es für Joyce sehr anstrengend gewesen, im privaten Bereich auch noch Rollen zu spielen. Deshalb arbeitete sie gern allein, das gab ihr Nischen, um unbeobachtet zu sein und zu entspannen. Auch sonst hat sie keine engen Bindungen, also weder Freundschaften noch Verwandtschaft. Ihr Adressbuch enthält nur Geschäftskontakte. Das erklärt, warum sie in dieser Lebenskrise auf niemanden zurückgreifen konnte. Sie hat uns bis zum Schluss ihr wahres Ich verborgen, selbst im Tod.«

Henri hob die Hand, und Maxim nickte ihm zu.

»Sie spielte ihre Reize hemmungslos aus, und ich hätte ihr nie eine Feigheit, sich zu zeigen, zugeschrieben.«

»Das kommt daher, weil du sie als Mann gesehen hast. Das musst du ausblenden können, weil es dir sonst den Blick verstellt. Nimm eine neutrale Haltung ein. Dann wirst du sehen, dass ihr nur wichtig war, dass niemand hinter ihre Masken blicken konnte. Sie hatte dieses Versteckspiel so verinnerlicht, dass es möglichweise zu ihrem Tod geführt hat, weil es ihr nicht möglich war, ihre Rolle zu verlassen.«

»Woher weißt du das alles?«

Maxims Mund deutete ein Lächeln an. Er rief weitere Dateien auf, ging nach vorn und stellte sich neben den Hauptbildschirm. »Ihr Account bei Amazon verrät, dass sie sich überwiegend Liebesfilme bestellt hat, in denen die starke Frau am Ende ihren Weg allein geht und eben nicht in die Arme eines Retters sinkt, der fortan ihr Leben beschützen wird. Bücher über Selbstbeherrschung und Bücher über Körpersprache. Sie hat zahllose Reiseführer bestellt, aber nie eine Reise in diese Länder angetreten. Auf ihrem Facebook-Account ist sie sehr penibel nur mit Prominenten befreundet und hat zahlreiche Anfragen abgelehnt, zum Beispiel von Fans ihrer Kolumne. Ihre Kreditkarten sagen, dass sie in ein Restaurant ging, wenn sie alleine aß, und in ein anderes, wenn es ein Geschäftstermin war. Sie kaufte in genau zwei Boutiquen ein oder bestellte online, aber auch immer bei den gleichen Herstellern. Das zeigt einen Menschen, der in der Wiederholung Sicherheit sucht. Diese kleinen Routinen waren ihr Rettungsanker.« Maxim ging zurück an den Multitouch-Tisch. »Menschen, die sich dem Journalismus verschreiben, sind Informationsnutten. Sie verkaufen sich an den Höchstbietenden. Dabei geht es längst nicht immer um Geld. Oft steckt einfach die Jagdlust dahinter oder der Wunsch, ein Whistleblower zu sein, etwas Richtiges zu tun, und sehr oft geht es um das Erregen von Aufmerksamkeit. Aufmerksamkeit führt wiederum zu Auflage, und die wieder zu Geld. Deshalb haben Journalisten selten eine prinzipielle Haltung zu einem Thema. Das macht sie einerseits zu Everybody's Darling, sie werden nie mit dir streiten, sind aber auch unberechenbar. Nutte ist in meiner Pyramide nie verächtlich gemeint, der Begriff umfasst nur sehr gut gewisse Charaktereigenschaften.«

Während er Maxim zuhörte, musste Henri feststellen, dass der exaltierte Rechtsmediziner, der Joyce nie gesehen, wahrscheinlich nicht einmal etwas von ihr gelesen hatte, sie erheblich besser kannte als er. Sah man wirklich immer nur das im anderen, was man sehen wollte? Im Fall von Joyce hatte das für ihn geheißen: eine engagierte Journalistin, außergewöhnlich, klug und mit der Bereitschaft, sich an etwas festzubeißen, wie er eben auch. Sie hatte immer mit ihm geflirtet, aber nie einen ernsten Versuch unternommen. »Keiner will Ann zur Feindin haben«, hatte Marie von der Weide gescherzt.

Maxim holte ihn aus seinen Gedanken zurück, indem er das Profil weiter erklärte: »Erfolg, berufliche Bestätigung ist Joyce wichtig, weil das die Liebkosungen waren, die sie in Ermangelung von Freunden und Familie nicht erhielt. Genau das wird sie anfällig gemacht haben. Der besser zahlende Freier war in ihrem Fall nicht notwendigerweise der mit dem meisten Geld, sondern derjenige, der die meiste Anerkennung versprach. Wenn es also eine Geschichte gewesen wäre, die ihr große Bestätigung eingebracht hätte, wäre sie sehr empfänglich und damit sehr risikobereit gewesen. Was erklären könnte, warum sie jemanden in ihre Wohnung einließ, dem sie vielleicht gar nicht vertraute.«

Henri stand auf und stellte sich neben Maxim an den Bildschirmtisch: »Darf ich?«

Maxim trat zur Seite. Henri öffnete eine neue Datei und speicherte sie sofort ab. »Wir haben also Joyce, eine Bank X ...«

»Moment«, unterbrach Natalia und wählte Tannis Büro an. »Wir brauchen eine Liste von Zeitungsartikeln über deutsche Banken, die im Bankencrash schlechte Presse hatten, Tanni.«

»Alle hatten schlechte Presse!«

»Dann such besonders nach denen, die mit Joyce Kontakt hatten. Vielleicht ist Joyce auf den Kameraaufzeichnungen der Banken zu entdecken.«

»Guter Plan, wird erledigt, dauert aber sicher bis morgen Abend.«

»Bis morgen Mittag!«, entgegnete Natalia, bevor sie das Gespräch beendete und Henri zunickte.

»Wie schafft sie das?«, fragte Henri ungläubig.

»Tanni hat ein Team von 50 Leuten, aufgeteilt auf drei Schichten. Zudem schreiben sie ständig neue Programme, um ihre Suche eingrenzen zu können. Willkommen im digitalen Zeitalter, Henri. Wenn du weiterhin vorn mitspielen willst, solltest du dich damit beschäftigen.«

»Danke für die Unterweisung.« Er lächelte sie an, und Natalia errötete leicht. »Wenn es dir recht ist, mache ich jetzt weiter. Wir haben hier eine Rechnung mit zwei Unbekannten, Bank X und Täter Y. Die Frage lautet: Hat Täter Y mit der Bank zu tun? Wenn ja, ist er Kunde, Geschädigter oder ein Mitarbeiter der Bank? Der Täter wollte einen Artikel verhindern oder erzwingen. Das wissen wir jetzt noch nicht.«

»Wenn man sich alle ihre erschienenen Artikel anschaut, waren Enthüllungsgeschichten ihr Markenzeichen«, sagte Maxim, trat wieder neben Henri an den Multitouch-Tisch und schickte eine Statistik auf den Seitenbildschirm hinter Natalia. »In den zehn Jahren ihrer Karriere als Journalistin hat sie nicht weniger als 14 mehr oder weniger Prominente zu Fall gebracht. Wenn ich zurückkehre zu ihren Rollen, dann ist das eine, die sie nicht verlassen konnte. Joyce Darlington als Enthüllungsjournalistin! Ihr Täter wird also ganz sicher gewusst haben, dass er sie nicht von einer Veröffentlichung abhalten kann, oder im Umkehrschluss, dazu drängen muss«, schloss Maxim.

»Nur lohnt es sich ganz sicher nicht, dort zu suchen, denn ihre letzte Enthüllung, als sie Geldermann hingehängt hat, ist drei Jahre her«, entgegnete Henri. »Ich glaube einfach nicht an eine verspätete Rache. Es muss eine neue Story gewesen sein, und wenn wir deinem Profil folgen, Maxim, brauchte sie eine neue Enthüllungsstory wie ein Junkie seinen nächsten Schuss.«

Natalia stand auf, drehte sich zu dem Bildschirm mit den Statistiken um und studierte die Fakten. »Was wäre denn«, sagte sie leise, »wenn Joyce hinter Holger Edler her war? Immerhin hat sie vor zwei Monaten neben ihm an der Düsseldorfer Tafel gearbeitet. Du hast gesagt, Henri, dass du vor zwei Monaten zuletzt mit ihr gesprochen hast. Immer wenn es etwas Neues zu Dr. Pahl und Holger Edler gab, habt ihr Kontakt aufgenommen. Bist du dir ganz sicher, dass das in beide Richtungen galt?«

Es fühlte sich an wie eine Ohrfeige, aber nach allem, was Henri heute über Joyce Darlington gelernt hatte, konnte er nicht mehr sicher sein, dass sie ihn informiert hätte.

»Wie kam es überhaupt dazu, dass sie so vertraut neben Holger Edler Nahrungsmittel verteilt hat? Wusstest du davon?«

»Nein, das wusste ich nicht. Als gestern das Foto auftauchte, war mein erster Gedanke, dass sie einen neuen Ansatz gesucht hat, um an Polizeipräsident Edler ranzukommen. Weil sie die Macht hatte, Leute vom Thron zu stoßen, wurde sie natürlich auch hofiert.«

»Schon wieder in der Polizei?«, fragte Maxim unglücklich.

»Wir müssen offen bleiben«, sagte Natalia und setzte sich wieder. »Denn diese dilettantische Tötungsart könnte auch eine Tarnung sein. Die professionelle Reinigung des Tatortes könnte auf einen Menschen verweisen, der sich mit Spuren auskennt, also beispielsweise die Polizei.«

Die Tür ging auf, es war 17 Uhr und Zeit für die nächste Besprechung. Das Smartphone vibrierte in Henris Tasche. Als er die Nummer des Parrothotels auf dem Display sah, verließ er den Konferenzraum.

»Lavalle?«

»Hallo, Papa«, hörte er die Stimme von Alberta, »wir stehen alle drei am Telefon im Hinterzimmer, weil ja eigentlich niemand hier telefonieren darf. Ich habe heute mein erstes Training gegeben.« Sie klang aufgekratzt und stolz. Henri grinste und stellte sich seine jüngste Tochter vor, die ihm mit ihren blauen Augen und schwarzen Locken am ähnlichsten sah. Wahrscheinlich schmolzen die Frauen und Männer nur so dahin.

»Und morgen früh jagen wir sie in den Schnee«, sagte Christa, »Außentraining um sechs Uhr früh.«

»Sind die hohen Herren denn folgsam?«, fragte Henri.

Er hörte Ann lachen. »Und wie. Nimm ihnen ihre teuren Businessanzüge, ihre Statussymbole wie Rolex, Montblanc oder Richard Mille weg, und dann zieh ihnen Schuhe und Socken aus und stecke sie in weiße Einheitskleidung.«

Ja, dachte Henri, Ann weiß wirklich, wie man einen Menschen zum Seelenstriptease bringt. Sie wäre eine hervorragende Verhörspezialistin geworden.

»Also hast du deine Kandidaten für die Beförderung schon gefunden?«, fragte er.

»Nein. Wäre es so leicht, hätte ich keine Woche gebraucht. Mal sehen, wie sie sich morgen im Schnee anstellen, wenn Christa ihnen die Kommandos gibt. Alberta will man gehorchen, Christa muss man gehorchen. Und was noch wichtiger ist: Wie lange sie die Kälte und die nackten Füße im Schnee aushalten.«

»Du bist grauenhaft!« Henri lächelte, weil er fühlte, wie sehr er diese Frau liebte und verehrte. »Gewinnen sie, wenn sie bis zum Schluss mitziehen, oder gewinnen sie, wenn sie für sich entscheiden, dass es ihnen reicht?«

»Weder noch, das weißt du doch, es kommt auf das Wie an. Bei dir alles in Ordnung?«

»Ja, danke, wir haben einen neuen Fall, und Penelope ist gestern angekommen. Es scheint, dass sie gern auf dem Kopf steht.«

»Ist sie denn nett?«, fragte Alberta interessiert.

»Sie ist Henriettes Tochter«, wich Henri aus, der sich noch nicht sicher war, ob Penelope ein Zugewinn war. Er hatte sich nie Gedanken gemacht über die Halbgeschwister seiner Exfrau Lisa. Erst seit er bei Henriette im Haus wohnte, war ihm aufgefallen, dass sie immer auswich, wenn er sie bat, von den Kindern zu erzählen. Auch warum es drei Väter für fünf Kinder gab, hatte sie nie wirklich erklärt.

Natalia tippte ihm auf die Schulter und signalisierte ihm, dass sie nur auf ihn warteten.

»Danke für den Anruf, ihr drei. Ich muss jetzt weitermachen. Ruft ihr noch mal an?«

»Wir versuchen es«, sagte Ann. »Sonst sehen wir uns Freitag.«

Als Henri den Konferenzraum wieder betrat, spürte er,

dass sich etwas verändert hatte. Er suchte den Blick von Zorro, doch der starrte auf seine Unterlagen, dann fing er Tannis Blick auf, der Besorgnis ausdrückte.

»Zorro und Sven, würdet ihr bitte anfangen?«, sagte Natalia.

Die beiden standen auf und gingen nach vorn. Sven ergriff als Erster das Wort.

»Vom Fußboden in Flur, Hauseingang und Tiefgarage konnte Zorro mit seinem Team Feinstäube isolieren, wie immer diverse Kotarten, die Pollen von heimischen Pflanzen, aber auch Spuren von Eriophorum, Wollgras aus der Familie der Sauergrasgewächse, vorwiegend in Moorlandschaften zu finden, wie zum Beispiel der Eifel. Diese Probe ist höchstens zehn Tage alt und fand sich in der Tiefgarage, neben Reifenabdrücken, die zu einem Jeep gehören, der noch gar nicht auf dem Markt ist, der neue GLE Jeep von Mercedes. Wir fanden diese Spuren auch in den Fußmatten des Eingangsbereichs und vor Joyce' Tür.«

»Wir haben zur Sicherheit auch die Fußmatte von dieser Marie von der Weide abgesaugt, hier gab es allerdings keine Pollen von Wollgras«, murmelte Zorro.

»Wenn der SUV so neu ist, dass er noch gar nicht auf dem Markt ist, muss es doch ein Leichtes sein, den Besitzer zu ermitteln«, meinte Natalia und blickte Tanni tadelnd an.

»Das dachten wir auch. Laut Mercedes wurde der SUV an einen Scheich im französischen Cannes ausgeliefert, als Vorab-Goody für eine fettere Bestellung. Als wir den Car-Keeper in Cannes erreichten, suchte er unter den 231 Autos, die er im Laufe eines Monats zu bewegen hat, den SUV und fand ihn nicht. Der Typ ist seinen Job los, und der SUV wurde von der französischen Polizei vor einer halben Stunde offiziell als gestohlen gemeldet. Wann der SUV genau verschwunden ist, wissen wir also nicht.«

Natalia schloss die Augen. »Okay, weiter.«

»20 der 402 gesicherten Spuren sind noch offen«, berichtete Sven. »Dabei handelt es sich um Haarproben, Hautspuren an Joyce' Tür, innen wie außen, Vaginalsekret sowie angetrocknete Spucke, die Zorro unter Joyce' Fußmatte fand. Wir können sicher morgen, wenn die Nachtschicht fertig ist, auch diese bestimmen. Interessant ist noch …« Sven zögerte und blickte Zorro an. »Das überlass ich dir, du hast es schließlich gefunden.«

Zorro erklärte wieder in Henris Richtung, dass sie mit Maxims Hilfe ein sehr teures Abdruckpulver entwickelt hatten, dessen Partikelstärke im Nanobereich lag und eine sehr hohe Reaktivität aufwies und Reste von Körperfett noch aufspürte, wo man schon gereinigt hatte.

»Da ein großer Bestandteil des Pulvers aus Diamanten besteht, setzen wir es nur sehr selten ein.« Er blickte Natalia an und grinste schief. »Du musst dieses Mal nicht schimpfen, denn wir haben das hier gefunden!« Zorro wischte über den Bildschirm am Multitouch-Tisch. Auf dem Hauptbildschirm wurden eine Ohrmuschel und daneben der halbe Abdruck einer linken Hand sichtbar.

»Diese Person«, meldete sich der Physiker Theo von hinten, »hat ihr rechtes Ohr an die Tür gedrückt und sich mit der linken Hand abgestützt. Sie ist etwa 1,80 Meter groß.«

»Was, wenn die Person hohe Schuhe trug?«, fragte Henri.

»Dann ist das nicht wichtig«, belehrte Theo ihn mit einem Zwinkern, »denn wir können von einer Ohrmuschel zurückrechnen auf die Größe, sicher, immer mit einem gewissen Wagnis, zur Kontrolle haben wir aber glücklicherweise die Hände. Mag sein, dass es auf drei Millimeter abweicht, aber mehr nicht.« Auf dem Bildschirm lief eine Animation von Theo ab, die eine Person, ausgehend von der rechten Ohrmuschel und der linken Hand, in ganzer Größe zeichnete und auf Joyce' Wohnungstür platzierte.

»Die Fingerabdrücke, also auch die im Flur und auf den Treppengeländern, laufen durch das System, bisher ohne Treffer«, fügte Zorro noch an, während er schon zu seinem Platz zurückging.

»Das war es«, sagte Sven, »aus den niederen Gefilden der Spurensicherung, Physik und Biologie. Ich übergebe an die zweite Etage.«

»Tanni!«, rief Natalia.

»Zu Befehl!« Tanni hatte ihrem bunten Outfit ein Stirnband zugefügt, das ihr trotz der weißblonden kurzen Haare einen indianischen Touch gab. Sie kam nach vorn, trat an den Multitouch-Tisch, schickte mit einer Wischbewegung ihre Datei auf den Hauptbildschirm und öffnete sie. »Was die Presse aus der Bankenkrise betrifft, sind wir noch dran, genauso wie bei den Kameras der Düsseldorfer und der landesweiten Bankfilialen. Wir haben aus mehreren Gründen die Telefondaten von Joyce priorisiert.«

Tanni trat vor den Hauptbildschirm.

»Dank der braven Vorratsdatenspeicherung unserer Telekommunikationsdienstleister, die IP-Adressen und Skype-Gespräche genauso gierig aufheben wie die Standortdaten der teuflischen Smartphones, haben wir uns mit einem kleinen frechen Algorithmus mal da umgesehen und das hier gefunden.« Sie trat zur Seite und kreiste ein paar Telefonnummern ein: »Hier ihr Homeoffice, das waren 143 Anrufe in den letzten vier Wochen, was sich daraus erklärt, dass Joyce nicht in der Redaktion, sondern zu Hause gearbeitet hat.« Tanni grinste und zeigte auf eine Nummer, die nur vier Mal aufgetaucht war. »Das wiederum ist die Nummer von Dolly Buster, cool, oder? Ein paar andere Promis hat sie auch noch zu bieten. In den letzten zwei Wochen, wobei Joyce seit einer Woche schlummerte, hat sie ein paar Mal Anrufe von einem nicht registrierten Prepaidhandy erhalten, die Nummer konnten wir niemandem zuordnen, das Ding ist tot. Zudem hat sie zwölf Mal mit Holger Edler telefoniert, immer zwischen drei und zehn Minuten. Gefolgt von Anrufen der Düsseldorfer Bank Winkler und Gronert, die zur HSBF, der Hongkong Shanghai Banking Foundation gehört. Die dazugehörige Holding rangiert auf Platz 48 der größten Unternehmen der Welt. HSBF hat sich in den letzten Jahren zahlreiche Privatbanken gekrallt, darunter Winkler und Gronert sowie die Privatbank Julius Koch und vor etwas mehr als einem Jahr die Hausbank des mittlerweile US-amerikanischen Reuss-Konzerns, der diese Bank vor der Verlegung des Firmensitzes in die USA gewinnbringend verkauft hat.« Henri wurde hellhörig, und tatsächlich fuhr Tanni fort: »Die Nummer drei in der Hitliste der meistgewählten Nummern im letzten Monat ist Ann Stahl. Die zwei haben 38 Mal telefoniert, selten nur zwei oder drei Minuten, meistens zwischen zehn und fünfundzwanzig Minuten. Dazu kommen in der letzten Woche insgesamt 42 Anrufversuche von Ann bei Joyce, die nicht beantwortet wurden. Weil Joyce ja schon tot war.«

Natalia drehte sich zu ihm um: »Hast du das gewusst?«

Henris Mund wurde trocken, seine Hände heiß.

»Nein«, murmelte er, »davon habe ich nichts gewusst. Aber wir reden so gut wie nie über Anns Geschäfte, einfach, weil ich davon null Ahnung habe.«

»Welches Geschäft hätte sie denn mit Joyce haben können?«, bohrte Natalia weiter.

»Ich weiß es nicht!«, blaffte Henri sie an.

Die Stille im Konferenzraum legte sich wie flüssiges Blei auf Henri. Er konnte sich weder bewegen noch einen klaren Gedanken fassen.

»Fools«, setzte Tanni an, um die Schwere abzuschütteln, »wenn wir morgen die Bewegungsdaten von Joyce' Smartphone und den anderen Geräten haben, dank der NSA vielleicht sogar ein paar Gesprächsmitschnitte, können wir bei den Kameras in den Banken gezielter vorgehen.«

»Kannst du uns sagen, wann die Telefonate stattgefunden haben?«, fragte Henri mit dünner Stimme.

Tanni grinste ihn an. »Immer schön langsam, wir wollen ja die Telefonanbieter nicht verärgern. Weißt du, wenn bei denen ein Datensatz verschwindet, ist das laut Bundesdatenschutzgesetz nicht meldepflichtig.«

»Muss ich das verstehen?«, murrte Henri.

»Ja, damit du weißt, dass wir uns in einer Grauzone befinden, aber eben nicht illegal sind. Eine einzelne Telefonnummer bringt dir gar nichts, es sei denn, du setzt dich hin, rufst überall an und hoffst, die melden sich mit Namen. Erst wenn du zu der Telefonnummer einen Namen hast, haben wir einen Kontext und damit eine Information. Also kopieren wir nacheinander einzelne Datenstränge, erst die

Telefonnummern, dann die Namen und schließlich die An-rufzeiten. Wir werden zwar nie erwischt, aber wenn doch, kommt es nicht zur Anklage, und vor allem muss das Telekommunikationsunternehmen keine Meldung machen. Denn für sie geht es nur um einzelne Daten ohne Kontext.«

»Woher weißt du das alles?«

»Was denkst du, Henri, wie die NSA an unsere Daten kommt?«

Er schüttelte ungläubig den Kopf. Tanni verbeugte sich und machte dem Rechtsmediziner Platz. Maxim teilte dem Team mit, dass der Hautscan erste Vertiefungen zeige. Sie hätten außerdem Fingerabdrücke abgenommen, die mit denen von Zorro nicht übereinstimmten und ebenfalls gerade durchs System liefen.

Natalia erklärte das Meeting für beendet. Die nächste Besprechung sollte am nächsten Morgen um neun Uhr stattfinden. Schneller, als sie gucken konnte, hatte Henri den Raum verlassen, und obwohl sie hinter ihm herrannte, konnte sie ihn nicht einholen. Sie wusste, es hatte keinen Sinn, denn er war trotz seines Rauchens sehr gut trainiert.

»Gib ihm ein paar Stunden«, murmelte Zorro, der zu ihr ans Fenster getreten war. »Du weißt sicher, dass Ann Stahl schon einmal eine Hauptverdächtige war?«

»Ja, ich weiß.« Natalia drehte sich zu Zorro um. »Ich glaube nur, es ist viel schlimmer, wenn dir bewusst wird, dass dein Partner regelmäßig Kontakt zu einer Person hatte, die ermordet wurde, und du davon nichts gewusst hast. Sag Theo, er soll diese Doc Martens vom Flughafen und Ann Stahls Schuhgröße vergleichen.«

»Du schießt schnell«, bemerkte Zorro.

»Rücksichtnahme nützt uns nichts. Und ein Gefühl sagt mir, dass wir im Leben von Joyce Darlington noch mehr zu Ann Stahl finden werden.«

»Dein Gefühl? Ist das Leanas Einfluss?«

Natalia knuffte ihn in den Bauch. »Verschwinde.«

Es war die Wahrheit, sie hatte mit ihrer neuen Chefin schnell gelernt, wieder mehr auf ihre Gefühle zu achten und nicht nur auf Zahlen, Daten, Fakten zu vertrauen.

»Wohin geht Henri, wenn er nachdenken muss?«, rief sie Zorro hinterher.

Er drehte sich zögernd um.

»Nun sag schon.«

»Ich würde ihn an deiner Stelle in Ruhe lassen.«

»Du bist aber nicht an meiner Stelle, also?«

»Er ist mein Freund, Natalia, und wir haben alle ein Anrecht auf einen geschützten Platz, wo wir zur Ruhe kommen und nachdenken können, oder nicht?«

Natalia zog die Schultern hoch und ließ sie wieder fallen. »Danke, dass du mich daran erinnert hast, auch wenn ich dich jetzt die nächsten zwei Stunden ein bisschen hassen werde. Du weißt, dass Angeschossene eher die Wahrheit sagen!«

Zorro winkte und trabte die Treppe hinunter. Von seinem Labor aus schickte er Henri eine Nachricht: »Rheinufer in 30 Minuten?«

»Bank Nummer eins, ich bring das Bier mit«, kam prompt zurück.

Zorro packte seine Sachen und beschloss, zu Fuß zum Rhein zu laufen.

Um kurz nach sechs traf Zorro mit zwei eingewickelten Päckchen an der Bank Nummer eins ein. Die Bänke vom Apollo bis zur Pegeluhr hatten sie nummeriert, je nachdem, wo sie danach noch hinwollten. Henri hatte ein Sixpack Füchschen Alt mitgebracht.

»Danke, mein Lieblingsbier«, sagte Zorro und ließ sich neben Henri auf die Bank fallen. Er reichte ihm eines der Päckchen. »Hier, für dich.«

»Du warst noch am Curry? Superidee, danke.«

Nachdem Henri und Zorro die Packung geöffnet hatten, dampfte die Currywurst in der kühlen Herbstluft. Sie aßen und tranken schweigend, während sie die Kulisse genossen, einen gelb, rosa und dunkelrot gefärbten Horizont. Henri stürzte das erste Bier hinunter und öffnete nach dem Essen ein weiteres, das er Zorro reichte. Er selbst nahm sich auch eine neue Flasche.

»Ich weiß gar nicht, wo ich anfangen soll«, murmelte Henri schließlich und trank erst mal einen Schluck.

»Fang irgendwo an«, nuschelte Zorro.

Wortlos tranken sie die dritte Flasche. Henri versuchte zu verstehen, was da vorgefallen war und was Ann wohl mit Joyce Darlington zu besprechen gehabt hatte. Warum hatte sie ihm nichts erzählt? Zwar war er davon überzeugt, dass nicht sie den Mord begangen hatte, doch er vermutete, dass sie trotzdem irgendwie damit zu tun hatte. Mit einer ätzenden Gewissheit ahnte er, dass er jetzt Seiten an Ann kennenlernen würde, die er sich lieber erspart hätte. Schon als sie damals unter Mordverdacht gestanden hatte, nachdem ihre Mutter und später ihr Bruder zu Tode gekommen waren, musste er ihr Privatleben durchleuchten, in ihren Tagebüchern und Terminkalendern lesen. Aber wie würde Ann dastehen, wenn Maxim Winter sein Pyramidenmodell an ihr abarbeitete? Henri fröstelte.

Zorro reichte ihm die leere Flasche zurück.

Henri zündete sich eine Zigarette an, wollte Zorro eine anbieten, aber dann fiel ihm ein, dass der das Rauchen schon vor ein paar Jahren aufgegeben hatte. Sie saßen eine Weile schweigend nebeneinander.

»Ann?«, fragte Zorro.

Henri nickte. »Sie ist 1,80 Meter groß. Sie trägt Doc Martens in Schuhgröße 39. In vier Wochen 38 Mal mit Joyce Darlington telefoniert, das bedeutet, sie haben täglich miteinander gesprochen. Joyce ist tot, und ich wette, Ann hat vom Flughafen die Polizei angerufen, weil sie in den nächsten Tagen nicht anrufen und nicht dort vorbeifahren konnte. Joyce war wie Ann verkleidet, als wir sie fanden. Warum?« Ihm wurde flau bei der Erinnerung an den Bruchteil einer Sekunde, als er gedacht hatte, Ann läge dort gekrümmt und mit gespaltenem Schädel auf dem Boden.

»Machst du dir Sorgen um Ann?«

»Die sind sicher da oben auf dem Berg, nicht einmal die Seilbahn fährt. Nein, ich frage mich besorgt, was ich über Ann erfahren werde.« Henri schnippte seine Kippe über die kleine Mauer, die sie von der Rheinwiese trennte, und stand auf. »Komm, wir gehen ins Apollo, sehen uns die Show an und trinken eine Flasche Wodka mit Walter.« Er zog Zorro hoch. Der zeigte auf die sechs leeren Bierflaschen und fragte: »Was machen wir damit?«

»Wird sich schon einer drüber freuen«, antwortete Henri. »Komm, ich habe keine Lust auf zu Hause, ich fürchte nämlich, dass Henriette mich entweder ausfragt oder mir weiter ausweicht, um die Wahrheit über Penelope zu verschleiern. Und so können wir schöne nackte Leiber beim Verrenken sehen.« Er grinste Zorro verhalten an.

Seit Jahren war das Apollo Henris Lieblingsplatz, wenn er nachdenken musste oder einfach mal abschalten wollte. Sein Freund Walter, der dort seit der Eröffnung arbeitete, war an diesem Abend nicht da, dennoch winkte man Henri einfach durch und setzte ihn und Zorro an einen der freien Tische in der letzten Reihe, wo sie die Firma, die das Apollo-Varieté für diesen Abend gemietet hatte, nicht stören würden. Sie leerten nicht eine, sondern zwei Flaschen Wodka, während sie über die schönen Körper auf der Bühne fachsimpelten.

Kapitel 3

Henri stöhnte, als er die Augen öffnete. Das Letzte, woran er sich erinnern konnte, war, dass Zorro und er gemeinsam in die Hohe Straße geschwankt waren und dass Henriette ihnen die Haustür aufgemacht hatte, weil Henri es mit dem Schlüssel nicht gepackt hatte. Er drehte sich auf den Rücken und tastete nach Poseidon. Der Kater war nicht da, dafür fand er zwei Spurensicherungstüten. In der einen befand sich Anns Zahnputzglas, im anderen ihre Haarbürste. Henri wurde schlecht, er sprang auf, rannte zur Toilette und übergab sich.

Anschließend stellte er fest, dass alle Badutensilien in Sicherungstüten verpackt waren. Henri packte seine Zahnbürste wieder aus und versuchte, den Geschmack nach Wodka loszuwerden. Mit der linken Hand schaltete er wie immer den Boiler ein, um später heißes Wasser für die Dusche zu haben. Er stutzte, weil seine Fingerkuppen schwarz waren. Erst jetzt sah er, dass überall Spurensicherungspulver aufgebracht worden war, der Pinsel lag in der Badewanne. Trotz seines Katers, trotz seiner schlechten Laune ereilte ihn ein Lachkrampf. Er kicherte noch immer, als er die Treppe hinunterlief. Seine Exschwiegermutter und Zorro saßen schon am Frühstückstisch.

»Oh, da ist ja unser Spurensicherungsexperte«, bemerkte Henriette, stand auf, ging zum Herd und hantierte an der Espressomaschine.

Henri drückte sich zu Zorro in die Bank. »Wie schlimm war es?«

Henriette drehte sich zu ihm um. »Ihr habt wirklich alles eingesaut. Jede Türklinke, das gesamte Treppengeländer, offenbar bis von dem Zeug nichts mehr da war.«

Henri stützte seinen Kopf in die Hände und schielte zu Zorro hinüber. »Ich hoffe, es war nicht das Diamantzeug?«

»Nee, keine Sorge.«

»Tut mir echt leid, Henriette«, sagte Henri.

»Das muss es nicht, Zorro hat mir schon alles erzählt.« Sie blickte ihn mitfühlend an. »Was wirst du jetzt tun?«

Henri hielt seine Tasse hoch: »Gnade! Erst brauche ich einen Kaffee!«

Als Henri um halb neun in seiner Wohnung die Tasche packte, um mit Zorro zum LKA-Kompetenzcenter zu laufen, rang er mit sich: Sollte er in vorauseilendem Gehorsam die Proben mitnehmen, um einen Vergleich zu den Spuren zu haben, die das Team gefunden hatte? Verriet er Ann damit nicht? Kann doch auch sein, dass es sie entlastet, hatte Zorro versucht, es ihm leicht zu machen. Henri schloss die Augen für einen Moment, fuhr sich mit beiden Händen durch die noch feuchten Haare und räumte schließlich die Tüten in seine Umhängetasche.

Sie gingen schweigend hintereinanderher, denn die Bürgersteige in der Altstadt von Düsseldorf sind schmal, und überall standen heute Kisten und Paletten, da gerade die Läden für den Tag beliefert wurden. Erst als sie die Haroldstraße erreichten, schloss Zorro an der roten Fußgängerampel zu ihm auf.

»Du hast es dabei, nicht wahr?«, sagte er leise.

»Ja, habe ich, du kannst es gleich mit in dein Labor nehmen.« Henri schloss die Augen. »Werde ich es schaffen, ihr nie davon zu erzählen, sollte sie tatsächlich gar nichts damit zu tun haben?«

Zorro stupste ihn an, als die Ampel auf Grün schaltete. Henri kramte aus seiner Jacketttasche die Zigaretten, schützte das Feuer gegen den Wind und inhalierte tief.

»Es ist eine einzige Scheiße! Was ich für Ann empfinde, geht über alles hinaus, was ich je für einen Menschen gefühlt habe!« Rauchend lief er neben Zorro her. »Sie ist so gut darin, Menschen und ihre Motive zu verstehen, dass sie dich wirklich sieht, verstehst du, was ich meine?«

»Nein«, gab Zorro zu, »leider weiß ich das nicht. Wir haben in unserer Ehe gut funktioniert, und das gilt gemeinhin schon als Erfolg.«

Henri lachte und trat seine Zigarette aus, hob sie auf und warf sie in einen Mülleimer an der Straßenbahnhaltestelle, die sie gerade passierten. »Das war bei mir und Lisa auch so. Und unsere Ehe hätte vielleicht eine Chance gehabt, hätte ich Ann nicht kennengelernt.«

»Der schlimmste Feind des Guten …«, begann Zorro.

»… ist das Bessere«, vervollständigte Henri den Satz. »Genau das meine ich. Und ich träume manchmal davon, dass ich an ihrem Grab stehe, und mein Herz tut so weh, dass ich keine Luft mehr bekomme. Ein Leben ohne sie ist für mich einfach nicht mehr denkbar.«

»Schon Loriot war ja überzeugt, dass ein Leben ohne Mops möglich, aber sinnlos ist.«

»Ohne Mops?«

»Ich schätze, es meint das Gleiche. Wenn du einen echten Lebenspartner gefunden hast, fühlt es sich so an.«

Eilig zerrte Zorro den Regenschirm aus seiner Aktentasche, weil ein Schauer niederprasselte. Sie hielten sich dicht an der Häuserfront, um einigermaßen trocken zu bleiben.

»Haben wir deshalb gestern so viel Wodka getrunken, damit du den Zahnbecher und die Bürste einpacken konntest?«, wollte Zorro wissen.

»Nein«, wehrte Henri ab, »weil es einfach mal wieder Zeit war.« Sie erreichten die nächste Haltestelle, und weil gerade die passende Straßenbahn kam, stiegen sie ein.

»Na ja, vielleicht doch. Zumindest ein bisschen«, gab Henri zu. Sie schoben sich auf einen Zweiersitz.

»Wirst du Ann anrufen?«

»Kann ich gar nicht, im Hotel ist Funkstille, die Smartphones und Laptops mussten abgegeben werden«, erklärte Henri. »Außerdem wüsste ich gar nicht, was ich ihr sagen sollte.«

»Oder darfst. Es könnte sie auch warnen.«

»Lieber Gott, mach, dass sie nicht verdächtig ist«, stöhnte Henri.

Im Klinkerbau an der Völklinger Straße herrschte hektische Betriebsamkeit. Während Henri die Treppe in den zweiten Stock hochlief, rief ihm Natalia von oben entgegen: »Schnell, alle in den Konferenzraum!« Ihre Stimme klang schrill. Im nächsten Moment kam die gleiche Ansage über die Lautsprecher im Gebäude. Auf der Treppe wurde es voller, und als die Aufzugtüren aufgingen, spuckten sie Tanni, Maxim, Theo und viele andere aus.

Vor dem Konferenzraum hielt Natalia Henri an: »Eigentlich musst du gar nicht mit rein, es geht um eine Anfrage aus München. Unser neuer Chef Finley Fitzpatrick ist nämlich nicht nur Köhlers Nachfolger hier in Düsseldorf, sondern auch noch bis auf Weiteres der Leiter des LKA Bayern, bis dort die Nachfolge geklärt ist.«

»Und er bindet uns oft und gern in seine Fälle in München ein«, meinte Sven. »Aber jetzt ist Henri doch schon mal hier, dann kann er auch mit rein.« Er schob Henri vor sich her in den Raum.

»Stimmt auch wieder, die Geheimhaltungsvereinbarung hast du ja unterschrieben.« Natalia schloss hinter sich die Tür.

Tanni stand am Multitouch-Tisch und baute die Videokonferenz mit dem LKA Bayern auf. Da für Henri kein Platz reserviert war, blieb er an der Wand hinter Natalias Stuhl stehen.

»Du siehst so aus, als müsstest du dich setzen«, sagte sie besorgt.

»Nein danke, es geht schon.«

»Wir werden heute auch über deine Freundin reden müssen«, fuhr sie fort und sah ihm von unten in die Augen. Henri nickte nur.

Der Hauptbildschirm flackerte, dann erschien das Logo des Bayerischen Landeskriminalamts in München.

»Finley Fitzpatrick hat uns bei unserem letzten Fall unterstützt«, erklärte Natalia leise. »Köhler und er waren übrigens gut befreundet. Und Finley Fitzpatrick ist einer der Gründe, warum meine Chefin Leana Urlaub genommen hat, um ihre Ehe zu retten. Fin und sie hat es ganz schön erwischt. Aber na ja, ein Ehemann und Kinder. Da fliegt man gern noch mal eine Runde, um zu gucken, ob nicht doch noch was zu retten ist.«

»Damit kenne ich mich gut aus«, sagte Henri lahm, erinnerte sich daran, wie seinerzeit seine eigene Ehe zersplittert war, und kämpfte gegen seine Übelkeit an. Ich hätte doch etwas frühstücken sollen, dachte er.

Natalia setzte sich, als der Konferenzraum in München auf dem Bildschirm zu sehen war. Auch dort saßen mindestens 50 Leute.

»Hi Fools«, sagte Tanni und winkte den Kollegen in München zu. »Habt ihr ein klares Bild von uns?«

Finley Fitzpatrick trat vor die Kamera. »Hallo nach Düsseldorf. Tut mir leid, Kollegen, dass wir euch stören, aber wir haben eine Ausnahmesituation und brauchen dringend die Unterstützung des Düsseldorfer Kompetenzcenters.«

Unter seinen dichten Augenbrauen blitzten grüne Augen. Die Haare auf seinem Handrücken hatten einen rötlichen Schimmer wie auch die braunen, von einzelnen grauen Strähnen durchsetzten Kopfhaare. Er hatte sie zu einem losen Pferdeschwanz gebunden, der das eckige Gesicht etwas weicher machte. Wie Henri trug auch Fitzpatrick ein T-Shirt unter dem Jackett. Besonders auffällig waren die Tattoos an den Handgelenken und am Hals.

»Wie aus einem Highlanderfilm«, murmelte Henri. Natalia drehte sich zu ihm um und grinste.

Dann wandte sie sich an Fitzpatrick: »Wie können wir dir helfen, Fin?«

Der LKA-Chef trat etwas von der Kamera zurück, sodass auch der Münchner Konferenzraum wieder zu sehen war.

»Es geht um einen neuen Fall, bei dem uns die Italiener um Hilfe gebeten haben.«

»Seit wann arbeiten wir europaweit?«, fragte Natalia. »Ist ja nicht so, als wären wir nicht ausgelastet!«

»Das ist mir klar. In diesem besonderen Fall handelt es sich allerdings ausschließlich um deutsche Gäste …«

Es schrillte in Henris Kopf so laut, dass er nicht mehr richtig hören konnte, was Fitzpatrick sagte, aber als ein Foto des Parrothotels inmitten der Ötztaler Alpen auftauchte, beugte er sich nach vorn. Eine junge Frau neben ihm hielt ihm geistesgegenwärtig den Mülleimer hin, Henri ergriff ihn und kotzte hinein.

»Dieses Hotel ist nur mit der Seilbahn zu erreichen, die abgestellt ist. Irgendjemand hat das gesamte Hotel in seine Gewalt gebracht. Was wir wissen: Der Täter kam wahrscheinlich heute Morgen mit der Seilbahn an, die Lebensmittel anlieferte. Er hat die Frau am Empfang mit einer Waffe bedroht und sie genötigt, das Personal zusammenzurufen. Im Konferenzraum hat wohl niemand etwas gemerkt. Dann hat er die Angestellten in die Gondel der Seilbahn geführt und gewartet, bis die Gondel an der Talstation in Kurzras angekommen war. Anschließend hat er ein Stromkabel gekappt, wodurch die Seilbahn nicht mehr hochfahren kann. Wir nehmen an, er wollte sich des Personals entledigen, um das Hotel besser unter Kontrolle zu bekommen. Ein Teil unseres Münchner Teams ist schon hingeflogen, um in Kurzras Gespräche zu führen, ein Phantombild von dem Mann anzufertigen und mehr über das Hotel herauszufinden. Nach ersten Aussagen handelt es sich um einen großen Mann Ende 40. Er hat aschblondes, leicht schütteres Haar, dunkle Ringe unter den Augen, weiche bis teigige Gesichtszüge, großflächige Wangen, tief liegende graublaue Augen und einen schmalen Mund. Die Forderung des Geiselnehmers ist eine Pressekonferenz mit europaweiten Medien morgen früh um neun Uhr. Wenn wir der Forderung nicht nachkommen, wird dieser Mann den Konferenzraum, in dem sich als Gäste …«

»… 17 Erwachsene, ein Teenager und eine Elfjährige aufhalten …«, sagte Henri mit rauer Stimme.

»Woher weißt du das?« Natalia drehte sich zu ihm um.

»Es sind meine Freundin Ann Stahl und meine Töchter Alberta und Christa.« Henri nahm den Eimer und verließ den Konferenzraum. Tränen liefen ihm über die Wangen. Im Vorraum der Toilette reinigte er den Papierkorb. Dann hielt er sich am Waschbecken fest und blickte in seine blutunterlaufenen Augen. Schließlich schlug er mit der geballten Faust auf den Spiegel ein, bis er zersplitterte. In diesem Moment ging die Tür auf.

»Wir brauchen dich im Konferenzraum!«, rief Natalia.

»Das ist ein Männerklo!«, blaffte er sie an.

Natalia kam zu ihm und nahm einen Stapel frische Papierhandtücher aus dem Spender. Dann ergriff sie Henris Faust, drehte das kalte Wasser auf und hielt sie darunter, prüfte, ob irgendwo noch Splitter zu sehen waren, und wickelte schließlich die Handtücher um die verletzte Hand.

Henri rang nach Luft. »Eben noch habe ich mich geschämt, Ann zu verdächtigen, und jetzt bringt sie meine Kinder in Gefahr.« Er hielt den Kopf ins Waschbecken und ließ das kalte Wasser über seinen Nacken laufen.

»Komm mit!«

»Ich kann nicht.« Er schlug die Hände vors Gesicht, die Tücher fielen herunter, und das Blut lief in den Ärmel seines Jacketts. »Ich kann da nicht reingehen und mir das ansehen.« Henri sank auf die Knie.

Natalia zog ihn hoch und ohrfeigte ihn. »Das kannst du, und das musst du. Die gute Nachricht ist, dass es unser Täter sein muss, denn er droht, ab morgen früh um neun Uhr den Konferenzraum des Hotels über die Klimaanlage mit Formaldehyd zu fluten. Sieh mich an, Henri, wir werden sie da rausholen, und zwar alle!«

Natalia bückte sich und holte aus dem Schrank unter dem Waschbecken einen Einmalzahnbecher mit Zahnbürste hervor.

»Hier, putz dir die Zähne, verbinde deine Hand, und dann sei ein Mann und tritt verdammt noch mal im Konferenzraum an.«

Als Henri in den Konferenzraum zurückkam, war der Platz neben Natalia frei. Er setzte sich. Fitzpatrick las gerade den Brief des Geiselnehmers vor, der auch auf dem Hauptbildschirm zu sehen war. Der Geiselnehmer hatte ihn dem Hotelpersonal mitgegeben:

Sehr geehrte Damen und Herren,
die leitende Geschäftsführung des Reuss-Konzerns ist im Parrothotel vereint, um sich zu beraten. Sie stellt sich morgen früh um 9 Uhr der internationalen Presse, um ihre Geschäftspraktiken offenzulegen und sich selbst anzuklagen.
Meine einzige Forderung: Organisieren Sie diese

Pressekonferenz. Ab morgen früh um 9.15 Uhr wird
der Konferenzraum, in dem sich die Geschäftsfüh-
rung des Reuss-Konzerns befindet, über die Klima-
anlage mit Methanal geflutet.
Je schneller wir mit der Konferenz fertig sind, desto
weniger werden die Herrschaften Schaden nehmen.
Bitte verzichten Sie auf Tricks, die werden nur zu
größeren Schäden führen. Außerdem wird es auch
Sie interessieren, was es zu sagen gibt.
Ich verlasse mich auf Sie.
Hochachtungsvoll

»Mein Vorschlag lautet: Ich fliege mit dem Hubschrauber
nach Kurzras, das ist der Talort unterhalb des Parrothotels«,
erklärte Fitzpatrick.

»Warum packen wir nicht den Heli und fliegen auf die
3000 hoch?«, fragte Natalia mit scharfer Stimme.

»Weil dort im Moment ein ordentlicher Schneesturm
tobt. Wir können uns nicht zu Fuß anpirschen, weil in den
letzten sechs Tagen 1,20 Meter Neuschnee gefallen sind.«
Fitzpatrick verschwand, und ein etwas verwackeltes Foto
erschien auf dem Bildschirm. »Die Empfangschefin im Hotel war so mutig, das Gepäck des Mannes zu fotografieren,
als er gerade nicht hinsah. Wir nehmen an, dass das, was da
im Armeerucksack steckt, Sprengstoff ist.«

»Wenn der Rucksack damit gefüllt ist, reicht das locker,
um das ganze Hotel dem Erdboden gleichzumachen«, sagte
der Physiker Theo.

Henri spürte, wie ihm wieder übel wurde. Er stand auf
und nahm sich eine Cola vom Getränkewagen.

»Solange wir überhaupt nicht wissen, wer dieser Typ ist und wie er tickt, machen wir keine Guerillaaktion. Einverstanden, Natalia?«, fragte Fitzpatrick, der jetzt wieder auf dem Bildschirm zu sehen war.

»Einverstanden. Wir warten auf deine Neuigkeiten aus Südtirol. Maxim, setz deine Grafologen an den Brief, und du, Tanni, suchst mit Hochdruck alles, was es an Fotos von Joyce gibt, vielleicht ist er da irgendwo drauf. Sven, du steigst in unseren Heli und holst den Brief hierher. Ich möchte jede Spur aus dem Papier, dem Stift, einfach alles, und das ist unter dem Zeitdruck der schnellste Weg. Nimm dein mobiles Labor mit, dann kannst du gleich vor Ort loslegen. Zorro, du grenzt die gefundenen Spuren weiter ein. Wir müssen wissen, wo der Typ herkommt. Moorgebiet reicht mir nicht. Ich arbeite mit Henri und Tanni am Reuss-Konzern weiter. Jetzt ist es 10 Uhr. Das nächste Meeting mit Videokonferenz findet um 13 Uhr statt.«

»Gut, dann sehen wir uns in drei Stunden wieder.«

Das Bild schaltete sich aus, das Logo des LKA in München erschien und blieb, bis Tanni ihrerseits die Verbindung unterbrach.

»Jeder weiß, was er zu tun hat. Mithören ist Pflicht, die Zeit drängt, also lasst, während ihr arbeitet, die Kanäle offen. Auf geht's!«

Alle standen hektisch auf, nahmen ihre Unterlagen und eilten mit gesenktem Blick an Henri vorbei, der als Einziger sitzen blieb.

Natalia ging in die Küche nebenan und kochte Kaffee. Tanni trat zu ihr.

»Meinst du, er schafft das?«, fragte sie leise.

»Er muss es«, antwortete Natalia, »es sind seine Kinder. Er würde es sich nie verzeihen, wenn er nicht alles versucht hätte.«

»Wo wir uns ja beide mit Elterngefühlen so gut auskennen«, witzelte Tanni.

»Denk an die Ermordung deiner Cousine in Montenegro, dann bekommst du eine leichte Ahnung, wie Henri für seine Töchter empfindet«, fuhr Natalia Tanni an.

»Schon gut! So unsensibel bin ich gar nicht.«

»Egal, komm jetzt, und lass uns ein paar Puzzlestücke zusammensetzen.«

»Gern. Mein Team durchleuchtet gerade den Reuss-Konzern. Ich bin also frei.«

Tanni trat an den Multitouch-Tisch, rief ein Foto und die Vita von Ann Stahl auf und schickte beides auf den Hauptbildschirm.

»So, Henri, kann ich anfangen?«

Henri hob langsam den Kopf und blinzelte wie jemand, der aus der Dunkelheit kam und unvermittelt im Sonnenlicht stand. Außer Tanni saßen auch Zorro und Natalia im Raum.

»Fang an«, sagte er mit heiserer Stimme.

»Ann Stahl, 37 Jahre alt, 1,80 Meter groß, Schuhgröße 39, arbeitete bis vor vier Jahren freiberuflich, aber auch in dieser Zeit schon überwiegend für den Reuss-Konzern, der damals noch seinen Hauptsitz in Berlin hatte. Seit drei Jahren ist Ann Stahl dort fest angestellt, seit zwei Jahren ist sie Europachefin. Als Wirtschaftspromi wird sie gern von verschiedenen Fernsehtalkrunden gebucht, weil sie ganz oben steht und dabei gut aussieht. Gleiches gilt für diverse Frauenzeitschriften. In ihrer Zeit als Freiberuflerin war sie zuständig für einige Firmenzukäufe des Reuss-Konzerns, die sie dann konsolidiert hat. Man schreibt es ihr zu, dass der Reuss-Konzern wieder gute Presse bekommen hat, indem sie, nachdem wieder schwarze Zahlen zu verzeichnen waren, vom Konzern öffentlichkeitswirksame soziale Projekte finanzieren ließ.«

»Moment«, sagte Natalia, »sie hat durch Zukäufe und nicht durch Abstoßung den Laden wieder in die schwarzen Zahlen gebracht?«

Henri unterdrückte ein Stöhnen.

»Ja«, sagte er leise, »so soll es zumindest aussehen. Der Reuss-Konzern ist wie ein Gemischtwarenladen. Dort gibt es alles: eine Autosparte, Hotels, Stahl, Getreide, Kinderspielzeug, Lkw, eine Beraterfirma … Ann hat vor fünf Jahren angefangen, dort zu arbeiten. Als Beraterin für die Geschäftsführung. Zu einer Zeit, als es Trend war, sich wieder aufs sogenannte Kerngeschäft zu konzentrieren, hat sie zu einer Erweiterung der Mischung geraten, was leicht zu finanzieren war, weil andere, wie gesagt, viel loszuwerden hatten. Dr. Erich Vogel, Vorstandsvorsitzender des Reuss-Konzerns, hielt und hält große Stücke auf Ann und ließ ihr freie Hand.«

Henri setzte sich aufrecht hin und nahm einen Schluck von dem Kaffee, den Natalia ihm hingestellt hatte.

»Sie kaufte eine Handvoll namhafter Stahlbuden, verschickte die gesamten Fabriken nach Indien, sorgte für eine solide Ausbildung der indischen Mitarbeiter, stellte den deutschen Mitarbeitern frei, ebenfalls dort zu arbeiten, was einige machten, aber die meisten nicht«, fuhr er fort. »Von Reuss-Stahl waren nur noch die Vertriebsbüros offen, die ebenfalls schlossen, als der Konzern letztes Jahr an die Börse ging. Obwohl der Nennwert der Aktie nach Anns Meinung unverschämt hoch war, verdreifachte die Aktie bei der Emission ihren Wert, und ein kleiner Geldsegen ging auf den Reuss-Konzern nieder. Ann erhielt einen Bonus von dreieinhalb Millionen US-Dollar. Minus 700 Arbeitsplätze in Deutschland, plus 1000 Arbeitsplätze in Indien, plus 300 in US zu einem Fünftel der Gesamtlohnkosten für Reuss. Das hat Ann mit allen Sparten so gemacht. Zudem hat sie knallharte Händler eingestellt, die weltweit die günstigsten Rohstoffe für die diversen Produktionen kaufen. Die werden zeitnah an die Produktionsstandorte geliefert. Das fertige Produkt wiederum wird dem Höchstbietenden überlassen. Oft fließt nur einmal Geld. Der Lieferant macht mit seinen Rohstoffen quasi eine Anzahlung und erhält das fertige Produkt dann zu einem günstigeren Preis. Es sind Warenkredite ohne Zinsen.«

»Sag mir noch einmal, du hast keine Ahnung von ihren Geschäften.« Natalia schnalzte mit der Zunge. »Da gibt es doch viele potenzielle Feinde!«

Tanni wiegte den Kopf hin und her. »Danke, dass du uns mit deiner Offenheit ein wenig Arbeit abgenommen hast. Kommen wir zu dem, was wir über Ann Stahl gefunden haben, und die Fotos, die uns das BKA diese Nacht zugeschickt hat.«

»Moment, das BKA? Xaver hat gesagt, sie waren dabei, eine lückenlose Überwachung vorzubereiten.« Henri stand auf und holte sich neuen Kaffee.

»Tja«, sagte Natalia lakonisch, »du arbeitest noch nicht lang genug mit Xaver zusammen. Dass er eine lückenlose Überwachung vorbereitet, heißt keineswegs, dass eine Überwachung mit Lücken nicht schon stattfindet. Du musst lernen, auf die Feinheiten seiner Aussagen zu achten.«

Auf dem Hauptbildschirm erschienen zehn Fotos von Joyce aus den letzten vier Wochen. Vier zeigten sie mit ihrem Team beim Essen im Restaurant, zwei mit Düsseldorfer Promis, zwei mit Holger Edler und zwei mit Ann Stahl. Einmal war sie vor Ann Stahls Haus im Düsseldorfer Hafen zu sehen und ein weiteres Mal vor einem marokkanischen Supermarkt in Düsseldorf hinter dem Bahnhof. Sie und Ann stritten ganz offensichtlich.

»Darüber hinaus haben wir, nachdem wir von den Verkleidungen wussten, noch einmal sämtliche Kameras in der Stadt angezapft und das hier gefunden.« Tanni blickte Henri an. Die Aufzeichnung zeigte Ann Stahl in der Reuss-Bank. Laut Zeitstempel lag die Aufnahme zwei Wochen zurück.

Henri kniff die Augen zusammen. »Das ist gar nicht Ann, nicht wahr?«

»Richtig, das ist Joyce Darlington als Ann Stahl.«

Natalia drehte sich zu ihm um. »Was hatte Ann mit dieser Bank zu schaffen? Kannst du dich an irgendwas erinnern, hat sie nie davon erzählt?«

Henri legte den Kopf in den Nacken. »Ich muss zu meiner Exfrau Lisa und ihr sagen, was los ist«, murmelte er mit geschlossenen Augen. »Ich kann nicht denken im Moment.«

Natalia schlug mit der Hand auf den Tisch. »Hör auf, dich selbst zu bemitleiden! Ja, es wird eine scheußliche Nachricht für Lisa sein, aber jetzt genauso wie heute Abend um 19 Uhr, mit dem feinen Unterschied, dass wir bis dahin vielleicht schon mehr wissen und etwas mehr Hoffnung haben. Geht das, Superkommissar?«

Henri blickte Natalia kalt an. »Du weißt, dass Christa das zweite Mal in Gefahr ist, oder?«

»Ja, und wenn ich mich recht erinnere, hat sie sich beim ersten Mal, als sie noch bedeutend jünger war, sehr tapfer geschlagen, also trau ihr das bitte auch jetzt zu, verdammt! Und außerdem kannst du ja deine Freundinnen nicht danach aussuchen, ob sie Opfer eines Geiselnehmers werden.« Natalia stand auf und trat ihren Stuhl zur Seite. »Mir geht dieses Gejammer wegen der Kinder auf die Eier. Unsere Chefin Leana Meister hat auch überlegt, ob sie ihren Job wegen der potenziellen Gefahr für ihre Kinder an den Nagel hängen soll. Vielleicht solltest du deinen Job besser aufgeben.«

Henri ärgerte sich maßlos über Natalias Ignoranz, beschloss aber, eisern zu schweigen.

»Lass uns mal hören, was die anderen haben, Tanni«, sagte Natalia schließlich.

Tanni wählte als Erstes die Spurensicherung an.

»Hallo, ihr da oben, wir haben euch gerade eine Datei mit Infos hochgeschickt. Nur so viel sei gesagt, es geht Richtung Vulkaneifel.«

Tanni rollte ihren Kopf, hob ihre Schultern hoch und ließ sie wieder fallen. Dann warf sie den Stadtplan von Düsseldorf und Berlin auf den Hauptbildschirm.

»Wie wir sehen, fanden die meisten Telefonate zwischen Ann und Joyce in der Woche vor dem Mord statt. Ann Stahl befand sich von Montag bis Donnerstag in Berlin, am Freitag der Woche war sie in Düsseldorf, und das Bewegungsmuster zeigt, dass sie an diesem Freitag gleich zweimal den Weg von Joyce gekreuzt hat, davon einmal vor der Reuss-Bank. Das zeigt auch ein Foto, das wir vorliegen haben.«

»Könnte es nicht sein, dass Ann von Joyce zur Bank gelockt wurde?«, schlug Zorro vor.

»Das kann ein Foto natürlich nicht zeigen. Jedenfalls«, fuhr Tanni fort, »war Ann Stahl am Freitagabend vor dem Mord bei Joyce oder Marie von der Weide zu Hause. Das Bewegungsmuster zeigt leider nicht die genaue Etage an. Sag mal, Henri, wusstest du …«

»Nein, wusste ich nicht. Mir war so etwas bisher immer egal, weil wir keine Beziehung führen, die verlangt, dass Ann sich meldet, sobald sie in der Stadt ist.«

»Du musst sie nicht verteidigen, sie steht nicht unter Mordverdacht«, sagte Natalia.

»Sag mal, gelten die von dir aufgestellten Spielregeln für alle außer denjenigen, die mit Nachnamen Rac heißen?« Tanni blinzelte in Natalias Richtung.

Henri blickte Natalia stirnrunzelnd an. Sie atmete tief ein und aus: »Natürlich, Tanni. Ich höre sofort auf. Mach weiter.«

»Am Tag vor dem Mord hat Ann Stahl sieben Mal vergeblich versucht, Joyce zu erreichen, denn deren Handy war abgeschaltet. Laut Bewegungsprotokoll befanden sich an diesem Sonntag allerdings beide im Haus.«

»Ann war bei Marie in der Wohnung und hat die Pflanzen gegossen, das macht sie jeden Sonntag, wenn Marie auf Dolmetscherreise ist«, erklärte Henri.

»Das könnte erklären«, sagte Zorro, »warum wir Anns DNA im Hausflur gefunden haben. Danke, Henri, für die

Vergleichsproben aus deinem Bad. Wir konnten auch ihre Fingerabdrücke an der Tür sicherstellen. Bestätigt durch den Abgleich des Ohrabdrucks. Ohrmuscheln sind fast so individuell wie Fingerabdrücke, daher können wir mit Sicherheit sagen, dass Ann an dieser Tür gelauscht hat. In der Wohnung konnten wir überhaupt keine DNA mehr sicherstellen. Da war wirklich ein Profi am Werk.«

»Okay.« Henri stand auf und ging hin und her. »Sie ist an diesem Sonntag nach dem Frühstück um …«

»10.23 Uhr aus deinem Haus gegangen.« Tanni grinste ihn an. »So ist das im digitalen Zeitalter, und Ann war 20 Minuten später in Oberkassel bei ihrer Freundin Blumen gießen. Dort ist sie zwei Stunden geblieben, war das normal?«

»Nein, ich schätze, sie ist geblieben, weil sie auf Joyce warten wollte. Wir waren um 14 Uhr im Apollo verabredet. Da ist sie auch erschienen. Abends ist sie nach Berlin geflogen.«

»Die ganze Woche vor dem Leichenfund hat Ann jeden Morgen um 7 Uhr, jeden Mittag um 13 Uhr, jeden Abend um 19 und dann noch mal um 22 Uhr bei Joyce angerufen. Das nenn ich mal strukturiert«, berichtete Tanni.

Henri fuhr sich durch die Haare und schüttelte den Kopf. »Ann ist sehr intelligent und eine Meisterin der Manipulation. Hätte sie diesen Mord begangen, würde diese Vorgehensweise genau zu ihr passen: die Anrufe, der verlängerte Aufenthalt bei Marie, ein Kalendereintrag, der sie daran erinnert, bei Joyce anzurufen, um dokumentieren zu können, dass sie sich Sorgen gemacht hat.«

»Holla«, sagte Zorro neben ihm, »du präsentierst Ann wie eine Verdächtige.«

»Vom Flughafen aus hat Ann vermutlich noch einmal bei Joyce angerufen und dann anonym bei der Polizei«, fuhr Henri fort. »Wenn ich einer Person auf dieser Welt den perfekten Mord zutrauen würde, dann wäre es Ann. Ich präsentiere euch das, damit ihr es mir nicht präsentieren müsst. Du kennst sie ja ein wenig, Zorro. Allein, wie detailliert sie dieses Managementmeeting geplant hat, liegt vollkommen jenseits von dem, wie wir so etwas angehen würden.«

»Erzähl uns einfach davon«, bat Natalia in versöhnlichem Ton.

Henri Lavalle beschrieb seine Freundin Ann Stahl. Das Team erfuhr, wie Ann Einstellungsgespräche führte, nämlich mit zwei Beisitzern, die nur die Körpersprache des Gegenübers beobachteten und sich dazu Notizen machten, weil ja eine Kameraaufzeichnung nicht erlaubt war. Sie kalkulierte die Abläufe in einer Stahlproduktion in Indien ebenso wie die einer Spielzeugfabrik in Indonesien und lag selten, und wenn, dann nur im Promillebereich, daneben. Warum? Weil sie die Länder studierte, sich mit den Menschen dort befasste und deren Vorgehensweise bei der Arbeit in ihre Kalkulationen einfließen ließ. Sie erwartete nicht, dass im heißen Mumbai so gearbeitet werden konnte wie im kühlen Norden. Ihre Fähigkeit, sich einzudenken und einzulassen, führte zu exakten Kalkulationen und Prognosen. Neue Investoren kamen an Bord, die Aktie stieg weiter und füllte die Kassen. Ann hörte Menschen sehr genau zu und wusste noch Monate oder Jahre später, was sie gesagt hatten und wie sie sich dabei verhalten hatten. Seine Töchter waren ein paar Mal an ihr gescheitert, weil sie behaupteten, etwas wäre ganz anders gewesen, und Ann hatte ihnen nicht nur genau sagen können, wo sie waren, als sie etwas gesagt oder getan hatten, sondern auch, was sie an jenem Tag getragen und welche Laune sie gehabt hatten, und aus welchen Gründen.

»Es gibt keinen Menschen«, schloss Henri seine Ausführungen, »der weniger dem Zufall überlässt als sie, und zugleich niemanden, der spontaner ist. Diese beiden Beschreibungen scheinen sich zu widersprechen, in Wahrheit aber bedingen sie sich gegenseitig.«

»Und ihr«, fuhr Tanni fort, »müsste klar sein, dass man ihr eine so dilettantische und offenbar ungeplante Vorgehensweise wie bei der Ermordung von Joyce nie und nimmer zutrauen würde.«

Henri nickte. »Du hast schnell begriffen. Ich bin mir sicher, dass Ann nicht die Täterin war, aber das muss noch bewiesen werden. Ich würde gern wissen, warum Joyce sich wie Ann verkleidet hat. Ich meine, mit der Bank hatten die nichts mehr zu tun, außerdem hat der Bankdirektor, ein Imsel Manir, 43, aus Tunesien und seit seinem zehnten Lebensjahr in Deutschland, alle Geschäfte bis zur Übergabe geregelt und wurde dann auch von der neuen Gesellschaft übernommen. Um auf deine Frage zurückzukommen, Natalia: Nein, ich weiß nichts von einer Verbindung zwischen Ann und dieser Bank.«

Der Hauptbildschirm surrte. Tanni schnellte herum. »Oh, das ist Fin, er baut gerade eine Videokonferenz mit uns auf.« Sie nahm eilig den Anruf an.

Wenig später war Fitzpatrick in einer schwarzen wattierten Jacke zu sehen. Einige Haarsträhnen hatten sich aus seinem Zopf gelöst, und durch den Wind war er nur schwer zu verstehen. »Wir sind vor zehn Minuten mit dem Heli gelandet«, berichtete er. »Sven ist noch nicht da. Ich hoffe, er hat weniger Turbulenzen beim Landen. Der Schneesturm wird wohl mindestens bis Freitag dauern.« Fitzpatrick zeigte ihnen mit dem Smartphone einen Panoramablick rund um seinen Standort. Es sah aus, als stände er mitten in einer gerade durchgeschüttelten Schneekugel. Dann erschien wieder sein Gesicht. »Das Personal hat bestätigt, dass der Mobilfunkmast dort oben schon seit Anfang der Woche ausgefallen ist und nur noch das Festnetz funktionierte, was bei dieser Wetterlage wohl häufig der Fall ist. Das Festnetz ist mittlerweile abgeschaltet.«

»Das wussten wir bereits«, sagte Natalia.

»Das ist aber seltsam. Man sollte doch annehmen, er will irgendwie mit uns kommunizieren, oder?«

Natalia nickte. »Das stimmt, vielleicht schaltet er es zu gegebener Zeit wieder ein. Tannis Team hat versucht, es von außen wieder anzuschalten, aber Schalter brauchen immer noch die menschliche Hand.«

Fitzpatrick schüttelte den Kopf. »Mal sehen. Ich denke, der Schneesturm spielt uns sogar in die Hände. So können wir auf eine ganz diskussionsfreie Art Zeit schinden.«

»Worauf willst du hinaus?«, bohrte Natalia nach.

»Ohne Festnetz können wir nicht kommunizieren. Wir machen das Hotel zu einer Blackbox, auch wenn er kommunizieren will.«

Henri schnappte nach Luft.

»Das könnte funktionieren«, sagte Natalia, »der Typ ist kein Profi, und selbst ein Profi kann nicht alles planen, wie zum Beispiel das Wetter. Den wird dort oben auch der Sturm durcheinanderwirbeln.«

»Wenn er allerdings Sprengstoff hat, geben wir ihm damit auch Zeit, es wirkungsvoll zu installieren«, brüllte Fitzpatrick gegen den Wind an. »Mal davon abgesehen, möchte ich, dass Lavalle entscheidet. Es sind seine Kinder da oben und seine Freundin.«

Henri schloss die Augen und ballte die Hände zu Fäusten, er konnte nicht glauben, dass er diese Entscheidung treffen musste. Er hörte das Blut in seinen Ohren rauschen.

»Wie cool ist Ihre Freundin? Kann sie einen Menschen, der im Ausnahmezustand ist, auffangen?«

Henri nickte. »Das kann sie sehr gut.«

»Was ist mit Ihren Kindern, ticken die schnell aus?«

»Nein, sie sind trainiert auf solche Situationen ... von Natalia.«

»Oha, von Natalia! Dann werden sie den Typen zerlegen, oder meinen Sie nicht, Lavalle?«

Henri wusste zu schätzen, dass Fitzpatrick ihm auf diese Art Mut machen wollte, eine Entscheidung zu treffen. »Was ist die Alternative?«

»Wir haben im Moment keine«, gab Fitzpatrick zu. »Die Südtiroler Bergwacht treibt gerade ihre fähigsten Bergretter zusammen. Trotz des Sturms versucht man, das Hotel zu erreichen. Mit ungewissem Ausgang. Und solange es schneit, ist es niemandem möglich aufzubrechen, auch der Bergwacht nicht. Zumal das Hotel so auf einem Felsen steht, dass wir uns nur von einer Seite nähern können und immer gesehen werden.«

Henri schluckte. »Blackbox«, sagte er so leise, dass Natalia es laut wiederholen musste, damit die anderen ihn verstanden.

»Das machen wir ordentlich«, mischte Tanni sich ein, »wir werden in der Nacht immer mal wieder dort anrufen und die Leitung mit Rauschen belegen, sodass er ein Gefühl dafür bekommt, was der Sturm anrichtet. Vorausgesetzt, dass er das Festnetz zwischendrin wieder anschaltet, wovon auszugehen ist, wenn er die Konferenz will. Wir simulieren morgen früh um neun Uhr eine Konferenz und lassen das Bild im Schnee enden. Daraufhin kappen wir die Festnetzleitung ganz und schalten auch immer wieder den Strom aus. Dann wird er vermuten, dass der Sturm dahintersteckt und nicht wir.«

»Plant dahin gehend alles, was nötig ist. Dann machen wir jetzt mit den Befragungen weiter«, sagte Fitzpatrick. »Bis später!«

Der Bildschirm wurde schwarz.

Im nächsten Moment ging die Tür zum Konferenzraum auf, und Maxim trat ein.

»Wenn deine Freundin wirklich so ist, wie du sie beschreibst, braucht sie unsere Hilfe vielleicht gar nicht«, versuchte er, Henri Mut zuzusprechen. Er ging an der kleinen Gruppe vorbei, rief am Bildschirmtisch eine Datei auf, und ein Foto des Erpresserbriefs erschien. Maxim räusperte sich und wartete. Natalia nickte ihm zu.

»Jeder Aspekt eines Verbrechens sagt etwas über den Täter aus«, sagte er. »Ort, Timing, Grausamkeit des Angriffes, das Ausmaß der Planung im Vorfeld. Der Tatort hat uns vor die Frage gestellt, ob wir es mit einem Einzeltäter zu tun haben, der an einer Persönlichkeitsspaltung leidet, oder mit zwei Tätern. Genau das haben wir jetzt wieder erlebt.«

Henri hob den Blick und fuhr sich durch die Haare. »Wie meinst du das?«

»Die ersten Aussagen der Hotelangestellten sind eingetrudelt«, erklärte Maxim und rief eine weitere Datei auf, die er neben den Brief auf den Hauptbildschirm legte. »*Er hatte zwar ein Tuch um den Kopf, aber es fiel ihm immer wieder herunter. Er hat so mit der Waffe herumgefuchtelt, dass wir Angst hatten, es würde sich versehentlich ein Schuss lösen. Um den Konferenzraum hat er sich überhaupt nicht gekümmert, vielleicht, weil er wusste, dass wir die Gäste dort bis zum Mittag nicht stören durften.*«

Henri blickte auf seine Uhr. »Kann es sein, dass Ann, meine Kinder und die anderen bis jetzt noch gar nichts von ihrer Geiselnahme mitbekommen haben?«

Maxim nickte. »Ja, das halte ich sogar für wahrscheinlich. Oder er hat bereits über die Klimaanlage irgendwas in den Konferenzraum gepumpt, und die Gäste schlafen.« Er zögerte kurz. »Zurück zum Täter«, sagte er dann. »Das ungeschickte Hantieren mit der Waffe und das hektische Zusammentreiben des Personals deuten auf eine gewisse Planlosigkeit. Der Brief wiederum wurde vorgeschrieben, denn das Papier stammt nicht aus dem Hotel. Wir gehen mal davon aus, dass derjenige, der den Brief geschrieben hat, auch der von uns gesuchte Täter ist. Wann genau das Schreiben verfasst wurde, wird Sven uns sagen können, denn er hat eine Methode entwickelt, mit der sich messen lässt, wie lange sich die Tinte schon auf dem Papier befunden hat. Die Schrift ist klein und regelmäßig, der Zeilenabstand ist groß, die Wortabstände sind eher gering. Der Täter schreibt mit normalem Druck, leicht nach rechts geneigt, tief beginnende Anfangsbuchstaben, das kleine i ohne Punkt, das G vereinfacht … Zusammengefasst haben das unsere Grafologen wie folgt: Unser Täter ist eher bescheiden und zurückhaltend. Er steht nicht gern im Mittelpunkt und versucht, ohne die Hilfe anderer zurechtzukommen. Er gibt sich sehr beherrscht und diszipliniert, hat einen ausgeprägten Ordnungssinn. Zwar hat er eine eigene Meinung, lässt sich aber leicht beeinflussen. Sehr wahrscheinlich ist er eigenbrötlerisch und ausgeprägt selbstkritisch. Er neigt zu emotionalen Ausbrüchen und versucht, rationell zu arbeiten, im Privaten wie auch im Beruf. Oft fällt er seine Entscheidungen gefühlsmäßig, obwohl er weiß, dass eine andere Entscheidung, rein rational betrachtet, richtiger wäre. Er versucht, seine eigene Meinung durchzusetzen, wenn er überzeugt ist, dass er etwas besser weiß als andere. Gerechtigkeit ist ihm ein großes Anliegen. Seine Taten sind oft überstürzt und ungenau.« Maxim machte eine Pause. »Fragen?«

»Das lesen die alles aus der Schrift heraus?«, fragte Henri ungläubig.

»Ja, aber dieses Verfahren ist umstritten, deshalb greifen wir nur selten darauf zurück, und nie am Anfang der Ermittlungen, um unsere Erwartungshaltung nicht zu schüren. Nicht dass wir am Ende nur suchen, was wir finden wollen. In diesem Fall aber«, Maxim wandte sich dem Hauptbildschirm zu, »bestätigt es unsere Annahmen. Denn Gleiches gilt für den Inhalt. Die Anrede ist geschäftsmäßig und höflich und eher alte Schule, was unsere Idee von seinem Alter bestätigt, Mitte bis Ende 40. Mit der Formulierung ›die leitende Geschäftsführung des Reuss-Konzerns ist im Parrothotel vereint, um sich zu beraten‹ gibt er vor, kompetent zu sein und zu wissen, warum die Geschäftsführung des Reuss-Konzerns tagt. Der folgende Satz: ›Sie stellt sich morgen früh um 9 Uhr der internationalen Presse, um ihre Geschäftspraktiken offenzulegen und sich selbst anzuklagen‹ macht deutlich, wie er ausgeblendet hat, dass er sie dazu zwingen will. Beim Schreiben des Briefs hat er sich selbst in eine Position katapultiert, in der er der Geschäftsführung seine Unterstützung zukommen lässt. Mit dem nächsten Satz mimt er Bescheidenheit und holt die Polizei mit ins Boot, wiederum auf einer partnerschaftlichen Ebene: ›Meine einzige Forderung: Organisieren Sie diese Pressekonferenz.‹ Jetzt hat er sich warm geschrieben und versucht, Nachdruck zu erzeugen: ›Ab morgen früh um 9.15 Uhr wird der Konferenzraum, in dem sich die Geschäftsführung des Reuss-Konzerns befindet, über die Klimaanlage mit Methanal geflutet.‹ Dass er den Begriff Methanal wählt statt des Trivialnamens Formaldehyd, könnte bedeuten, dass er sich in Chemie auskennt und gern exakt ist. Im folgenden Satz schiebt er der Polizei auf passiv-aggressive Weise die Verantwortung zu, indem er erklärt: ›Je schneller wir mit der Konferenz fertig sind, desto weniger werden die Herrschaften Schaden nehmen.‹ Das Wort Herrschaften verweist wieder auf sein Alter, mit dem Ausdruck ›Schaden nehmen‹ bagatellisiert er vor sich selbst, was er vorhat. Denn die Schäden durch das Einatmen von Methanal sind eklatant und irreversibel.«

»Zum Beispiel?«, fragte Henri mit kratziger Stimme.

Maxim atmete ruhig. Alle im Raum spürten, dass er auf diese Ausführung gern verzichten würde.

»Es ändert nichts, also raus damit«, forderte Natalia.

Maxim blickte unverwandt auf den Bildschirm, als würde er die Informationen dort ablesen. »Methanal wird beim Einatmen aufgenommen und wirkt als Zellgift. Die Dämpfe schädigen das Zentralnervensystem, insbesondere die Sehnerven. Bei schweren Vergiftungen kommt es zu zentralnervösen Anfällen und einer Schädigung des Sehnervs mit Erblindungsgefahr. Sollte der Täter nicht bekommen, was er will, und macht weiter, folgen Bewusstlosigkeit, Atemlähmung, Herzstillstand. Die tödliche Dosis für Menschen liegt bei 30 bis 100 Milliliter. Wir kennen indes auch Todesfälle nach einer Aufnahme von nur 5 Millilitern des Stoffes.« Maxim atmete lang aus. »Dann macht er uns wieder zu seinem Komplizen, auf Augenhöhe, denn er bittet uns um etwas: ›Bitte verzichten Sie auf Tricks, die werden nur zu größeren Schäden führen.‹ Das Wort ›Tricks‹ ist kindlich, wir verwenden es für einen kleinen Betrug oder einen Trick aus dem Zauberkasten. Es drückt seine Sorge aus, wieder getäuscht zu werden. Dann gibt er vor, etwas tun, was durchaus auch für andere von großem Interesse ist. Damit überhöht er sein Vorhaben vor sich selbst. ›Außerdem wird es auch Sie interessieren, was es zu sagen gibt.‹ Schließlich appelliert er noch einmal an uns als seine verlässlichen Teammitspieler: ›Ich verlasse mich auf Sie.‹«

Maxim sank völlig erschöpft auf den Stuhl und fixierte seine Hände.

»Was ist los, Kumpel?«, fragte Tanni leise. »So was geht dir doch sonst nie so nah.«

Henri verschränkte die Hände abwartend vor der Brust. Als er etwas sagen wollte, bedeutete Natalia ihm abzuwarten. Die Stille im Konferenzraum wurde zunehmend dichter.

»Natalia«, sagte Maxim, ohne hochzusehen, »ich habe mich noch nie in eure Vorgehensweisen eingemischt.« Er verhakte seine Finger ineinander, und Henri sah, dass die Knöchel weiß wurden. »Mir graut vor den möglichen Konsequenzen, wenn ihr auf mich hören solltet. Denn folgt ihr mir, und es läuft falsch, werde ich immer denken müssen, dass ich lieber den Mund gehalten hätte. Macht ihr es wie geplant, und es läuft falsch, werde ich immer gequält daran denken, dass ich nichts gesagt habe.«

Henri wollte Maxim gern schütteln, denn seine Töchter und Ann waren in einem wesentlich schlimmeren Dilemma. Dennoch konnte er sich gut daran erinnern, wie er es zu Anfang seiner eigenen Laufbahn empfunden hatte, denn Ermittlungsentscheidungen konnten alles verändern, zum Guten wie zum Bösen.

»Ich würde es trotzdem gern hören, Maxim«, sagte Henri so ruhig wie möglich, »allein schon, weil wir bisher nur einen Ansatz haben, und das ist fast immer schlecht.«

Maxim sah ihn an. »Ich bin kein sehr gefühlskompetenter Mensch, das weiß ich. Dennoch habe ich von unserer Chefin Leana Meister gelernt, wie man sich in den Täter hineinfühlt. Deshalb bin ich sicher, dass er niemand ist, den man in Ruhe lassen sollte. Wenn wir allerdings mehr über ihn erfahren und mit ihm sprechen, gibt er sein Vorhaben vielleicht auf oder gibt uns noch mehr Zeit. In der weiteren Isolation, wenn er die Kommunikation eigentlich wiederaufnehmen will, liegt eine große Gefahr. Das ist meine Meinung.«

»Wow, alter Schwede, dass ich so was von dir höre!«, witzelte Tanni in einem Versuch, der Situation die Dramatik zu nehmen.

Henri strich sich mit den Händen die Haare nach hinten, legte den Kopf in den Nacken und sagte: »Ich stimme dir tatsächlich zu. Dieser Mensch ist ohne jeden Rückhalt, er hat offenbar nichts mehr zu verlieren, er braucht eher einen Freund, der ihm zuhört, als jemanden, der ihn noch weiter in die Einsamkeit schiebt. Es ist gut, dass du es gewagt hast, Maxim. Denn irgendwas hat mich an der momentan geplanten Herangehensweise gestört, aber ich dachte, es liegt einfach daran, dass es meine Töchter und meine Partnerin sind. Was denkst du, Natalia?« Er wandte sich ihr zu.

Natalia pfiff zwischen den Zähnen. »Tanni, siehst du irgendeine Möglichkeit, den Mobilfunkmast wieder hinzukriegen und die Handys über Fernzugriff einzuschalten, damit wir wenigstens mithören können?«

»Dafür muss jemand nach da oben«, antwortete Tanni. »Wir prüfen gerade, ob der Täter womöglich das WLAN nicht abgeschaltet hat, weil er den Router nicht finden konnte. Meine Teamkollegen sagen, sie haben ein paar Signale durchschleusen können. Dann könnten wir die Kameras einschalten. Das geht über Funk und über WLAN, wenn wir den Router anpingen.«

»Lass dir was einfallen, wie es gehen könnte. Angenommen, wir schicken jemanden. Was muss der machen, was muss der können?«, fragte Natalia. »Ich möchte, dass du, Zorro, jetzt zu Henriette Pasche fährst und ihr erklärst, was passiert ist.« Henri wollte protestieren, aber Natalia fuhr fort: »Das ist wichtig, Henri. Du kannst sie nicht warten lassen, denn du fährst jetzt erst mit mir in die Filiale der ehemaligen Reuss-Bank, wo wir diesen Imsel Manir befragen. Dann fliegen wir nach Berlin und werden diesen Dr. Vogel befragen. Wir können nicht warten, bis Tanni den Konzern bis ins Kleinste durchleuchtet hat.«

»Willst du mich beleidigen?«, protestierte Tanni.

»Geh an die Arbeit, und besorg uns einen Heli, weil Sven mit unserem los ist. Ruf in Berlin an und finde raus, ob Vogel im Haus ist. Ich schlage vor, du gibst dich wie immer als Pressemitarbeiterin aus, die ein wichtiges Interview für die *Süddeutsche Zeitung* führen will. Spiel uns alle notwendigen Fotos und Infos aufs Smartphone. Informier Fin, dass wir die Strategie angepasst haben. Schick uns bitte auch das Phantombild des Erpressers, und leite es außerdem weiter an unsere Freunde von der Presse, mit der Info, dass wir diesen Mann suchen, mehr nicht. Wir sehen uns um 18 Uhr wieder.«

Tanni tippte die Befehle für ihr Team in den Bildschirm des Multitouch-Tisches und blickte Natalia und Henri hinterher.

Sie mochte diesen Mann, den sie erst seit wenigen Stunden kannte, und fühlte mit ihm. Vor wenigen Wochen hatte sie erleben müssen, wie aus ihrem vorbildlichen Vater, zu dem sie aufgesehen hatte, ein korrupter Bulle geworden war, der andere Menschen in Gefahr brachte, um seine eigene Haut zu retten. Dass Köhler ihr Vater war, konnte Henri Lavalle natürlich nicht wissen. Sie wünschte ihm jedenfalls, dass ihm eine ähnliche Erfahrung erspart bleiben würde.

Tanni strich sich über die nackten Arme, denn es fühlte sich an wie eine Wunde, die niemand mehr sah, die aber trotzdem da war und nicht heilen wollte. Dann kniff sie die Augen zusammen, schickte die Arbeitsanweisungen ab und löschte alle Daten im Konferenzraum, bevor sie zu ihrem Team ging.

Kapitel 4

Sie standen an einer roten Ampel in der Bilker Allee, einer der Hauptverkehrsadern von Düsseldorf. Henri sah auf der gegenüberliegenden Seite eine alte Dame, die sich auf dem Sitz ihres Rollators ausruhte und ihr Gesicht in die Sonne hielt. Der Autolärm, die Abgase, die vielen Passanten vor dem türkischen Gemüseladen berührten sie nicht. Mitten im Verkehrstrubel und geplagt von den Ängsten, die in ihm tobten, erdete ihn diese unbekannte weißhaarige Frau und brachte ihm die innere Ruhe zurück, die er brauchte, um klar denken zu können.

»Fahr, du Arschloch, oder soll ich dich über die Ampel tragen?«, zischte Natalia und drückte die Hupe. Henri ließ die alte Dame nicht aus den Augen. Er legte seine Hand auf Natalias, zog sie von der Hupe weg und zeigte auf die gegenüberliegende Straßenseite. Natalia starrte so lange und so fasziniert zu der alten Frau hinüber, dass jetzt hinter ihr gehupt wurde. Sie schaltete und fuhr etwas gemäßigt weiter.

Kurz darauf bogen sie auf die Königsallee ab. Natalia parkte direkt vor dem Gebäude der HSBF-Bank. Als der Portier auf sie zukam, hielt sie ihm ihren LKA-Ausweis vor die Nase und zischte: »Schön auf die Karre aufpassen, wenn du an deinem Job hängst.« Dann schoss sie mit so viel Schwung durch die Drehtür, dass Henri ihr kaum folgen konnte. Sie schob sich an ein paar Menschen vorbei, die in der Schlange vor dem Informationsschalter warteten. Man musste gar nicht wissen, dass sie bei der Polizei arbeitete, denn jeder spürte sofort, dass man sich dieser Frau einfach besser nicht in den Weg stellte. Natalia schnappte sich das Handgelenk des Anzugträgers, der mit glattem Gesicht und gegelten Haaren hinter dem Schalter stand, zog ihn zu sich herunter und flüsterte: »Wo ist das Büro von Imsel Manir? Und wagen Sie es nicht, uns anzukündigen.« Sie zeigte, in ihrer linken Hand versteckt, den LKA-Ausweis vor.

»Dritter Stock, mit dem Aufzug links. Direkt gegenüber vom Aufzug, wenn Sie aussteigen.« Er hatte Schweißperlen auf der Stirn.

Natalia zog ihn noch ein Stück zu sich und sagte sehr leise: »Und jetzt machen Sie einfach weiter, als sei nichts geschehen.«

»Aber«, versuchte er.

»Nichts aber!« Natalia ließ ihn los und signalisierte Henri, ihr zu den Aufzügen zu folgen. Sie drückte auf den Knopf.

»Kommen wir überhaupt in das Stockwerk?«, fragte Henri.

Natalia hielt ihm die Zugangskarte des Anzugträgers vom Informationsschalter vor die Nase.

»Du bist unglaublich«, sagte Henri. »Kommst in diesen verspielten Blümchenkleidern daher, mit deinen langen blonden Haaren und …«

»Geschenkt.« Natalia trat in den Aufzug, zog Henri mit sich, hielt die Chipkarte vor den Scanner und drückte auf die dritte Etage.

Oben angekommen, drückte Natalia, ohne anzuklopfen, die Klinke der Tür hinunter, die gegenüber vom Aufzug lag.

Henri blieb an der offenen Tür wie angewurzelt stehen. »Zack, was machst du denn hier?«

Louisa Zackmann, Mitte 60, Kettenraucherin mit blondierten Haaren, die sie stets als Turm auf dem Kopf trug mit einigen Kugelschreibern und Bleistiften darin, starrte Henri ungläubig an.

»Du bist nicht in Rente?«, setzte Henri nach.

Sie stand auf, kam um den Schreibtisch herum, umarmte Henri und reichte Natalia die Hand, bevor sie sich Henri wieder zuwandte. »Es war mir langweilig zu Hause, also habe ich mich bei einer Zeitarbeitsfirma angemeldet und vertrete jetzt seit fünf Monaten die eigentliche Assistentin, die gerade ein Baby bekommen hat. Und du?«

»Frag nicht, wir wollen zu Imsel Manir.«

»Der ist in einer Besprechung.«

»Da?« Natalia zeigte auf die Tür rechts von Zacks Schreibtisch.

»Nein, da ist er nicht.«

»Na, dann kann ich mich ja mal hier umsehen«, sagte Natalia mit einem süßen Lächeln. Zwar versuchte Zack, sich ihr in den Weg zu stellen, aber sie hatte nicht den Hauch einer Chance.

»Was ist das denn für eine Kuh?«, fauchte sie Henri an.

»Das erkläre ich dir später, Zack, aber Christa, Alberta und Ann sind in Lebensgefahr, also entschuldige bitte.« Er ließ sie stehen und eilte Natalia hinterher.

Ein großer dreieckiger Konferenztisch aus Zebraholz bot Platz für 20 Leute und war bis auf zwei Plätze besetzt. Alle richteten ihre erstaunten Gesichter auf Natalia und Henri. Ein Fenster schnurrte zurück, weil durch die offene Tür

Durchzug entstanden war. Natalia hielt ihren Ausweis hoch. »Wer, bitte, ist Herr Imsel Manir?«

»Das bin ich.« Ein hochgewachsener Mann mit blauschwarzen, kurz rasierten Haaren und sehr hellen braunen Augen stand auf. »Was verschafft mir die Ehre eines solchen Besuchs mit derart rüdem Verhalten?«

»Sie, Herr Manir, bleiben bitte hier, der Rest verlässt den Raum.«

»Dürfte ich bitte irgendein Papier sehen, das Ihnen erlaubt, hier so aufzutreten?« Er kam um den Tisch herum und baute sich vor Natalia auf, die ihr Smartphone aus der Tasche nahm, ihr Passwort eingab, die LKA-Kompetenzcenter-App aufrief und darin den Durchsuchungsbeschluss für die Räumlichkeiten der HSBF-Bank Düsseldorf.

Sie hielt Manir ihr Smartphone vor die Nase. »Wenn Sie mir kurz Ihr WLAN-Passwort verraten, drucke ich es auch gern für Sie aus.«

Manir nahm ihr Handy, las den Beschluss und gab es ihr stirnrunzelnd zurück.

Natalia schob ihr Smartphone wieder in ihre Jackentasche. »Wenn Sie es darauf anlegen, räume ich hier die ganze Hütte einmal leer, lege Ihre Geschäfte für ein paar Tage lahm und spiele diese Info auch noch der Presse zu, wenn es sein muss. Was glauben Sie, wie lange Sie diesen Job hier dann noch haben, Herr Dr. Manir?«

»Meine Herren«, sagte Manir und machte eine demonstrative Geste, die signalisierte, dass die Konferenz zu Ende sei. »Frau Zackmann ist gefeuert«, murmelte Manir.

»Das tun Sie besser nicht«, sagte Natalia ungerührt, »denn die kann für diese Situation hier am allerwenigsten.«

Henri schloss die Tür. »Könnten wir uns setzen, um die Situation ein wenig zu entspannen?« Er warf Natalia einen vielsagenden Blick zu, der bedeuten sollte: Ab hier übernehme ich. Natalia nickte, nahm neben Manir Platz, griff sich ungefragt eine Wasserflasche vom Tisch und goss sich selbst ein. Henri verwies Manir als Erstes auf die Schweigepflicht, da sie sich in einem laufenden Ermittlungsverfahren befänden. Er versicherte, dass zahlreiche Personen in Lebensgefahr schwebten und dass einige Spuren zu dieser Bank führten.

»Auch wenn ich das alles gut verstehe und Sie hier mit einem Durchsuchungsbeschluss auftreten, der Ihnen offenbar als Blankoscheck zur Verfügung gestellt worden ist, wüsste ich gern, warum unsere Bank in den Fokus Ihrer Ermittlungen geraten ist. Wir führen ein sauberes Geschäft und lassen uns jedes Jahr von der Finanzaufsichtsbehörde freiwillig auditieren.«

Henri nahm sein Smartphone heraus und rief das Phantombild des Täters auf. »Kennen Sie diesen Mann, und war er Kunde Ihrer Bank?«

»Wir haben überhaupt keinen Kontakt mit Privatleuten«, erklärte Manir, doch seine Antwort war zu schnell, zu glatt, zu abweisend.

»Er könnte Geschäftskunde gewesen sein«, sagte Natalia.

»Ich betreue als Direktor keine Geschäftskunden, das könnte zu einem Interessenkonflikt führen. Ich prüfe nur die Anträge.«

»Was ist mit dieser Frau?« Henri hielt erneut sein Smartphone hoch. Auf dem Display war Joyce Darlington, verkleidet als Ann Stahl, zu sehen.

Manir zuckte zurück.

»Also ja!«, sagte Henri. »Wer ist das?«

»Ann Stahl«, antwortete Manir.

»In welcher Verbindung stehen Sie zu ihr?«, fragte Henri, ohne Manir aus den Augen zu lassen.

»Sie war bis vor gut einem Jahr meine direkte Vorgesetzte. Das heißt, bis wir an HSBF verkauft wurden.«

»Wie war Ihr Verhältnis zu Ann Stahl?«

»Sie ist streng, aber fair. Als sie die freiwilligen Audits einführte, habe ich diese Vorgehensweise begrüßt und dann nach dem Verkauf entschieden, weiter so zu verfahren.«

»Was wollte Ann Stahl hier? Das Foto ist zwei Wochen alt.«

»Wir haben uns gut verstanden«, sagte Manir. »Sie kommt hin und wieder, wenn sie in Düsseldorf ist, auf einen Kaffee vorbei.«

»Sie haben mit Ann Stahl einen Kaffee getrunken? Was hat sie denn so erzählt?«, erkundigte sich Natalia.

Manirs Augen flatterten. Er verschränkte seine Hände, und dort, wo sie zuvor auf dem Konferenztisch gelegen hatten, war ein feiner Schweißfilm zu sehen.

»Von ihrer Bewerbung nach New York, in den neuen Firmensitz des Reuss-Konzerns.«

Henri fiel es schwer, jetzt nicht die Beherrschung zu verlieren. Was seit Langem wie ein Damoklesschwert über ihrer Beziehung schwebte, wurde an so unerwarteter Stelle ausgesprochen, dass er sich einen Moment sammeln musste.

»Was genau hat sie denn gesagt?«, hakte er nach. Er konnte sich überhaupt nicht vorstellen, dass Ann über das Berufliche hinaus irgendeine Beziehung zu diesem aalglatten Menschen pflegen könnte.

»Na ja, dass sie sie eingereicht hat. Und jetzt darauf wartet, dass alles seinen Gang geht.«

»Und das Treffen mit Ann Stahl«, Henri zeigte auf das Foto auf seinem Smartphone, »war vor zwei Wochen?«

»Ja, ich glaube schon. Sehen Sie, ich rede jeden Tag mit so vielen Menschen, ich weiß es nicht immer genau, ob es am Telefon oder persönlich war.«

Henri schlug mit der Hand auf den Tisch. »Schluss mit dem Gesülze!«

Manir schreckte zurück und wollte aufstehen, aber Natalia hielt ihn hart am Arm fest.

»Das muss ich mir nicht bieten lassen«, sagte Manir empört.

»Ich denke doch«, sagte Natalia ungerührt.

Henri lehnte sich nach vorn, ganz nah an das Gesicht des Tunesiers. »Sie werden sich noch viel mehr gefallen lassen, wenn Sie erst einmal in der JVA sitzen«, sagte Henri leise. »Sie haben nie an Ann Stahl direkt berichtet, denn ich kenne jeden ihrer sogenannten Direct Reports, weil die einmal im Jahr zum Essen eingeladen werden und ich als ihr Lebensgefährte seit zwei Jahren bei diesen Essen dabei bin. Also, noch einmal, wann haben Sie Ann Stahl zuletzt gesehen?«

»Vor zwei Wochen. Sie war hier, um sich die Auditunterlagen aus der Zeit des letzten Bankencrashs und die vier Jahre danach anzusehen.«

Henri schloss die Augen, er musste nachdenken. »Und weiter?«

»Nach Rücksprache mit meiner neuen Geschäftsführung musste ich Ann Stahl das verweigern, zudem sie ja die

Auditberichte der Finanzbehörde aus allen Jahren im Reuss-Konzern hatte.«

»Weiter!«

»Wir haben noch ein wenig geplaudert.«

»Was wollte sie wissen?«

»Wie viele Kunden wir derzeit haben, ob wir welche verloren haben.«

Henri trommelte mit den Fingern auf dem Tisch. »Und?«

»Wir sind eine Bank und kein Auskunftsbüro, ich habe nichts dazu gesagt.«

Henri ließ sein Smartphone vor Manir auf den Tisch fallen: »Diese Frau auf dem Foto ist die Journalistin Joyce Darlington und nicht, wie Sie glaubten, Ann Stahl. Diese Frau wurde ermordet aufgefunden und hat offenbar in einer sehr heißen Sache eine Spur gehabt, die sie direkt zu Ihrer Bank führte. Ich will wissen, warum!«

»Das weiß ich wirklich nicht. Auf unserer Website finden Sie unsere Geschäftsberichte, es gab in den letzten zehn Jahren keinerlei Ungereimtheiten.« Manir beugte sich nach vorn, drückte auf einen Knopf und sagte: »Frau Zackmann, schicken Sie sofort unsere Anwälte.« Dann wandte er sich wieder an Henri und Natalia. »Wenn Sie noch mehr wissen wollen, bitte reden Sie mit unseren Anwälten, bringen Sie einen ordentlichen Beschluss, der genau begründet, warum wir und für wen wir unsere Geschäfte offenlegen sollen.«

Henri machte Natalia ein Zeichen, dass sie nicht intervenieren sollte, und stand ebenfalls auf. »Sicher, Herr Manir, wir melden uns wieder, seien Sie unbesorgt. Natalia, wir gehen.«

Sie sprachen kein Wort, bis sie wieder im Auto saßen. »Was sollte das, Henri? Wir hätten ihn weichkochen müssen.«

Henri winkte ab und rief Tanni an. »Wir brauchen sofort ein Überwachungsteam für Manir. Hör sein Telefon ab, lies seine eMails, klone sein Smartphone.«

»Bis wann?«

»Ab sofort!« Henri legte auf. »Er wird uns ins Netz gehen, ganz sicher. Wenn er Dreck am Stecken hat, wird er jetzt gleich noch telefonieren oder irgendwo hingehen. Warten wir, bis die Überwachung da ist.«

Henris Smartphone klingelte, es war seine Exfrau Lisa. »Es ist so weit«, murmelte er und nahm das Gespräch an.

»Lisa, es tut mir unendlich leid …«, begann er, ohne sie zu begrüßen.

»Ich bin es, Henriette.«

»Wie bitte …?«

»Wie immer bei Katastrophen zieht es meine Tochter Lisa vor, sich in einen Nervenzusammenbruch zurückzuziehen. Deine Töchter Patricia und Ilse sind zusammen mit Zorro bei mir im Haus, Lisas Mann kommt gleich hierher ins Krankenhaus, ich fahre dann nach Hause.«

»Der Super-GAU«, stöhnte Henri.

»Henri! Du hast sie einmal rausgeholt, tu es einfach wieder, ich weiß, dass du das kannst.« Es klickte, Henriette hatte aufgelegt.

Wenig später kam Imsel Manir aus der Tür, sah sich um und eilte Richtung Graf-Adolf-Straße davon. Natalia gab das sofort über Funk durch. »Okay«, schnarrte es aus dem Gerät, »wir sind schon auf der anderen Seite, Emilia folgt ihm zu Fuß, ihr könnt den Abflug machen.«

Natalia trat aufs Gaspedal und brachte sie mit Blaulicht zurück zum LKA in der Völklinger Straße. Tanni hatte sie informiert, dass Dr. Vogel vom Reuss-Konzern momentan gar nicht in Berlin sei, sondern in Köln, und dass der Heli auf sie warte.

»Mit dem Heli nach Köln?«, fragte Henri ungläubig.

»Geht schneller, außerdem ist Dr. Vogel in einer Pressekonferenz am Kölner Flughafen, so erwischen wir ihn auf jeden Fall. Ist doch schön, dass er uns ein wenig Zeit spart.«

Sie landeten um Punkt 13 Uhr am Kölner Flughafen. Henris Smartphone klingelte. Die Nummer war unbekannt, und er wollte schon auf Abweisen drücken, doch dann entschied er sich um.

»Lavalle hier«, meldete er sich.

»Sag mir, was ich tun kann!«, hörte er Zacks Stimme am anderen Ende.

»Es ist ein Segen, dass du anrufst. Wir brauchen Zugang zu den Unterlagen der Bank während des letzten Crashs und danach.«

»Geht es genauer?«

»Nimm als Erstes die Kreditkündigungen und Insolvenzen der letzten fünf Jahre und auch die Unterlagen, die es nur noch als Ausdruck im Archiv gibt.«

»Du hörst wieder von mir. Für den Fall, dass noch was sein sollte, schicke ich dir gleich meine neue private Mobilnummer.«

Henri verabschiedete sich und ließ dann sein Smartphone in die Tasche gleiten. »Das war Zack«, sagte er zu Natalia.

»Du hast mit ihrem Anruf gerechnet?«

»Ich hatte darauf gehofft. Es ist immerhin der kürzere Weg zu den Unterlagen, die dein Kompetenzcenter nicht hacken kann, weil sie elektronisch nicht existieren, oder sehe ich das falsch?«

»Du lieferst mir viele Gründe, meine Kontakte spielen zu lassen, damit du zu uns kommen musst.« Natalia lächelte ihn an und legte ihm ihre Hand auf die Schulter. »Wir holen alle drei da raus, lebendig, das verspreche ich dir. Wenn einer das kann, dann ist es unser Team!«

»Ich danke dir, aber du weißt so gut wie ich, dass es nichts zu versprechen gibt. Wir geben wie immer unser Bestes, und manchmal reicht es einfach nicht.«

»Sehr selten reicht es bei uns nicht. Komm, schnall dich schon ab, wir können jede Sekunde aussteigen.«

Henri schob immer wieder die Bilder von Ann und seinen Töchtern zur Seite, um klar denken zu können. Klar und analytisch zu denken, war im Moment das Beste, was er für sie tun konnte. Sein Herz tat weh. Er musste sich zwingen, nicht einfach loszurennen, er wollte in dieses Tal fliegen, diesen Berg hochlaufen, egal wie hoch der Schnee lag. Hauptsache, er war in der Nähe der Menschen, die er liebte.

»Komm!«, riss ihn der barsche Kommandoton von Natalia aus seinen Gedanken. Henri eilte hinter ihr die Treppe aus dem Heli hinunter und lief geduckt auf das Flughafengebäude zu. Es roch nach Kerosin, die Turbinen eines startenden Flugzeuges brüllten mit dem eisigen Wind um die Wette, der über die freie Fläche peitschte.

Im Sicherheitscheck wusste man Bescheid und winkte sie durch. »Ihr müsst ins Terminal eins«, rief ihnen ein Sicherheitsbeamter hinterher.

Sie schoben Leute zur Seite, die über sie schimpften, und sprangen über die Taschen, die im Weg standen. Nach wenigen Minuten betraten sie die Lobby des Konferenzcenters im Terminal eins. Henri war ziemlich außer Atem. »Du solltest mit dem Rauchen aufhören«, meinte Natalia, die nicht einmal einen erhöhten Puls hatte.

Schilder leiteten sie zu dem Raum Graf Zeppelin im hinteren Teil, vorbei an Restaurant und Café. Tanni hatte sie mit Presseausweisen ausgestattet und online akkreditiert. Zudem hatte sie das Exklusivinterview von Dr. Vogel mit dem Magazin *Stern* kurzerhand ersetzt durch ein Exklusivinterview mit der *Süddeutschen*. Henri und Natalia hielten ihre Smartphones vor die Scanner. Henri achtete darauf, dass er von Natalia verdeckt blieb, bis sie einen für die Bühne toten Winkel erreicht hatten.

»Die ganze Hautevolee der deutschen Presse ist aufgelaufen«, flüsterte Henri Natalia zu.

»Du kennst die alle?«

»Nicht unbedingt persönlich, aber seit ich mit Ann zusammen bin, darf ich gelegentlich auf Pressekonferenzen dabei sein, allerdings stehe ich dann hinter der Bühne. Letztlich gehört die deutsche Presse nur ein paar Familien.«

»Ja, ich weiß, das ist ein sehr überschaubarer Bestechungspool, wenn ich jemanden absägen will.«

»Genau, das weiß Ann auch und nutzt es, so wie hier jetzt. Wenn überall so freundlich über die Maßnahmen des Reuss-Konzerns geschrieben und berichtet wird, kann ja nichts Falsches daran sein.«

Natalia zog eine Augenbraue hoch. »Du liebst diese hoch manipulative Frau, das weißt du?«

Henri lächelte. »Ja, das tue ich. Wie nie eine Frau zuvor.«

»Scht, ruhig«, zischte jemand in der Reihe vor ihnen.

Dr. Erich Vogel erläuterte der Presse eloquent, warum man sich, zugegebenermaßen schweren Herzens, entschieden habe, nach der Reuss-Bank vor einem Jahr nun auch die Versicherungssparte zu verkaufen. Dr. Vogel war ein großer und kräftiger Mann, dem man die 72 Jahre nicht ansah. Seine dichten weißen Haare waren etwas länger und zurückgekämmt, die randlose Brille betonte seine blauen Augen, deren Farbe sich in der Krawatte und dem perfekt sitzenden Anzug wiederholte. Henri mochte diesen Mann nicht. Er konnte nicht sagen, ob es daran lag, dass Dr. Vogel mitunter mehr Zeit mit Ann verbrachte als er selbst, oder daran, dass er das Gefühl hatte, mit einem Nebenbuhler kämpfen zu müssen, wenn es um New York ging. Oder einfach daran, dass Anns Chef ihn so herablassend behandelte, als sei er der Dackel an ihrer Seite und nicht ihr Partner. Henri hielt ihm zugute, dass er in ihrer Kindheit die Hand über Ann gehalten hatte, sie von der gewalttätigen Mutter weggeholt, in ein Internat gesteckt und an die Seite von Marie von der Weide manövriert hatte. Henri war fest überzeugt, dass Ann bei Vogel die Stelle der Tochter besetzte, die er selbst nie bekommen hatte. Noch vor Kurzem hatten sie über Vogel gestritten. »Er ist ein alter Mann, der sich nur noch darauf einen runterholt, dass er Macht in diesem Konzern hat«, hatte Henri gesagt.

»Du hast keine Ahnung, wie viel Macht er hat«, hatte Ann kühl geantwortet und das Thema fallen lassen, wohl wissend, dass sie ohnehin nicht zu einem Konsens kommen würden. Ann Stahl war selbst ein Machtmensch, und des-

halb, nahm Henri an, zog es sie in Vogels Nähe und vielleicht auch, weil er ihr ein wenig den Vater ersetzte, der sich
kurz nach ihrer Geburt aus dem Staub gemacht hatte. Henri
hatte Vogel und Ann auf gemeinsamen Pressekonferenzen,
bei TV-Auftritten und bei verschiedenen Essen erlebt. Sie
waren aufeinander eingespielt und einander zugetan, so
deutlich, dass sie oft für Vater und Tochter gehalten wurden,
eine perfekte Symbiose. Henri wurde trotzdem nie dieses
Gefühl ganz los, dass Vogel Ann mit der gleichen Macht
besaß, mit der er diesen Konzern nach seinem Willen
formte.

Henri hasste ihn in diesem Moment. Es widerte ihn an,
wie Vogel so selbstsicher da vorn saß und sich benahm, als
gehöre ihm dieser Saal. Durchaus kompetent schwadro-
nierte er über den Versicherungsmarkt, als hätte er sein Leben lang nichts anderes gemacht, und tat schließlich so, als
hätte er nur das Wohl aller im Sinn. Seine offene Körperhal-
tung, kein Tisch zwischen sich und den Journalisten, die
Handflächen auf den Oberschenkeln ruhend und leicht
nach oben gedreht, sollte wohl signalisieren: Ich bin vollkommen ehrlich zu euch.

»Der Reuss-Konzern verhandelt derzeit über die Akquisi-
tion einer amerikanischen Versicherung«, sagte Vogel mit
seiner kräftigen Stimme, »denn Sie wissen, uns liegt daran,
dass alle unsere Mitarbeiter bestmöglich abgesichert sind.
Wir sind und bleiben ein Familienunternehmen.«

»Ich könnte kotzen«, flüsterte Henri Natalia zu. »Dieser
Deal bringt dem Konzern rund 400 Millionen ein, und die
zukünftigen Kosten für Versicherungen der Mitarbeiter
werden halbiert!«

»Hut ab«, antwortete Natalia und lehnte sich noch weiter zurück. »Das hätte ich auch gern in meiner Portokasse. Sag nie wieder, du kennst dich mit Anns Geschäften nicht aus, sie scheint ja jeden Cent ihres Traumgehaltes wert zu sein.«

»Du kennst …?«

»Sicherlich kennen wir Anns Finanzlage, und nicht nur das. Hat ja ein spannendes Leben, deine Herzkönigin.« Natalia lächelte ihn maliziös an. »Bestnoten trotz zerstörter Familie.«

»Das hattest du auch«, konterte Henri.

»Ja, aber meine Brüder leben alle noch, meine Mutter auch, und ich weiß, wo mein Vater ist.« Sie hielt kurz inne und sah Henri von unten an. »Außerdem stand ich nie unter Mordverdacht, noch hat jemand versucht, mich aus Rache umzubringen.«

»Was ist mit deiner Militärlaufbahn, Madame Rac? Deine Scharfschützenausbildung hast du doch ganz sicher nicht zum Tontaubenschießen erhalten, oder?«

Natalia zuckte mit den Schultern und wandte sich wieder nach vorn. Ann Stahl ist für diesen Konzern jeden Cent wert, dachte Henri. Die Verkäufe der Bank und der Versicherung in Deutschland und die Zukäufe derselben in Amerika waren Anns Idee gewesen und gehörten noch zu ihrem ursprünglichen Sanierungsplan. Der Plan, der dazu geführt hatte, dass der Reuss-Konzern Ann zu einem astronomischen Gehalt fest eingestellt und an die europäische Konzernspitze geschoben hatte. Damals, als erst ihre Mutter und dann ihr Bruder Sven ermordet wurden, hatten seine Ermittlungen ergeben, dass Alexander Stahl, Anns Vater, durchaus noch leben konnte. Dr. Erich Vogel hatte es Ann gegenüber auch behauptet. Seitdem suchte Henri sporadisch nach Anns Vater, der als junger Mann mit Vogel bekannt gewesen war. Henri hatte bis heute nichts gefunden. Er und Ann vermuteten, dass Vogel sehr wohl wusste, wo Anns Vater sich aufhielt, und keineswegs 1971 den letzten Kontakt zu Alexander Stahl gehabt hatte, wie er behauptete.

Henri heftete seinen Blick auf Erich Vogel. Er ist ein Mensch, der mit Informationen handelt, auch seiner Ziehtochter gegenüber, dachte Henri gallig. Die Pressekonferenz näherte sich langsam dem Ende, die letzten Fragen wurden gestellt.

»Dr. Vogel, werden denn die Arbeitsplätze in Deutschland erhalten bleiben, oder planen Sie langfristig, Ihre komplette Administration nach Amerika zu verlegen, so wie Sie bereits Ihre Produktionen nach Asien verlegt haben?«

»Wir orientieren uns daran, was unseren Konzern und die 500 000 Mitarbeiter weltweit am besten am Markt hält. Denn dann, und nur dann, kann ich dieser großen Anzahl von Menschen weiterhin Arbeit garantieren und damit ihren Familien ein festes Einkommen, ein Dach über dem Kopf, eine Zukunft für ihre Kinder. Wo also diese 500 000 Arbeitsplätze sind, hat nicht die höchste Priorität, denn …«

Henri trat aus dem toten Winkel heraus und stellte mit Genugtuung fest, dass seine Anwesenheit Dr. Vogel für einen Moment verstummen ließ.

»Denn wir wissen alle nicht, wohin uns die nächsten zehn Jahre führen werden. So, das war die letzte Frage. Danke für Ihre Zeit, danke für Ihr Kommen.«

»Los, sonst entwischt er uns«, flüsterte Natalia und zog Henri mit sich. Wieder hielten sie ihre Smartphones an die

Scanner und bestätigten, dass sie von der *Süddeutschen Zeitung* für das Exklusivinterview angemeldet waren.

»Das stimmt nicht«, schimpfte jemand hinter ihnen, »ich schreibe für den *Stern* und bin seit zwei Wochen für das Exklusivinterview angemeldet.«

Natalia wirbelte herum und grinste den Journalisten an.

»Sehen Sie bitte noch einmal in Ihren Computer«, bat sie den Sicherheitsbeamten an der Schleuse. Dieser vergewisserte sich und bestätigte, dass Henri und Natalia für das Interview angemeldet waren und niemand sonst.

Natalia hauchte dem Journalisten ein Küsschen auf die Wange, während sie leise und eindringlich sagte: »Bitte mach dir keine Sorgen, Korbinian. Du kommst schon noch an dein Interview. Wir schreiben für die *Süddeutsche,* aber ich ruf dich später an, versprochen! Das wird sich alles aufklären.«

Natalia drehte sich zu Henri um und erklärte: »Korbinian Baumgartner ist ein alter Bekannter, alles in Ordnung. Komm, jetzt befragen wir den König der Finsternis.«

Der Raum diente eigentlich dem benachbarten Restaurant als Zigarrenraum. Die dunkel getäfelten Wände signalisierten Gediegenheit genauso wie die tiefen Sofas aus verwittertem, braunem Leder. Dr. Erich Vogel zog sein Jackett aus, legte es über die Armlehne und setzte sich langsam. Seine Kniegelenke knackten laut. Er saß breitbeinig da, lehnte sich an und hob die Arme auf die Rückenlehne.

»Mein lieber Lavalle, haben Sie das Metier gewechselt?« Vogel lächelte. »Vielleicht sind Sie darin sogar besser als in der Kriminalistik? Was sagt Ihre bessere Hälfte dazu?«

Henri zwang sich, ruhig zu atmen, denn er wusste, diese Provokation nutzte niemandem. Er ging an Natalia vorbei zu dem Sofa, das Vogel gegenüberstand, allerdings ohne Platz zu nehmen. Stattdessen blieb er hinter dem Sofa stehen und stützte sich, leicht nach vorn gebeugt, auf die Rückenlehne.

»Diesmal brauchen wir Ihre Hilfe.«

»Wir?« Vogel zog eine Augenbraue hoch. »Wen meinen Sie mit ›wir‹?«

»Ich meine damit Ann, meine Töchter Alberta und Christa sowie den gesamten Führungsstab Ihres Konzerns, Herr Dr. Vogel. Sie alle befinden sich in Lebensgefahr!«

Vogel sprang auf. »Was reden Sie da, Lavalle? Die sind in einem bestens abgesicherten Hotel, was soll das?«

Henri blickte ihn an. Die Reaktion stimmte irgendwie nicht. Die Worte kamen ihm zu emotionslos vor, als wäre Vogel ein Schauspieler, der nur den auswendig gelernten Text herunterleiert.

Natalia trat zu ihnen und fasste kurz die Ereignisse zusammen. Sie fing bei der Journalistin Joyce Darlington an, beschrieb deren Verkleidung als Ann Stahl, schilderte deren Folterung und den Mord an ihr, ließ den Besuch des LKA bei der ehemaligen Reuss-Bank aus und endete mit dem Brief des Mörders und seiner Forderung nach einer Pressekonferenz, in der sich der Reuss-Konzern selbst anklagen würde.

»Der genaue Wortlaut ist: ›um ihre Geschäftspraktiken offenzulegen und sich selbst anzuklagen‹«, sagte Natalia.

»Sie sind bitte wer?«, fragte Vogel und heftete seine klaren, blauen Augen auf Natalia. Henri bemerkte, dass Vogels Stimme dünn klang.

»Dr. Natalia Rac, Leitung des LKA-Kompetenzcenters, und wir wüssten jetzt gern von Ihnen, wer dem Reuss-Konzern an die Wäsche will!«

»Ich verstehe das alles nicht. Das Hotel gilt als sicher, wir haben es prüfen lassen, niemand sollte dort Zugang haben, nur das Personal und unsere Leute. Wieso sind Sie hier und nicht vor Ort?«

»Dort oben herrscht Schneesturm. Das gilt auch für den Ort unterhalb des Parrothotels, Kurzras. Es geht gar nichts mehr. Wie Sie ja sicher wissen, gibt es nur einen Zugang zum Hotel. Über die Westseite und da auch nur mit der Seilbahn. Also, noch einmal: Wer will dem Reuss-Konzern an die Wäsche?«

Dr. Erich Vogel schob die Hände in seine Hosentaschen. »Wir bekommen ständig Drohbriefe. Eine Abteilung von vier Kriminologen ist bei uns nur damit beschäftigt.«

»Wir brauchen die Briefe der letzten zwei Jahre«, forderte Henri. »Stellen Sie bitte den Kontakt her.«

»Gar nichts werden wir Ihnen aushändigen. Das sind firmeneigene Unterlagen, und ohne einen Beschluss müssen Sie wohl einfach Ihre Arbeit machen.«

Henri trat um das Sofa herum. Er blieb vor Erich Vogel stehen, der einen halben Kopf größer war als er, und blickte ihn von unten an. »Diese Briefe sind bestimmt ein wunderbarer Spiegel Ihrer wahren Geschäfte, aber das ist uns im Moment scheißegal. Wir unterzeichnen sogar eine Geheimhaltungsvereinbarung, wenn Sie sich damit wohler fühlen. Aber ich«, er trat noch näher an Vogel heran, »will unbedingt das Leben der drei Menschen retten, ohne die ich nicht leben kann, und das der anderen auch. Ich werde Sie, ohne zu zögern, verklagen, Dr. Vogel, weil Sie die Justiz behindern. Und sollte den Menschen da oben auf dem Berg mehr geschehen, zerre ich Sie wegen fahrlässiger Tötung vor den Kadi.«

»Sie bluffen, wie immer!«

»Das tut er nicht.« Natalias Stimme klang hart und kalt. »Unser Kompetenzcenter ist mit weitreichenden Befugnissen versehen, und wir haben Ihr Leben, lieber Dr. Vogel, auf links gezogen, bevor dieser Tag hier zu Ende ist.«

»Helfen Sie uns!« Henri entließ Vogel nicht aus seinem Blick.

»Sie verschwenden Ihre Zeit.« Vogel setzte sich wieder. »Gehen Sie freiwillig, oder muss ich den Sicherheitsdienst bitten?«

»Ich dachte, Ann Stahl ist die Tochter, die Sie nie hatten. Geben Sie sie so leicht auf?«

»Lavalle, Sie spielen nicht in unserer Liga.«

»Sie werden dieses Spiel verlieren!«, rief Henri.

Vogel lächelte höhnisch. »Sie täuschen sich, Lavalle. Ich bin gar nicht im Spiel drin. Sie kennen meine Haltung zum darwinistischen Prinzip, nicht wahr? Ann hat immer gewusst, worauf sie sich einlässt, sie kennt die Gefahren und den Preis.«

Henri ballte seine Fäuste. »Aber meine Töchter nicht.«

»Das ist Teil des darwinistischen Prinzips.«

Henri schlug zu. Vogels Kopf schnellte nach rechts, seine Brille zerbrach auf den Holzdielen. Henri drückte sein linkes Knie zwischen Vogels Beine und presste ihm die Hand auf den Mund.

»Das tut weh, nicht wahr? So ähnlich wird es sich für Ann und meine Töchter anfühlen, wenn das Gift sich auf ihre

Schleimhäute setzt und das Atmen erschwert. Wenn ihre Augen brennen und langsam erblinden. Und dieser Täter wird vielleicht seinen Spaß daran haben. Denn wissen Sie, Vogel«, Henri drückte sein Knie noch fester in Vogels Weichteile, »es gibt Ersttäter, die sich nach einem Mord übergeben, die sich wünschen, es wäre nie geschehen, die von Albträumen geplagt werden, die ein Leben lang nicht aufhören. Aber wir kennen auch den anderen Typus. Der findet überraschend Gefallen an seiner Tat, es hat was mit ihm gemacht, was sich gut anfühlt. Da gibt es keine Reue, keine Albträume, nur die unstillbare Sehnsucht, es immer wieder und immer besser zu tun. Und dieser Typ da oben auf dem Berg, der findet Gefallen daran, Menschen umzubringen und ihnen dabei zuzusehen.«

Henri entließ Dr. Vogel aus seinem Griff. Der alte Mann sackte stöhnend nach vorn, das Blut aus seiner Nase tropfte auf die Anzughose. Henris Nackenhaare stellten sich auf, wie immer, wenn sein Instinkt begriff, dass er auf dem richtigen Weg war, die Gefahr ahnen, aber noch nicht sehen konnte.

»Wir gehen, Natalia.«

Jetzt war es an Natalia, hinter Henri herzulaufen. Sie nahm im Laufen ihr Smartphone aus der Tasche und gab dem Heli Bescheid, dass er schon mal die Starterlaubnis anfragen sollte.

Kapitel 5

Henri schwieg, bis sie in der Völklinger Straße in Düsseldorf eintrafen. Es war erst 16 Uhr, doch das Team befand sich bereits im Konferenzraum. Tanni und Maxim arbeiteten gemeinsam in einer Ecke, während auf der anderen Seite des Raums Zorro und Theo mit Tamas diskutierten, einem Mitarbeiter von Sven, der gerade im Schneesturm in Kurzras festsaß. Sie alle verstummten wie auf Kommando, als Henri und Natalia eintraten.

»Wie geht es Ilse und Patricia bei Henriette?«, erkundigte sich Henri bei Zorro.

»So gut es einem in so einer Situation eben geht«, murmelte Zorro.

Henri ging nach vorn, stützte sich auf dem Konferenztisch ab und sagte: »Wir müssen ganz von vorn anfangen.«

»Wie bitte? Worauf begründest du das?«, fragte Natalia.

Henri wandte sich an Maxim: »Du hattest vollkommen recht damit, als du sagtest, dass wir den Täter nicht allein lassen dürfen, nur aus einem anderen Grund. Es geht hier um etwas viel Größeres als um den Mord eines Verrückten an einer Journalistin. Hier sind Profis am Werk, die uns nur glauben machen wollen, ein Dilettant oder ein Mensch mit einer multiplen Persönlichkeit sei der Täter.« Henri richtete sich auf. »Es ist nichts als ein Ablenkungsmanöver.«

»Wovon soll es ablenken?«, wollte Natalia wissen.

Henri richtete seine blutunterlaufenen Augen auf sie und sagte leise: »Das weiß ich noch nicht. ›Lavalle, Sie spielen nicht in unserer Liga, Ann hat immer gewusst, worauf sie sich einlässt, sie kennt die Gefahren und den Preis‹, hat Vogel gesagt, richtig? Ich denke, dass sie entweder sehr tief mit drinsteckt oder aber etwas aufgedeckt hat und deshalb ermordet werden soll. Mag sein, dass es da oben auf dem Berg einen gestörten Mann gibt, aber er ist nicht allein, sondern hat einen Profi an der Seite, der dieses Hotel in die Luft jagen wird. Also bitte, Natalia, mach deine Drohung wahr und ziehe Vogels Leben auf links! Tanni?«

»Bin auf Sendung.«

»Wir müssen den Reuss-Konzern bis ins Kleinste durchleuchten, und zwar nicht nur die letzten zwei Jahre. Die geben höchstens einen Anhaltspunkt, nach was wir suchen müssen. Durchsuch das Darknet, frag bei Anonymous an, verschaff dir Zugang zur Abteilung des Reuss-Konzerns, die sich ausschließlich mit Drohungen gegen das Unternehmen befassen.«

»Henri, bist du dir da ganz sicher, oder ist das ein persönlicher Rachefeldzug gegen diesen Übervater Dr. Erich Vogel?« Natalia löste ihren strengen Knoten – ein Zeichen, dass sie versuchte, sich zu entspannen.

Henri schlug mit der flachen Hand auf den Tisch. »Es geht um meine Töchter! Meine Partnerin! Und viele andere Menschenleben! Glaubst du wirklich, ich würde hier einen Tanz der Eitelkeiten beginnen?«

»Nun«, sagte Natalia ruhig, »du hast ihm die Eier so platt gemacht, dass er sich wegen irgendwelcher möglicher Nachkommen keine Sorgen mehr machen muss. Dabei hatte ich den Eindruck, das war etwas, was du schon lange mal tun wolltest. Habe ich nicht recht?«

Henri richtete sich auf und rieb sich die Augen. »Fahr zur Hölle! Ich bin jetzt auf einen Sprung zu Hause. Um 18 Uhr ist die nächste Besprechung, um 18.30 Uhr die nächste Videokonferenz mit Fin, richtig?«

Natalia nickte.

»Bis 18 Uhr kannst du entscheiden, ob du mit deinem Team dem Weg folgen willst«, fuhr er fort. »Ansonsten schickt ihr mir alles ins BKA, und ich mache von dort weiter. Danke.«

Henri ging zur Tür, öffnete sie, hielt kurz inne und sagte abgewandt: »Und wenn du weitermachen willst, bestimme ich, wie es weitergeht.« Dann verließ er den Konferenzraum und zog die Tür hinter sich zu.

Alle richteten ihren Blick auf Natalia. Nur Maxim sah nach unten und knetete seine Hände.

»Tanni, teil bitte dein Team auf. Such alles über Dr. Erich Vogel vom Reuss-Konzern, lass weder das Darknet noch Anonymous aus. Ich will wissen, warum der Konzern seinen Hauptsitz nach Amiland verlegt hat!« Natalia stand auf und ging nach vorn. »Zorro, was hältst du von Henris These?«

Zorro zog seine Augenbrauen zusammen. »Du kennst seine Aufklärungsquote.«

»Ich weiß, dass er dein Freund ist«, bohrte Natalia nach, »aber was ist das mit diesem Erich Vogel? Wir haben uns alle mal verlaufen, weil zu viele Emotionen im Spiel waren.«

»Das sichere Wissen«, nuschelte Zorro, »dass Ann den Mord nicht begangen hat, erleichtert es Henri, gegen sie zu ermitteln. Wenn er vorschlägt, gegen Vogel und den Reuss-Konzern vorzugehen, schlägt er zugleich implizit vor, gegen seine große Liebe zu ermitteln. Denn was immer wir finden werden, Ann steckt auf die eine oder andere Art mit drin. Ich bin ganz sicher, dass Henri das weiß und dass seine Entscheidung nichts mit seinen Gefühlen zu tun hat.«

Natalia seufzte.

»Hättest du lieber etwas anderes gehört?«

»Nein, Zorro, ich weiß einmal mehr, warum ich dich haben wollte«, sagte sie und lächelte ihn an. »Theo, frag deine Physiker, ob sie noch eine andere Idee haben, wie wir in das Hotel kommen können.«

»Der Zugang ist nicht das einzige Problem«, erklang die raue Stimme von Tamas. »Sven hat mit dem italienischen Wetterdienst gesprochen. Der Schneesturm erreicht seinen Peak erst Donnerstagnacht gegen 23 Uhr. Windstärken der Klasse neun sind für Kurzras angesagt, oben auf dem Berg sogar bis zwölf.«

»Verdammte Scheiße«, fluchte Natalia, »das bedeutet, selbst wenn wir die besten Kletterer haben, die mutigsten Fallschirmspringer, solange der Sturm tobt, kann sich da oben nicht einmal ein Hubschrauber hinwagen.«

Das Schweigen im Raum breitete sich aus und hielt einen Moment die Zeit an.

»Ich werde kündigen«, sagte Maxim in die Stille hinein.

Natalia schnellte herum. »Alle raus hier, nur du bleibst, wo du bist, Maxim. Ihr anderen wisst, was zu tun ist. Wir sehen uns um halb sechs und treffen unsere Entscheidung.«

Natalia ging zur Tür, öffnete sie und gab Zorro, Theo, Tanni und Tamas mit einer Geste zu verstehen, dass sie jetzt gehen sollten. Dann schloss sie die Tür hinter sich.

»Du lässt Maxim allein?«, fragte Tanni entrüstet.

»Nur einen Moment, ich brauche einen Kaffee und eine winzige Pause.«

»Dann bleibe ich«, sagte Tanni und wollte die Tür zum Konferenzraum wieder öffnen.

»Untersteh dich, zisch ab. Auch Maxim hat ein Anrecht auf eine Pause.«

Natalia blickte Tanni, die den Flur entlangging, hinterher. Sie atmete tief ein und aus, holte sich aus der Küche einen frischen Kaffee, legte ihre Hand auf die Klinke zum Konferenzraum und zögerte noch einen Moment. Als sie eintrat, fand sie Maxim so vor, wie sie ihn verlassen hatte.

Natalia setzte sich ihm gegenüber, hielt aber genug Abstand. Jeder im Team wusste, dass Maxim körperliche Nähe unangenehm war. »Also, ich bin hier, um dir zuzuhören.«

»Ich habe noch nie einen Fehler gemacht.« Maxim hob langsam seinen Kopf. Seine Augen starrten ins Leere. »Mein Professor für Forensik hat uns empfohlen, uns nur zu äußern, wenn wir zu 120 Prozent sicher sind.«

»Und warst du dir nicht ganz sicher, was den Brief und deine Einschätzung betrifft?«

»Doch. Und ich habe trotzdem falschgelegen. Von jetzt an werde ich immer verunsichert sein und damit nutzlos für euch.«

Natalia wusste, dass das Quäntchen Unsicherheit, das für die meisten Menschen hilfreich war und sie vor Dummheiten bewahren konnte, durchaus geeignet war, Maxims Hochleistungsgeist lahmzulegen.

»Warst du dir denn wirklich zu 120 Prozent sicher?«, bohrte Natalia nach.

»Warum fragst du mich das?«

»Du hast von dir aus noch nie die Grafologen hinzugezogen. Wir hingegen haben es hin und wieder getan und uns damit immer deinen Unmut zugezogen, weil es keine exakte Wissenschaft ist.«

Maxims Blick hellte sich ein wenig auf. »Das stimmt.«

»Warum hast du es getan?«

»Weil ich glaubte, diesen Menschen spüren zu können, in seinen Zeilen liegt so viel Einsamkeit, so viel Verzweiflung.«

»Du glaubst nicht, Maxim, du beweist und belegst.«

»Ich habe mich diesem Brief so genähert, wie Leana es macht.«

Natalia lachte schallend. »Mein Guter, du kannst sicher eine Doktorarbeit an die andere reihen, dein Gehirn mit unendlich vielen Zahlen und Fakten füllen. Aber fühlen lernen wie Leana, das kannst auch du nicht innerhalb weniger Monate lernen.«

»Ich lerne schnell, das weißt du«, sagte Maxim ruhig. »Ich habe Leana genau zugesehen und ihre Art studiert und imitiert.«

Natalia seufzte. »Es ist eine Gabe, Maxim, und eine Gabe ist nicht erlernbar. Dieses eine Prozent Talent macht aus einem guten Musiker einen exzellenten, aus einem guten Maler einen herausragenden. Alle lernen aus ihren Fehlern. Das ist auch der Grund, warum wir Erfahrungen so wertschätzen. Kollegen wie Henri Lavalle haben schon so viele Fehler gemacht, haben so viele Erfahrungen, dass sie fast perfekt sind. Aber auch die nähern sich ihrer Gabe mit Demut. Nur weil sie einem Instrument sofort ein paar hübsche Töne entlocken können, sind sie noch keine Meister. Leana arbeitet seit über 20 Jahren mit diesem besonderen Gefühl, was Tatorte, Beweismittel, Täter betrifft. Sie hat gelernt, die einzelnen Tonarten zu erkennen. Du hast diese Gabe nicht, ich habe sie nicht, Henri hat sie auf eine andere Art. Also lernen wir die Tonarten noch gründlicher, noch besser und werden doch nie zu den Besten in diesem speziellen Fall gehören. Finde dich damit ab.«

»Ich hätte es erkennen müssen«, schmollte Maxim. »Es wird mich künftig unsicher machen.«

Natalia trank ihren Kaffee aus und stand auf. »Wollen wir wetten, sagen wir, um 100 Euro?«

»Du wirst wie immer verlieren!« Maxim stand ebenfalls auf und blinzelte Natalia an.

»Das werde ich nicht. Ich fordere dich auf und wette, es wird dir gelingen zu beweisen, dass du mit diesem Brief recht hattest. Wenn nicht, nehme ich, sobald dieser Fall aufgeklärt ist, deine Kündigung in Empfang.«

»Das ist in Ordnung.«

»Dann geh an die Arbeit. Ich rufe jetzt Leana an.«

»Warum?« Maxim kam um den Tisch herum.

»Ich will, dass sie Dr. Erich Vogel erneut befragt. Eben wegen ihrer Gabe. Wenn ich von ihr höre, dass er etwas zu verbergen hat, fühle ich mich sicherer, unsere Ressourcen in diesen Fall zu investieren.«

Natalia betrat Tannis Reich. Da die meisten Mitarbeiter Schwarz trugen, ließ sich die bunte Tanni immer schnell lokalisieren. Sie erzählte ihr vom Gespräch mit Maxim und von ihrem Plan, Leana auf Dr. Erich Vogel zu hetzen.

Tanni schüttelte den Kopf, die bunten Federn an ihren Ohrringen tanzten. »Du weißt schon, dass sie gerade versucht, ihre Ehe zu retten? Und dass wir versprochen haben, Ruhe zu geben?«

»Schnickschnack, was soll aus dem armen Fin werden, wenn die Eherettung gelingt?« Natalia grinste. »Also, sag mir, wo ich Leana hinschicken muss, damit sie auf Vogel trifft!«

Tanni ging an ihren Schreibtisch, der die meiste Zeit des Tages als Stehpult eingestellt war, und rief ein selbst entwickeltes Programm auf, in das sie Erich Vogels Namen eingab. Sie fand drei Mobilnummern, triangulierte sie und wandte sich zu Natalia um: »Er ist auf der Königsallee, ist das nicht spannend?«

»Wo steckt unser Bankdirektor?«

»Moment, Imsel Manir befindet sich …« Tanni tippte schnell, die Zahlenkolonnen liefen über den Bildschirm wie ein Wasserfall. Sie grinste. »Ganz in der Nähe, um nicht zu sagen, sie sitzen gemeinsam in der Bar des Interconti. Möchtest du noch wissen, was sie trinken?«

»Spiel dich nicht so auf.«

Tanni schnippte mit den Fingern. »Hier ist die Kamera der Bar, das Getränk sieht aus wie Whisky.«

Natalia lachte. »Du bist die Beste. Behalt sie im Auge, bis ich Leana hinschicken kann. Überprüf mal die drei Mobilnummern. Woher weißt du das, sind die alle eingetragen?«

Tanni zuckte mit den Schultern. »Die eine Nummer gehört zu einem Prepaidhandy. Du willst nicht wissen, wie ich da rankomme. Leider ist es nicht die Prepaidnummer, die bei Joyce mehrfach angerufen hat, obwohl beide mit unterdrückter Nummer gearbeitet haben. Du hast bis 18 Uhr, was du brauchst, um eine Entscheidung zu fällen.«

»Gut, denn wenn Leana wie aus dem Nichts da auftaucht, wo Vogel gerade ist, bekommt er einen kleinen Vorgeschmack von dem, was wir können, und wird ein ganz kleines bisschen nervös, was ich sehr schick finde. Ich liebe es, wenn wir unterschätzt werden, besonders von mächtigen alten Männern.« Natalia drehte sich um, nahm ihr Smartphone und rief bei Leana zu Hause an. Ihre Chefin ging sofort ans Telefon und protestierte umgehend, denn sie hatte versprochen, mit ihren Töchtern einkaufen zu gehen und anschließend ins Kino, und ihr Mann sei in der Uniklinik mitten in einer komplizierten Operation.

»Hör mir nur kurz zu, und dann entscheide«, schmeichelte Natalia und erzählte ihr die Fakten, von denen sie wusste, dass sie anbeißen würde. »Maxim hat das in eine schwere Krise gestürzt, er will kündigen«, schloss sie. Als sie Leana stöhnen hörte, lächelte Natalia, sie hatte gewonnen. »Ping mich kurz an, wenn du losfährst, dann lassen wir dich wissen, wo du hinmusst.«

Als Henri die Stufen zur Haustür hochging, fühlten sich seine Füße wie Blei an. Er zerrte den Schlüssel aus seiner linken Jacketttasche, bevor er ihn jedoch ins Schloss stecken konnte, wurde die Tür von innen geöffnet.

»Wir müssen reden«, sagte Penelope ernst. Ihre Korkenzieherlocken hatte sie unter einem Tuch gebändigt, wodurch sie ihrer Mutter noch ähnlicher sah.

»Worüber?«, fragte Henri barsch. »Ich bin nur hier, um mit meinen Töchtern zu sprechen. Also lass mich durch.«

Als er an ihr vorbeiwollte, hielt sie ihn am Oberarm zurück, indem sie ihren Daumen in einen Schmerzpunkt trieb.

»Spinnst du?«, bellte Henri.

»Ganz ruhig. Deine Töchter sind bei meiner Mutter in besten Händen. Sie hat ihnen erklärt, was los ist, so wahrheitsgemäß, wie es ging, und so wenig schrecklich wie möglich. Jetzt sehen sie sich gerade irgendwelche Gute-Laune-Filme an, von meiner Liste von Filmen, die ich mir anschaue, wann immer ich ein Stück heile Welt brauche. Keine Toten, alles mit Happy End. Lass sie da drin, und hol sie nicht raus aus der Seifenblase.«

Sie zog ihn, immer noch auf den Schmerzpunkt seines Oberarms drückend, wieder vor die Haustür.

»Gehen wir ein Stück«, sagte sie dann und ließ Henri los.

»Ich wüsste nicht, was wir zu bereden haben.«

»Hier lang geht es zum Rhein, richtig?« Penelope bog in eine Seitenstraße ab. Als sie kurz darauf das Rheinufer erreichten, setzte ein leichter Regen ein. Henri zog den Kragen seines Jacketts nach oben. Penelope schien der Regen nichts auszumachen. Sie blickte in alle Richtungen und blieb stehen.

»Hier sollte uns keiner hören, ist dein Smartphone aus?«

»Ich habe es im Auto gelassen.«

»Ihr müsst mich auf diesen Berg bringen.«

Henri brauchte einen Moment, um zu begreifen, dass seine Schwägerin offenbar bestens im Bilde war. Dennoch fragte er: »An welchen denkst du genau?«

»An den, wo die europäische Führungsliga des Reuss-Konzerns gerade russisches Roulette spielt und auf dessen Felsen das Parrothotel steht.«

»Woher weißt du davon?« Henri blickte leicht auf Penelope herunter. Ihre hellblauen Augen wichen seinem Blick nicht aus, als sie leise sagte: »CSIS.«

Henri stöhnte und drehte sich weg. Wenn der Canadian Security Intelligence Service hinter dem Reuss-Konzern und Ann Stahl her war, konnte es nur bedeuten, dass alles noch schwärzer war, als er es sich in den letzten Stunden ausgemalt hatte. »Was für eine Scheiße! Bist du deshalb in Deutschland?« Er wandte sich Penelope wieder zu, die auf den grauen Rhein blickte. Dann griff er an ihre Schultern: »Du hättest uns ohnehin ausspioniert, stimmt's? Weiß Henriette davon?«

Penelope machte sich sanft los. »Meine Mutter weiß, wo ich arbeite, aber hiervon weiß sie nichts.« Sie senkte ihren Kopf. »Ich wollte auch meine Mom mal wiedersehen. Wer weiß, wie alt sie noch wird. Lisa und die anderen Geschwister wollte ich natürlich auch treffen.« Penelope schnippte mit den Fingern. »In Amerika sind wir nicht weitergekommen, also wurde beschlossen, die Wurzel des Übels auszugraben und dorthin zu gehen, wo alles anfing zu wachsen. Ich sollte mich an dich und Ann ranmachen, um mehr Insides zu bekommen und zu checken, ob es lohnt, hier tiefer zu wühlen.« Sie sah ihn an. Jetzt erkannte Henri, dass Penelopes Augen nicht wässrig waren, sondern kalt. Sie ist ein Profi, und sie hat bestimmt mehr Menschen umgebracht, als ich wissen will, dachte Henri.

»Was habt ihr bisher?«, fragte er.

»Ich mache es kurz: In den zahlreichen Krisengebieten der Welt, zurzeit besonders in der arabischen Welt, tauchen immer wieder Kriegsgeräte auf, deren Werte in die Milliarden gehen und für die kein Verkäufer verzeichnet ist.«

»Wie soll ich das denn bitte verstehen?« Henri fummelte seine Zigarettenschachtel aus der Jackettasche, drehte sich vom Wind weg und zündete sich eine an.

»Ein wenig Magie«, antwortete Penelope leise. »Panzer tauchen in der Wüste Rub al-Chali in Saudi-Arabien auf und verschwinden wieder.«

»Und ich soll dir jetzt glauben, dass das von einem Geheimdienst unbemerkt geschieht? Sie fallen aus dem Himmel und verschwinden wieder im Himmel?« Henri verschränkte seine Arme vor der Brust und schüttelte den Kopf.

Penelope lächelte. »Diese Sandwüste ist mit ihren 780 000 Quadratkilometern die größte Sandwüste, die unsere Erde zu bieten hat. Die Passatwinde türmen immer wieder neue Sanddünen auf, die bis zu 300 Meter hoch werden können. Das bedeutet, wenn wir drüber wegfliegen, wissen wir nie, was genau wir sehen. Sie gehört den Saudis und im Süden dem Jemen und dem Oman. Weite Gebiete dieser Wüste sind tatsächlich noch unerforscht, und auch die Beduinen wagen sich nicht sehr weit hinein. Denn wenn du dich in dieser Wüste zum Schlafen legst, weißt du nie, ob die Düne, die dir zur Orientierung diente, am nächsten Tag an der gleichen Stelle ist.«

»Und wie habt ihr das Kriegsgerät dann gefunden?«

»Ein Beduine hat uns vor zwei Jahren darüber informiert. Wir sind hingefahren, und er hat uns zu der Stelle geführt, aber es war nichts mehr da. Das ist in den nächsten Jahren immer wieder passiert. Wir haben den Luftraum überwacht, die Sandpisten, nichts, durch Sandstürme vermasselte Satellitenbilder. Bis dann eines Tages eine Düne ein paar Pakete freigelegt hat.«

»Und was war drin?«

»Bastelbausätze für den guten alten und immer noch sehr beliebten Leopard 2.«

Henri warf den Kopf in den Nacken und sah nach oben. Nieselregen tröpfelte auf sein Gesicht. Die Liebe meines Lebens und Kriegsgerät?, fragte er sich. Plötzlich wurde ihm klar, warum Henriette über ihre Kinder so ausweichend sprach.

»Arbeiten deine Geschwister auch für den kanadischen Geheimdienst?«, erkundigte sich Henri.

»Alle außer deiner Exfrau Lisa. Davon erzähle ich dir ein andermal«, antwortete Penelope. »Zurück zum aktuellen Fall. Unsere Theorie lautet: Die Pakete werden an bestimmten Koordinaten abgeworfen. Je tiefer in der Wüste, desto sicherer. Umso mehr kostet es aber auch, sie da wieder rauszubekommen, denn der Leopard braucht reichlich zu futtern, damit er vorankommt. Entweder werden die Bastler mit abgeworfen, oder sie kommen dorthin. Aber so oder so, wir haben keine Angriffsfläche.«

»Und was hat der deutsche und bald amerikanische Reuss-Konzern damit zu schaffen?«

»Das wissen wir noch nicht. Nur …« Sie zögerte. »Gibst du mir auch eine Zigarette?«

Henri nickte, fummelte eine Zigarette aus der Packung und gab ihr Feuer. Dabei versetzte es ihm einen Stich, denn das Feuerzeug war ein Geschenk von Ann.

»Wir konnten weder der Spur des Geldes noch der Spur eines Verkäufers folgen. Normalerweise kommt man von Strohmann zu Strohmann irgendwann doch an die Hinterleute. Aber ohne Strohmann?« Sie inhalierte tief und atmete entspannt wieder aus. »Also haben wir uns an die Spur der Materialien gehängt und sind dabei auf deutsche Wertarbeit und indisches Kurkuma gestoßen.«

»Geht es etwas weniger kryptisch?«, fragte Henri gallig.

»Deutsche Materialien, sprich: der beste Stahl der Welt, verarbeitet in Indien. Diese Kombination kommt nicht so oft vor. Aufgetaucht sind diese erstklassigen Kriegsgeräte knapp zwei Jahre, nachdem der Reuss-Konzern seine Produktionen nach Indien verlegt hatte. Suspekt macht den Reuss-Konzern auch, dass er gegen den Trend gespielt hat, indem er ein Gemischtwarenkonzern blieb und sogar Geschäftsbereiche hinzukaufte.«

Henri legte seine Hand auf den Magen, ihm wurde übel, denn beides hatte Ann in die Wege geleitet.

Penelope sah ihn an und stieß mit dem Zeigefinger gegen Henris Hand. »Und aus genau dem Grund möchte ich gern mit Ann Stahl sprechen.«

Auf dem Rückweg haderte Henri mit sich, ob er seine beiden Teenie-Töchter stören oder lieber in der momentanen Wohlfühlblase bei der Großmutter lassen sollte. Sein Herz hätte Ilse und Patricia am liebsten einfach nur umarmt, doch er wusste auch, dass ihnen die volle Wahrheit über die momentane Lage ihrer Schwestern nicht guttun würde.

»Bist du überhaupt autorisiert, als Mitarbeiterin des kanadischen Geheimdienstes in Deutschland zu ermitteln?« Henri schnippte seine Zigarette auf die Straße.

»Ich muss gar nicht autorisiert sein. Ich helfe einfach dem LKA. Denn ihr kommt bei dem Sturm, der gerade tobt, mit nichts da oben rauf, ich aber schon.«

»Bist du Superwoman, oder was?«

»Ich werde an den Drahtseilen der Seilbahn nach oben radeln.«

»Aha«, sagte Henri lahm, schloss die Beifahrertür seines Autos auf und ließ Penelope einsteigen. Als er selbst am Steuer saß, rief er seinen Chef Xaver Bernhard an und lud ihn ins LA ein.

»Ich habe Henriette gebeten, die Fotos, die deine Töchter geschickt haben, ans LKA zu schicken. Die aus der Seilbahn«, sagte Penelope, nahm den Yogasitz ein und fuhr fort: »Ich kenne die Gesamtkonstruktion der Seilbahn schon, aber ich muss wissen, wie die Gondel innen aufgehängt ist.«

Henri meldete sich bei Natalia und kündete an: »Ich bringe eine Zivilperson mit, meine Schwägerin Penelope, Xaver habe ich auch ins LKA bestellt.«

»Ich schätze, beides hat gute Gründe«, meinte Natalia seufzend. »Wir haben auch ein paar Neuigkeiten, ich kann dir also schon am Telefon sagen, dass wir weitermachen. Wann schlagt ihr hier auf?«

»In 20 Minuten.« Henri beendete das Gespräch und erklärte: »Da ich nicht ins Haus konnte, muss ich vor der Besprechung etwas essen.«

Penelope schien ihm gar nicht zuzuhören. Ihre Augen waren geschlossen, und sie atmete gleichmäßig.

Um Punkt 17 Uhr befanden sich alle im Konferenzraum. Theo aus der Physik, Tamas für die Biologie, Tanni und

Maxim und einige Mitarbeiter der verschiedenen Teams. Xaver Bernhard wirkte wie ein Riese neben der schmalen und im Vergleich sehr kleinen Natalia. Seine Stimme hatte Henri bereits auf dem Flur gehört, laut und dröhnend. Natalia signalisierte ihm, die Tür zu schließen, und stellte sich vor den großen Hauptbildschirm.

»Wie ich gerade schon das BKA in Gestalt von Xaver Bernhard informiert habe, konnten wir in den letzten zwei Stunden genug Material zusammentragen, um diesen Fall hier im Haus zu behalten. Sollten wir weitere Ressourcen brauchen, hilft uns das BKA aus.« Sie blickte in die Richtung von Xaver, der ihr zunickte. »Leana Meister war so freundlich, ihren Urlaub für eine Stunde zu unterbrechen. Wir haben sie auf die Kö gelotst, wo Dr. Vogel sich mit dem Bankdirektor Imsel Manir getroffen hat.«

Auf dem Bildschirm hinter Natalia erschien ein Video, das zeigte, wie Leana die Bar des Interconti betrat, Dr. Vogel die Hand auf die Schulter legte und ihm ihren Ausweis zeigte. Vogel hatte sich einigermaßen unter Kontrolle, aber Imsel Manirs Kopf schnellte hin und her.

Tanni gab etwas in ihr Laptop ein. »Das ist ein Zusammenschnitt der Highlights«, erklärte sie.

»Wie haben Sie uns gefunden?« Manirs Stimme hatte einen deutlich vernehmbaren schrillen Unterton.

Henri beobachtete Leana Meister, die dem Bankdirektor ihre Hand auf den Unterarm legte, woraufhin er sich augenblicklich entspannte.

»Ihre Sekretärin war so freundlich, uns zu helfen«, sagte Leana und zog sich einen Barhocker heran. Henri hatte ihr Foto ein paar Mal in der Zeitung gesehen und war über-

rascht, dass sie auf den ersten Blick schön und völlig ungefährlich wirkte.

»Herr Dr. Vogel, bei meinen Kollegen ist der Eindruck entstanden, dass Sie sich gar keine Sorgen um Ihre Ziehtochter
Ann Stahl machen. Ich habe selbst zwei Kinder und mag mir
gar nicht ausmalen, wie krank ich wäre vor Sorge, wären die
beiden in so einer Situation.«

»Der liebe Lavalle kennt eben keine Contenance.« Dr. Erich
Vogel versuchte, mit seinem Barhocker nach hinten zu rücken, aber so wie Leana sich zu ihm gesetzt hatte, gelang es
ihm nicht.

»Lavalle hat eigene Kinder«, sagte Leana sanft, »und Sie
haben keine, vielleicht ist das doch ein Unterschied.« Sie runzelte die Stirn, als müsste sie genau jetzt darüber nachdenken. »Und zwei seiner Töchter sind mit Ihrer Ziehtochter dort
oben auf dem Berg. Ich nehme doch an, Sie möchten mit dem
LKA zusammenarbeiten?«

Vogel reckte sich. »Lavalle missbraucht die Situation, um
endlich das zu tun, worum er sich seit Jahren bemüht: nämlich
mir in die Suppe zu spucken. Denken Sie, ich wäre so weit
gekommen, wenn ich solche Typen nicht sofort erkennen
würde?« Noch einmal versuchte er, den Abstand zwischen
sich und Leana zu vergrößern. »Und Ann Stahl ist auch nur
deshalb dort, wo sie ist, weil sie dort hinwollte. Ich habe volls-
tes Vertrauen, dass Ann die Situation meistern wird, wie immer. Lavalle hat einfach keine Nerven!«

»Wie kommt es, dass Sie und Herr Manir sich jetzt so plötzlich treffen mussten?«

»Wir treffen uns immer, wenn Dr. Vogel in der Stadt ist«,
plusterte Manir sich auf.

»*Nun, Ihr Chauffeur, Herr Dr. Vogel, sagte mir gerade, die Fahrt nach Düsseldorf sei außerplanmäßig erfolgt.*« Leana lächelte, gerade so, als hätte sie die Getränke auf der Theke gelobt. Sie ist in der Tat außergewöhnlich, dachte Henri bewundernd.

»*Sie hatten gar nicht das Recht, ihn zu befragen*«, wandte Dr. Vogel ein.

»*Wir haben nur geplaudert, es war keine Vernehmung. Wir hassen beide den Verkehr zwischen Köln und Düsseldorf, und so kamen wir ins Gespräch.*« Leana legte sich weit nach vorn, um sich ein paar Erdnüsse aus einer Schale auf der Theke zu nehmen, und kam damit Vogel noch ein wenig näher. »*Er sagte mir, Sie hätten früher feste Termine mit diesem Herrn hier in Düsseldorf gehabt, aber nicht in Köln, wie heute.*« Sie lehnte sich wieder zurück und schob mit dem rechten Zeigefinger die kleinen Nüsse in ihrer linken Hand hin und her. »*Deshalb weiß ich, dass Henri Lavalle sicher recht hat, dass Sie heute Mittag ein wenig überrascht und überhaupt kein bisschen besorgt waren, als Sie erfuhren, dass Ihre Ziehtochter in Bedrängnis ist. Sehen Sie, ein richtiger Vater wäre auf direktem Weg Richtung Süden gereist, je eher, desto besser, und so schnell wie möglich.*«

Leana schob die Nüsse in ihren Mund und lächelte Manir an, der offensichtlich Schwierigkeiten hatte, still sitzen zu bleiben.

Tanni spulte den Film vor bis zu der Stelle, an der Leana aufstand und ihren Hocker wieder zur Seite stellte und damit Vogel etwas mehr Platz verschaffte. »*Sie wollen nicht mit uns zusammenarbeiten, lieber Dr. Vogel, weil Sie fürchten, wir könnten etwas finden, was Ihnen das Genick bricht, nicht wahr?*«

Vogels Gesichtszüge zerfielen für den Bruchteil einer Sekunde.

Tanni stoppte genau an dieser Stelle.

»Sie ist doch der Knaller, oder etwa nicht?«, sagte sie mit großer Genugtuung. »Und jetzt noch meine Lieblingsstelle«, fuhr sie fort. Der Film sprang ein paar Szenen weiter.

Leana war schon auf dem Weg zur Tür, blieb stehen und drehte sich noch einmal um. »*Übrigens, Dr. Vogel, Sie brauchen Ihren Chauffeur nicht zu feuern, und Sie, Herr Manir, nicht Ihre Sekretärin. Mit beiden habe ich nicht ein Wort gewechselt.*«

Henri empfand die gleiche Verwirrung, die auf den Gesichtern der beiden Männer zu sehen war. Natalia machte Tanni ein Zeichen, der Hauptbildschirm wurde wieder dunkel.

»Nun.« Natalia stand auf und ging nach vorn. »Leana ist davon überzeugt, dass Dr. Vogel keineswegs auf unseren werten Lavalle herabsieht, auch wenn er mit jedem Satz diesen Eindruck erwecken will, sondern dass er dich fürchtet.« Sie wandte sich an Henri. »Du musst uns sagen, wonach du seit Jahren bei Vogel gräbst, denn das scheint eine wunde Stelle zu sein. Leana teilt deine Meinung, dass Dr. Vogel sich keine Sorgen um Ann Stahl macht, weil er mehr weiß als wir. Soweit es in der kurzen Zeit möglich war, hat Tannis Team ein wenig in den eMails des Reuss-Konzerns gelesen.«

Penelope, die schräg vor Henri saß, um an Xaver vorbeiblicken zu können, drehte sich zu ihm um und runzelte fragend die Stirn. »Ich dachte, das geht in Deutschland alles nicht?«, flüsterte sie.

»Das tut es auch nicht«, antwortete Henri ebenso leise.

»In den letzten Monaten hat Ann Stahl ihre Führungsriege zusammengestellt, es gab Unmut über Besprechungen,
die am Vorstand vorbei abgehalten, und Protokolle, die
nicht verteilt wurden. Was wir in der Kürze der Zeit sagen
können: Die große Liebe zwischen Ann Stahl und Dr. Vogel
hat Risse bekommen. Ann Stahl wollte andere Leute in ihrer
Führungsriege als Vogel. Beispielsweise wurde ihr ein
gewisser Thomas Weiler aufs Auge gedrückt. Eigentlich das
klassische Konzerngerangel, aber die Nachtschicht wird
sicher mehr herausfinden. Des Weiteren hat Tanni sich
höchstpersönlich ein wenig mit der Kriminologen-Abtei-
lung des Reuss-Konzerns beschäftigt. Die vier Mitarbeiter,
eine Frau, drei Männer, stellen aus den Drohbriefen, die der
Konzern erhält, Profile her. Tanni hat 1720 Dateien gefunden. Offenbar fühlen sie sich bedroht und nehmen die Sache
sehr ernst, oder sie haben einen ausgemachten Verfolgungs-
wahn. Xaver hat zwei seiner Mitarbeiter nach Berlin geschickt, denn die vier gehen nach der Arbeit immer noch
gern auf ein Bier. In ihrem Lieblingslokal werden wir sie
abpassen. Nur um zu sehen, wie die drauf sind. Den Rest
lädt Tanni runter und jagt es durch ihre Programme.«

Natalia hielt inne, trank einen Schluck Wasser und fuhr
fort: »Henriette Pasche hat uns die Fotos aus der Seilbahn
weitergeleitet. Ein paar Leute gucken dabei in die Kamera,
wir lassen sie gerade durch die Gesichtserkennung laufen.
Eigentlich wollten wir die Fotos nur nutzen, um uns die
Aufhängung der Seilbahn anzuschauen, aber uns ist dabei
ein Typ aufgefallen.« Sie nickte Tanni zu, die einen großen,
hager wirkenden Mann mit einem gehetzten Blick heran-
zoomte. »Vielleicht ist der Täter auch vor Ann und den

Mädchen auf den Berg gefahren, zum Beispiel mit der früh-morgendlichen Lebensmittelanlieferung, und hat sich dann unter das Personal gemischt.«

Wieder legte Natalia eine kurze Trinkpause ein, ehe sie weitersprach: »Fin und Sven sitzen in Kurzras fest. Tatsächlich hat der Sturm alle Leitungen gekappt. Der Ort ist derzeit von der Außenwelt abgeschnitten, kein Internet, keine Mobilnetze, kein Polizeifunk, nichts. Wir hoffen, morgen früh wieder Kontakt zu den beiden zu haben. Wenn wir davon ausgehen, dass der Täter sich selbst mit in die Luft jagen will, spielt die Zeit gegen uns …«

Henri nutzte die kurze Pause und vollendete Natalias Satz: »Aber wenn er wieder nach unten will, wird er warten, bis der Sturm vorbei ist.«

Natalia nickte. »Genau. Das bedeutet, wir müssen die Nachtschicht voll nutzen. Wechselt euch ab mit dem Schlafen, keiner geht nach Hause.« Natalia setzte sich an die Ecke des Tisches.

Henri stand auf und ging nach vorn. »Dann würde ich euch jetzt gern jemanden vorstellen.«

Tanni grinste frech. »Das brauchst du nicht, wir freuen uns auf die Zusammenarbeit mit dem kanadischen Geheimdienst.«

»Zorro hat uns schon Montagabend gebeten, Penelope ein wenig zu durchleuchten, weil er den Eindruck hatte, es stimmte etwas nicht«, berichtete Natalia mit einer gewissen Genugtuung in der Stimme. »Penelope, bitte!«

Penelope kam nach vorn und stellte sich neben Henri. Nun erfuhr das Team etwas ausführlicher, was für Informationen der CSIS über Waffenlieferungen in der Wüste Rub al-Chali in Saudi-Arabien zum einen und über den Reuss-Konzern zum anderen gesammelt hatte. Penelope schloss mit der Feststellung, dass bislang offen war, ob der Reuss-Konzern seine Finger im Spiel hatte und ob Ann Stahl die Spielerin war oder aber eine Spielfigur.

Alle Blicke richteten sich auf Henri, der seine Augen gesenkt hielt. Zu viele Gedanken rasten durch seinen Kopf, alte Zweifel brachen in ihm durch. Hatte Ann damals ihren Bruder getötet? Hatte sein alter Kollege Alex doch recht, als er sagte, dass diese Frau über Leichen ging? Er hatte ihr seine Töchter anvertraut. War sie wirklich dazu in der Lage, die Mädchen zu missbrauchen, um einen Plan durchzuziehen, der ihr noch ein paar Millionen auf das Konto spülte?

»Vielleicht erklärst du dem Team auch, wie du auf den Berg kommen willst?«, sagte Henri schließlich.

»Gern.« Penelope beschrieb eine Seilkonstruktion, die es ihr ermöglichte, sich an den Seilen, die auch die Gondel trugen, aufzuhängen und mit einer Art Laufrad die Distanz zu überbrücken.

»Wieso hast du diese Ausrüstung überhaupt dabei?«, fragte Natalia mit einem scharfen Unterton.

»Ich bin spezialisiert darauf, Höhenunterschiede jeder Art zu überwinden«, erklärte Penelope lächelnd. »Mal muss ich an einem Hochhaus außen an der Fassade oder innen im Fahrstuhlschacht entlang, mal muss ich einen Berg erklimmen. Das Laufrad gehört zu meinem Standardreisegepäck. Eigentlich wollte ich das Sonycenter in Berlin entern, da wir in New York nichts finden konnten. Genügt dir das?«

Natalia nickte unmerklich. »Sprich bitte weiter.«

»Es wird sicher kein Spaziergang im Park, aber ich bin festgeschnallt, der Wind kann mir ein paar Überschläge um die eigene Achse bescheren, aber mich nicht vom Seil lösen. Ein Elektromotor, ähnlich dem von eBikes, unterstützt mich. Es ist ein geschlossenes System, sodass auch keine Kette herausspringen kann. Bei den derzeitigen Windgeschwindigkeiten brauche ich zwei Stunden, bis ich oben bin. Lässt der Wind in den Morgenstunden nach, geht es schneller.«

Henri blickte wieder hoch. »Tanni, wenn es geht, statte Penelope mit allem aus, was sie braucht, um den Mobilfunkmast auf dem Berg zu reparieren. Dann kannst du die Handys im Hotel wieder anschalten und bekommst Zugriff auf die Überwachungskameras. Sobald sie ausgestattet ist, fliegt das BKA sie nach Meran. Ihre Konstruktion liegt noch am Flughafen, der Jet ist schneller als der Heli. In Meran wird sie abgeholt. Und du, Maxim, durchleuchte bitte die Profile, die Tanni runtergeladen hat, und vergleiche sie mit deinem. Warum, kann ich dir noch nicht sagen. Geht das?«

Maxim nickte.

»Theo, bitte berechne alles, was du berechnen kannst, um Penelope sicher auf den Berg zu bringen. Sie muss wissen, wo sie den größten Schwierigkeiten begegnen wird. Tamas, du hilfst ihm dabei, wertest den Sturm und seinen Weg aus. Penelope, leg den beiden deine Konstruktion bitte offen! Notfalls laden sie es sich sowieso von irgendwoher runter, also können wir uns diesen Loop sparen.«

Henri atmete zwei Mal tief durch. »Xaver, Natalia und ich konzentrieren uns auf den Reuss-Konzern. Es würde mich sehr wundern, wenn Anonymous nicht irgendwas für uns hätte. Panzer in einer Wüste auftauchen und verschwinden zu lassen, da steckt mehr als ein Konzern dahinter. Ich denke eher an unseren eigenen Nachrichtendienst. Wir müssen die Hunde schlafen lassen und selbst umso wachsamer sein. Das nächste Meeting findet um 22 Uhr statt, Penelopes Jet hebt um 23 Uhr ab. Noch Fragen?«

Henri verließ den Raum als Erster, er brauchte eine Pause, musste sich sammeln und seine Gedanken und quälenden Fragen beiseiteschieben. Wichtig war im Moment nur, dass sie überlebten, gesund überlebten, alles andere kam später. Er nahm sein Smartphone aus der Hosentasche und schickte eine WhatsApp an Kai Hesters bei Anonymous: »Zeit für einen Kaffee?«

Eine seiner ersten Aufgaben beim BKA war es gewesen, zu dieser Gruppe Kontakt aufzunehmen und eine stabile Beziehung aufzubauen. Offiziell hielt das BKA Abstand und schätzte die Gruppe als ungefährlich ein, um sie ungestört arbeiten zu lassen. Das war der Deal: Das BKA hielt ein wenig die Hand über sie, ermittelte nicht und bekam dafür hin und wieder Infos, die sie sich anders nicht verschaffen konnten. Seit Henri mit dieser Gruppe zu tun hatte, wusste er eine ganze Menge über die Nachverfolgbarkeit von IP-Adressen und warum es besser war, manche Dinge zu erfahren, ohne selbst danach gesucht zu haben. Kai Hesters lebte als Ingenieur in einem Pharmakonzern ein unauffälliges Leben, hatte ein kleines Eigenheim, zwei nette Kinder und eine liebe Frau. Henri selbst hatte lange genauso gelebt – bis seine Ehe ihr Scheitern nicht mehr verleugnen konnte. Als er Ann

Stahl kennenlernte, wusste er wieder, wie es sich anfühlt, lebendig zu sein.

Henri hatte sich seinerzeit bei Kai nach Kontaktmöglichkeiten erkundigt, und dessen Antwort hatte gelautet: »Schreib einfach eine WhatsApp und schlag einen gemeinsamen Kaffee vor. Der einfache Alltag ist am unauffälligsten.«

Henri goss sich Kaffee ein und schob sich einen Keks in seinen Mund.

»Kommst du klar?«, ertönte hinter ihm die dröhnende Stimme seines Chefs. Xaver trat ein und nahm sich ebenfalls einen Kaffee, in den er reichlich Zucker und Sahne rührte.

»Ich will sie lebend zurück. Und dafür tue ich alles, was notwendig ist«, erwiderte Henri. Sein Telefon gab ein Gackern von sich. Kai hatte geantwortet. Henri las, blickte hoch und erklärte: »Ich treffe mich mit Kai auf einen Kaffee.«

»Tu das. Ich mach es mir so lange mit Natalia gemütlich. Schatz?«, rief er laut um die Ecke. »Auch einen Kaffee?«

»Klar, Dicker, gern«, kam es zurück.

»Wie lange brauchst du?«, fragte Xaver und sah auf Henri hinunter.

»Keine halbe Stunde. Ich will Kai nur ins Bild setzen, was genau wir suchen. Am liebsten würde ich Tanni mitnehmen, aber Kai hat das nicht gern.«

»Riskier jetzt nichts. Hau rein, und sei schnell wieder da!« Xaver klopfte ihm auf den Rücken, nahm den Kaffee für Natalia mit, verschwand im Konferenzraum und schloss die Tür hinter sich.

Als Henri auf die Straße trat, stellte er fest, dass der Regen vom Nachmittag noch zugenommen hatte. Der regennasse Asphalt glänzte, vorbeifahrende Autos erzeugten Fontänen, wenn sie durch die Wasseransammlungen in den Straßenvertiefungen donnerten. Henri orderte ein Taxi, sammelte Kai zu Hause in Düsseldorf-Hamm ein und fuhr mit ihm auf die Südbrücke. Sie verließen das Taxi an der Straßenbahnhaltestelle und baten den Fahrer, zehn Minuten an der Haltestelle zu warten. Kai spannte einen großen Schirm auf, und sie liefen bis zur Brückenmitte. Den brausenden Verkehr im Rücken, schaltete Kai zur Sicherheit noch einen Störsender ein.

»Da werden sich jetzt wieder ein paar Leute in ihren Autos wundern, warum das Netz plötzlich weg ist«, meinte er grinsend und schob den Störsender in seine Manteltasche. »Was machst du beim LKA?«

Henri musste gar nicht fragen, woher Kai das wusste. Wann immer er mit Kai in Kontakt trat, prüfte der als Erstes, wo Henri sich gerade aufhielt. Er zündete sich eine Zigarette an, sah auf das graugrüne Rheinwasser unter ihnen und sagte leise: »Ich brauche deine, eure Hilfe. Der Reuss-Konzern und nicht erklärbare Waffenlieferungen in der arabischen Wüste, klingelt da was?«

Kai sah Henri von der Seite an. »Vorspiel war noch nie deine Stärke! Danke, es geht mir ganz gut, den Kindern auch.«

»Meinen Kindern aber nicht«, antwortete Henri düster und schilderte knapp die momentane Situation und warum er vor Angst beinahe umkam.

»Das ist absolut übel!« Kai umfasste den Schirm neu, nahm ebenfalls Zigaretten aus seiner Tasche und ließ sich von Henri Feuer geben. »Was vermutest du?«

Henri drehte sich um und schnippte seine Kippe in den fahrenden Verkehr. »Ich fürchte, dass da oben auf dem Berg eine oder mehrere Personen sind, die dem Reuss-Konzern Probleme machen oder machen könnten.«

»Wenn die Hütte in die Luft fliegt, kann niemand mehr sagen, wen es hätte treffen sollen. Steckt deine Freundin mit drin?«

»Das ist im Moment mein geringstes Problem.«

»Sicher? Wenn sie nicht mit drinsteckt, ist sie ein Opfer und kann nichts dafür, dass deine Kinder auch dort oben sind. Wenn sie mit drinsteckt und vielleicht sogar die Person ist, der der Anschlag gelten soll, hat sie deine Kinder vielleicht wissentlich in Gefahr gebracht. Vielleicht sogar gehofft, es würde ihr nichts geschehen, wenn Kinder dabei sind!«

Henri legte den Kopf in den Nacken. Kai sprach aus, was er nicht einmal denken wollte, nämlich dass es kein Szenario gab, in dem er nicht eine Seite an Ann entdecken würde, für die er sie hassen würde.

»Das muss ich später klären. Habt ihr was über den Reuss-Konzern? Wenn ich schneller bin, als da oben gesprengt werden kann, wenn es mir gelingt, das Ganze an die Presse zu geben, dann gib es keinen Grund mehr für einen Anschlag. Oder ich habe wenigstens was in der Hand, um Dr. Vogel so einzuschüchtern, dass er aufgibt, was immer er da geplant hat. Bitte, ihr müsst mir helfen.«

»Ich sehe, was ich tun kann. Du bekommst in zwei Stunden eine Nachricht mit den Log-in-Daten zu einer neuen eMail-Adresse, die ich für dich einrichte. In der entsprechenden Mailbox findest du, was wir sofort liefern können.«

Kai trat seine Zigarette aus. »Dein Taxi wartet. Ich nehme die Treppe zurück nach Kappes-Hamm.« Für Eingeweihte gab es, hinter ein paar Büschen verborgen, eine Treppe hinter der Haltestelle, die Fußgängern den Weg nach Hamm erheblich verkürzte.

Henri schlug den Kragen hoch und rannte durch den Regen zurück zur Haltestelle.

»Zurück zum LKA, bitte«, sagte er beim Einsteigen.

»Verdammter Mist, irgendwie ist der Funk im Arsch, mein Handy hat auch keinen Empfang«, meinte der Taxifahrer.

Henri nahm sein Smartphone aus der Tasche. »Sie haben recht, ich habe auch keinen Empfang. Liegt bestimmt am Regen. Aber zum LKA finden Sie sicher ohne Navi, oder?«

»Klar, kein Problem.« Der Taxifahrer gab Gas. »Sie wissen schon, dass ich jetzt wieder einen großen Bogen fahren muss, um in die andere Richtung zu kommen?«

»Ich zahle das, keine Sorge.«

»Gut, das hör ich gern. Der Regen soll übrigens noch schlimmer werden, sogar eine Sturmwarnung ist raus, der Flughafen soll geschlossen werden.«

Henri starrte auf sein Smartphone und wartete, bis er wieder Netz hatte. Dann rief er sofort im LKA an.

»Tanni hier!«

»Sag Penelope Bescheid, dass sie den Flughafen sperren wollen!«

»Ganz ruhig, für uns gilt so was nicht. Wir starten immer.«

Henri legte auf und drückte sich in die Rückenlehne. Ein paar Minuten die Augen schließen, dachte er und war schon im nächsten Moment tief und fest eingeschlafen.

Als sie beim LKA ankamen, musste der Fahrer Henri aus dem Tiefschlaf holen.

»Entschuldigung«, murmelte Henri, reichte einen 50-Euro-Schein nach vorn und sagte: »Stimmt so, fürs um den Block fahren!«

Natalia erwartete ihn am Eingang unter dem Vordach. »Ich habe dich von oben gesehen, da ist mir eingefallen, dass du ja keine Freigabe für die Zeit nach 19 Uhr hast. Wie war es?«

Henri nahm seine Zigaretten raus, bot Natalia eine an und gab sich und ihr Feuer. »Wir müssen mindestens zwei Stunden warten«, erklärte er, zog noch einmal an der Zigarette und blies den Rauch in den Regen. »Aber da er nicht einmal gezuckt hat, als ich ihn nach Reuss-Konzern und Waffengeschäften gefragt habe, gehe ich davon aus, dass sie schon länger was haben.«

»Warum spielen sie es nicht der Presse zu?«

»Das tun sie erst, wenn sie schriftliche Beweise in den Händen halten. Die Gefahr von falschen Anschuldigungen ist sehr groß.«

»Rührend.« Natalia schnippte die Asche von ihrer Zigarette. »Dafür können wir schon mit etwas aufwarten.«

»Lass hören!«

»Komm mit nach oben.«

Beim Betreten des Konferenzraums sah Henri, dass Maxim schlafend dasaß, den Kopf auf die Arme gebettet. Auch Xaver schnarchte auf einem Stuhl vor sich hin, der Kopf war ihm in den Nacken gefallen, und seine riesigen Füße lagen auf dem Konferenztisch. An einem der Wandbildschirme waren alle wesentlichen Informationen zum Reuss-Konzern in Stichpunkten zusammengefasst. Auf einem anderen ging es um heimliche Waffenlieferungen ganz allgemein, bei denen es zum Teil Verbindungen zum Reuss-Konzern gab. Auf dem Hauptbildschirm war der Lebenslauf eines gewissen Victor Blücher skizziert. Henri erkannte sofort, dass es der Mann auf dem Phantombild war.

»Blücher ist auf den Fotos zu sehen, die deine Töchter aus der Seilbahn geschickt haben«, sagte Natalia hinter ihm.

»Wie ist er da raufgekommen?«, fragte Henri leise.

»Mit einem Lieferantenausweis, der für die ganze Woche gilt. Er war am Montag das erste Mal oben, fuhr aber wieder hinunter. Nun, er hat tatsächlich ein starkes Motiv, nicht wahr, Tanni?«

»Allerdings. Victor Blücher ist 48 Jahre alt und hat allen Grund, die Reuss-Bank zu verklagen«, sagte Tanni so gut gelaunt, dass Henri sich fragte, ob ein Verbrechen sie nie persönlich berührte. »Er hatte ein Fachlabor für Zellbiologie und gute Aufträge von verschiedenen Universitäten. So viele, dass er sich vergrößern musste und bei der Reuss-Bank einen Kredit aufnahm. Er tätigte regelmäßige Überweisungen, um den Kredit zu tilgen. Aber dann kam die Wirtschaftskrise, manche Aufträge wurden zurückgezogen, manche nur noch in kleinerer Ausführung vergeben. Victor Blücher senkte die Kosten, aber er entließ niemanden seiner 40 Mitarbeiter.«

»Ein wahrer Philanthrop«, sagte Xaver gähnend und zog seine Füße vom Tisch. Maxim wachte ebenfalls auf.

»Pikant ist, um es kurz zu machen, dass sein Labor, zu dem ein Hektar Land gehört, in einem Naturschutzgebiet in der

Eifel steht. Das Land gehörte Blüchers Urgroßvater, und er ließ sich seinerzeit auf die Umwandlung in ein Naturschutzgebiet ein, solange er und seine zukünftigen Erben eine Ausnahmegenehmigung erhielten, dort ein Chemielabor zu führen. Kurz vor dem Ende der Wirtschaftskrise kündigte die Reuss-Bank über 100 Kredite von mittelständischen Unternehmen, zu denen auch Blüchers Labor gehörte. Das Unternehmen war zwar etwas schwach auf den Beinen, aber in den schwarzen Zahlen. Der Brief hier«, Tanni schob ihn neben Blüchers Lebenslauf auf den Hauptbildschirm, »kam von der Reuss-Bank, unterschrieben haben der gute Bankdirektor Imsel Manir und Ann Stahl.«

Henri lehnte sich an die Tischkante und wartete darauf, dass Tanni fortfuhr. Er war hellwach und spürte mit jeder Faser, dass sie auf dem richtigen Weg waren.

»Das war vor drei Jahren. Seine Frau, die auf dem Weg zu uns ist, sagte uns bereits am Telefon, dass ihr Mann daran innerlich zerbrochen sei. Das Unternehmen seines Urgroßvaters, seit Generationen in Familienbesitz – plötzlich weg! Alle Mitarbeiter in die Arbeitslosigkeit geschickt, ohne Sozialplan. So wurde Victor Blücher mit 45 arbeitslos und nicht vermittelbar.«

Natalia trat neben Henri, lehnte sich ebenfalls an die Tischkante und übernahm. »Die Reuss-Bank gab sich großzügig und erließ ihm alle Schulden.« Natalia blickte Henri von der Seite an. »Aber wie das so ist, wenn man einen Pakt mit dem Teufel eingeht: Sie wollten dafür etwas, nämlich sein Land. Blücher gab es bereitwillig her, denn das Labor darauf war ja wertlos. Nie wieder würde jemandem erlaubt werden, in dem Naturschutzgebiet zu arbeiten oder auch nur zu wohnen. Die Ausnahmeregelung galt ja nur für die Nachfahren seines Urgroßvaters.«

Tanni warf die Übertragungsurkunde auf den Bildschirm, unterzeichnet vor zwei Jahren. Für den Erlass von 280 000 Euro Schulden hatte die Reuss-Bank ein Labor in einem Haus von 1920 und das Land bekommen.

»Und dann …« Tanni simulierte einen Trommelwirbel. »… wurde vor knapp einem Jahr dieses Land zu millionenschwerem Bauland umgewidmet.«

»Die Bank hatte ihre Grundstücke an den Reuss-Konzern übertragen, bevor sie verkauft wurde«, fuhr Natalia fort, »und wieder einmal hat deine Ann Stahl dem Konzern ein paar Millionen in die Portokasse gespült.«

Henri zuckte innerlich zusammen. Ja, dachte er, das ist ein Geschäft, das Anns Handschrift trägt.

»Blücher erfuhr davon und klagte gegen die Reuss-Bank, da er nachweisen konnte, dass sie bereits von der geplanten Umwidmung wussten, als sie ihm die Schulden erließen. Die Bank wiederum konnte beweisen, dass die geplante Umwidmung in Bauland bereits beim Ankauf des Grundstücks allgemein bekannt und in der Behörde offiziell gehandelt wurde. Blüchers Klage wurde niedergeschlagen. Aber«, Natalia stand auf und wandte sich an Henri, »die gute Joyce Darlington wollte ihm beim Nachweis helfen, dass die Bank – willkommen im Land der Insidergeschäfte – schon lange vorher von der Umwidmung wusste und deshalb Blüchers Kredit kaputt schrieb. Die neue Klage wurde vorbereitet und sollte Ende dieses Monats eingereicht werden. Joyce wollte die Unterlagen an eine Anwältin übergeben, bei der sie aber nicht angekommen sind.«

Henri schüttelte den Kopf. »Warum hätte er dann Joyce umbringen sollen?«

»Weil sie alle seine Unterlagen hatte und nicht mehr rausgeben wollte. Die Klageeinreichung wollte sie ins nächste Jahr legen. Vor allem aber hatte sie einen Job als Pressesprecherin im Reuss-Konzern angenommen. Ab Januar nächsten Jahres, für ein Traumgehalt!«

Henri blieb der Mund offen stehen. Er fühlte, wie Schweiß über seinen Rücken rann, er krallte seine Hände in die Tischkante, um nicht zu taumeln. Hatte er sich so in Ann Stahl getäuscht?

»Durch den Verkauf der Bank und die vorherige Übertragung des Grundstücks an den Reuss-Konzern konnte Blücher zwar noch gegen die Bank klagen«, berichtete Natalia, »aber wenn er sein Land zurückwill, muss er in Amerika weitermachen. Das nenne ich ein starkes Mordmotiv.«

»Offenbar hat Ann Stahl dieses Geschäft eingefädelt«, sagte Tanni. »Zumindest befindet sich auf der Übertragungsurkunde ihre Unterschrift.«

Henri drückte sich vom Tisch ab, ging zu dem Stuhl neben Xaver und setzte sich. »Wenn ihr Joyce überwacht habt, dann müsst ihr doch auch über Ann gestolpert sein, oder nicht?«

»Sicher, aber wir fanden das nicht weiter erwähnenswert, da du mit Joyce zusammengearbeitet hast und wir wussten, dass die zwei Frauen sich kennen.«

»Wir haben eine Aufzeichnung vor der Bank entdeckt, auf der Joyce Darlington und Victor Blücher zu sehen sind, wie sie gerade streiten. Das war vor drei Wochen.« Tanni projizierte die Fotos auf den Bildschirm gegenüber von Henri.

»Wann kommt seine Frau hier an?«, erkundigte sich Henri bei Natalia.

»Da wir keinen Heli mehr hatten und sie aus dem hintersten Winkel der Eifel mit dem Auto kommt, schätze ich, gegen Mitternacht, also in zwei Stunden.«

Die Tür des Konferenzraumes ging auf, Penelope und Theo traten ein.

»Fünf Minuten Pause«, kommandierte Natalia. »Kaffee, Henri?«

Er nickte und blieb sitzen. Seine Füße fühlten sich an wie Blei, seine Hände waren taub, in seinen Ohren rauschte es so laut, dass er die anderen kaum verstehen konnte. Maxim, Tanni, Xaver und ein paar Teammitglieder von Tanni gingen an ihm vorbei nach draußen. Henri rührte sich nicht. Eine weiße Hand legte sich von hinten auf seine Schulter, eine zweite hielt ihm eine kleine weiße Tablette hin.

»Leg sie dir auf die Zunge«, sagte Penelope dicht an seinem Ohr. »Sie macht dich wieder klar und wach für die nächsten 24 Stunden. Zur Sicherheit steckte ich eine weitere in deine rechte Jacketttasche.«

Henri drehte ihr sein Gesicht zu.

»Vertrau mir!«, fuhr sie fort. »Nicht schlucken, sondern auf der Zunge zergehen lassen.«

»Was ist das?«

»Willst du das wirklich wissen?«

Henri schob die kleine Pille in seinen Mund, und sie zerschmolz fast augenblicklich. Seine Zunge kribbelte kurz, dann schluckte er den Speichel. Natalia kam mit einem Kaffee für Henri zurück.

»Warte damit ein paar Minuten, Kaffee und die Pille vertragen sich nicht so gut«, sagte Penelope wieder dicht an seinem Ohr und ging nach vorn zu Theo.

Tanni betrat den Raum zusammen mit ein paar Mitgliedern ihres Teams. Sie machten so ernste Gesichter, dass Henri wusste, sie hatten noch mehr über Ann Stahl rausbekommen, was ihm nicht gefallen würde. Als die Tür wieder geschlossen war und alle saßen, erklärte Theo ihnen allen Penelopes Konstruktion. Da die Windgeschwindigkeiten in Böen 180 Stundenkilometer erreichten, gingen er und sein Team davon aus, dass Penelope einige Überschläge in ihrem Gefährt zu erwarten hatte.

»Die Gefahr ist dabei, dass der Wind sie so weit rüberdrückt, dass sie keine Drehung um die Achse macht, sondern ins Seil der Gegenrichtung stößt und ihre Konstruktion durch den Aufprall die Statik einbüßt.« Theo zeigte auf ein Gewicht, das wie das Pendel einer Uhr die Konstruktion beschwerte und so in der Senkrechten hielt. »Bricht das Gewicht ab, müsste Penelope aus eigener Kraft die Statik halten, was ich persönlich für unmöglich halte, sie allerdings nicht.«

»Es wird gehen«, sagte Penelope bestimmt, »es ist nicht das erste Mal und auch nicht das erste Mal, dass etwas abbricht.« Sie hob einen Helm vom Boden auf und stellte ihn auf den Tisch. »Tanni hat mich beziehungsweise diesen Helm mit Kamera und Funkverbindung versehen. Ihr bekommt also alles mit. Sobald ich oben bin, werde ich zu Tannis Augen und Händen und repariere den Mobilfunkmast, damit wir die Handys im Haus und alles andere anzapfen können. Wir kommen nicht auf den Router,

ohne wenigstens kurz den Mobilfunkmast zu bedienen.«
Penelope stand klein und zierlich mit ihren weißblonden
Locken vor diesem Team und strahlte eine gewisse Autorität aus. Sie war Henri unheimlich, dabei wusste er, dass
sie momentan die Einzige war, die seine Töchter, Ann und
die anderen lebend aus dieser Situation herausholen
konnte.

»Gehst du auch ins Hotel hinein?«, fragte Maxim unvermittelt in die entstandene Stille hinein.

»Natürlich.«

»Du nimmst also auch Waffen mit in deiner Konstruktion?«

Penelope lächelte. »Nein, die brauche ich nicht.«

Henri ließ Penelope nicht aus den Augen. Ihr Körper
schien ausschließlich aus Muskeln zu bestehen. Dass sie
zupacken konnte, zeigten ihre Hände deutlich. Henri erinnerte sich, wie federleicht sie in seinen Armen gelegen hatte,
als sie am Tisch eingeschlafen war und er sie zu Henriettes
Sofa trug. Er dachte an Ann, seine große Liebe, die vermutlich nicht groß genug war, um diesen Fall zu überstehen.

»Würdest du zu meinem Team gehören«, sagte Natalia,
»würde ich dich nicht gehen lassen.«

»Ich habe das Okay, das ich brauche, du hast es in deinem
eMail-Posteingang.«

Natalia nickte. »Gut, dann los. Je früher du losfliegst, desto
eher bist du auf dem Berg. Der Sturm läuft sich immer noch
warm, das ist dir klar?«

Penelope zuckte mit den Schultern. »Ich kenne mich mit
Stürmen aus. Vielen Dank für alles, ich bin in zwei Stunden
auf Sendung.«

Penelope nahm ihren Helm und ging zur Tür. Schweigen begleitete sie, und Henri empfand eine Mischung aus Ehrfurcht und Angst. Er ging ihr nach auf den Flur.

»Penelope?«

Sie blieb stehen, drehte sich um und wartete, bis Henri sie eingeholt hatte.

»Es geht um meine Töchter!«

»Es ist auch meine Familie, Henri, oder glaubst du, ich könnte Henriette je wieder unter die Augen treten, wenn ich das hier vermassle?«

Er umarmte sie und drückte ihr einen Kuss auf den Scheitel.

Während er mit Penelope die Treppe hinunterging, entdeckte er vor dem Eingang eine Etage tiefer seine ehemalige Sekretärin Zack. Sie hatte auf einem Transportwagen vier große Kartons gestapelt und konnte nicht begreifen, warum sie nicht eingelassen wurde. Der Pförtner wiederholte immerzu, dass sie einen Ansprechpartner im Haus brauchte und dass Henri Lavalle nicht zähle.

»Henri, verdammte Scheiße, holst du mich jetzt bitte aus dem Regen, bevor das ganze geklaute Papierzeug völlig aufweicht?«, rief sie ihm entgegen.

»Rufen Sie bitte Dr. Rac an, sie soll herkommen und Tanni mitbringen«, bat Henri den Pförtner. Dann trat er mit Penelope nach draußen, umarmte sie noch einmal und öffnete die Tür des Autos, das sie zum Flughafen fahren würde. Henri zündete sich eine Zigarette an und blickte in das vom Zorn gerötete Gesicht von Zack. »Und was hast du da, bitte?«

»Die Papierunterlagen aus der Zeit des Bankencrashs. Die wenigsten Geschäfte wurden online gemacht, wenn ihr die

Reuss-Bank in die Knie zwingen wollt, sollte das hiermit gehen!« Sie nahm Henri seine Zigarette ab und inhalierte tief.

»Die haben dich damit gehen lassen?«

Zack grinste. »Meine Kollegin erhielt kurz nach eurem Besuch den Auftrag, das alles zu schreddern. Und was soll ich sagen? Weil ich ihr ganz versehentlich den Kaffee auf die Bluse geschüttet habe, war die Übernahme dieses unangenehmen Jobs, bei dem die Fingernägel so leiden, meine Wiedergutmachung.«

»Frau Zackmann?« Natalia trat unter das Vordach, hielt Henri die Hand hin und ließ sich eine Zigarette geben. Als sie wusste, um welche Unterlagen es ging, winkte sie Tanni auch heraus: »Bring das in deine Abteilung, jag es durch den Scanner und lass dein Programm suchen.«

»Lassen Sie mich das durchsehen, ich weiß, wonach ich suchen muss.«

»Frau Zackmann, vielen Dank, aber Tannis Abteilung ist die schnellste der Welt.« Natalia nahm einen tiefen Zug von ihrer Zigarette.

»Ich bin schneller!«

»Wäre es denn für euch ein Problem, wenn sie mitarbeitet?«, erkundigte sich Henri bei Tanni, die den Kopf schüttelte.

»Dann komm mal mit, Grandma, so eine wie dich hatten wir hier noch nicht«, sagte sie.

Zack nickte und gab Henri die Zigarette zurück. Tanni machte dem Pförtner ein Zeichen, die Türen zu öffnen, und rollte mithilfe von Zack die Unterlagen in Richtung ihrer IT-Abteilung.

»Alles in Ordnung bei dir?«, fragte Natalia.

»Ja, ich habe von Penelope eine Pille bekommen, die ihre Wirkung gerade entfaltet. Ich bin hellwach und ausgeschlafen.«

»Gut, wir haben nämlich eine lange Nacht vor uns.« Natalia zog noch einmal und schnippte die Kippe dann in den Regen. »Dieses Scheißwetter! Hoffentlich weiß deine Schwägerin wirklich, was sie tut. Denn sollte sie unserem Täter auffallen, wird er auf die Sprengung nicht mehr warten.«

Henri schnippte seine Kippe ebenfalls in den Regen. »Ich schätze, Henriette hatte viele Gründe, nie von ihr zu erzählen. Ich glaube, sie ist eiskalt und geht kein unkalkulierbares Risiko ein.«

Natalia blickte ihn an. »Denkst du, sie tut es wirklich nur für deine Familie und die anderen Menschen?«

Henri schüttelte den Kopf. »Nein, das glaube ich überhaupt nicht. Da oben ist bestimmt irgendwer, den sie haben will.«

»Wir sollten das schnell herausfinden, nicht, dass sie da was plant, und wir sind der Kollateralschaden.«

»Sie wird sie retten, so oder so, was sie noch da oben macht, soll mir recht sein.«

»Das muss die Pille sein!«

Henris Handy gackerte. »Eine Nachricht von Anonymous. Mein neuer eMail-Account ist eingerichtet, sie werden Post für mich haben. Gehen wir also rauf und loggen uns vom Konferenzraum aus ein.«

Kurz bevor sie die Tür schlossen, hörten sie das Elf-Uhr-Läuten der nicht weit entfernten Bilker Kirche.

Kapitel 6

Als sie wieder den Konferenzraum betraten, sah Henri, dass Maxim die Zeit genutzt hatte, um die Auswertungen der im Reuss-Konzern gespeicherten Profile mit den eingegangenen Drohungen abzugleichen. Neben Natalias Kaffeetasse lagen 100 Euro. Sie grinste Maxim an, setzte sich und sagte: »Dann lass mal hören, warum ich recht hatte.«

»Ihr wettet um Untersuchungsergebnisse?«, fragte Henri ungläubig.

»Manchmal«, antwortete Natalia gleichgültig und ignorierte, dass sie Henri damit sehr irritierte.

»Diese Kollegen im Reuss-Konzern würden sicher gut zu uns passen«, sagte Maxim und wurde von Xavers dröhnender Stimme unterbrochen.

»Unsere Kollegen trinken gerade noch mit ihnen, aber haben auch schon vermeldet, dass die drei Männer und besonders die Frau, eine Klara Wiesengold, recht gescheit seien. Sie analysiert aus den Briefen das wirkliche Bedrohungspotenzial eines Absenders, und das mit einer Erfolgsquote von 98 Prozent. Nur zwei Mal sei jemand wirklich im Reuss-Konzern aufgeschlagen, einmal mit Farbbeuteln, einmal mit einer Waffe.«

»Das erzählen die einfach so deinen Leuten?«, fragte Natalia.

»Wir schicken auf diese Touren nur unsere schönen und sehr charmanten Typen, für sie und für ihn«, erklärte Xaver lachend. »Bitte entschuldigen Sie, Herr Winter, ich weiß, Sie werden nicht gern unterbrochen.«

Maxim wackelte ein wenig mit dem Kopf und wartete, bis alle im Raum wieder ruhig waren. Auf Tischen und Stühlen standen mit Tee und Kaffee gefüllte Tassen, zerkrümelte Kekse lagen zwischen den Papieren, halb leer getrunkene Wasserflaschen lagen zugeschraubt auf der Seite, der Mülleimer quoll über von Servietten, Taschentüchern und zerknüllten Papierbechern.

»Da Sven im Schnee feststeckt und er der Spezialist für Papier und Tinte ist, wissen wir nicht, wie lange im Voraus der Brief geschrieben wurde. Vorgeschrieben wurde er aber, da das Papier nicht aus dem Hotel stammt. Wir halten es für wahrscheinlich, dass der Brief diktiert wurde. Denn er besteht aus Sätzen, die zu dem Profil passen, das wir erstellt haben. Jeden dieser Sätze haben wir, mehr oder weniger genau, in den Dateien dieser Klara Wiesengold wiedergefunden. Seht hier!« Maxim wies auf den Bildschirm hinter Henri und Xaver, die sich synchron umdrehten. »In ihren Dateien finde ich jeden Satz mit der exakten Interpretation, wie ich und die Grafologen sie euch geliefert haben.«

»Diese Baustelle wird mit jedem Ergebnis größer und nicht kleiner«, bemerkte Xaver. »Stecken die mit drin?«

Maxim schüttelte den Kopf. »Das können wir nicht wissen. Letztlich kann jeder führende Manager im Reuss-Konzern auf diese Datenbank zugreifen. Er gibt Schlagwörter ein wie unsicher, ängstlich oder wütend und würde diese

Sätze erhalten, die er dann nur noch in eine bestimmte Reihenfolge bringen muss.«

Henri stand auf und ging unruhig auf und ab. »Das würde auch erklären, warum die Worte so ungelenk klingen. Und wenn ich davon ausgehe, dass dieser Mensch sowieso ums Leben kommt, kann man auch nicht mehr so richtig prüfen, ob dieser Brief seinem Charakter entsprochen hat. Natalia, wie kommen wir an einen Durchsuchungsbeschluss für den Reuss-Konzern in Berlin?«

Natalia öffnete ihre Haare. »Das ist nicht mehr unser Einzugsgebiet«, erklärte sie. »Ich rufe unsere Staatsanwältin an, vielleicht kann sie helfen.«

»Das eilt nicht so sehr. Es reicht, wenn es morgen oder übermorgen passiert, denn ich glaube nicht, dass Dr. Vogel ahnt, wie dicht wir dran sind.«

»Da wäre ich mir nicht so sicher, denn immerhin hat jemand in der Reuss-Bank die Anweisung erhalten, Unterlagen zu schreddern. Für mich ein klares Signal, dass sie mit etwas rechnen.« Natalia wickelte ihre Haare um die rechte Hand und legte den Kopf schräg. Sie stand auf, trat an den Multitouch-Tisch, schob Maxim vorsichtig zur Seite und wischte mit einer Handbewegung alle Anwendungen fort. Dann nahm sie den Stift aus der Halterung und zeichnete den Reuss-Konzern in die Mitte und von dort aus zwei Pfeile, die zu Ann Stahl und zu Joyce Darlington führten. Mit einer gestrichelten Linie stellte sie eine Verbindung zwischen Ann und Joyce her und zog dann weitere Linien zwischen Joyce und dem BKA und der JVA in Ratingen. Es folgten die Stahlfabriken in Indien, die Panzer in der Wüste, Henri Lavalle mit seinen Verbindungen zu Dr. Vogel und Ann Stahl.

Weiter unten erschienen die Namen der Menschen, die mit Ann Stahl auf dem Berg waren, darunter Henris Töchter, Joyce' Mörder sowie eine Person X, die möglicherweise auch auf dem Berg war. Zuletzt führte sie Penelope als Vertreterin des kanadischen Geheimdienstes auf.

Natalia band ihre Haare wieder zu einem festen Knoten zusammen, sah Henri an und fragte: »Was für einen Krieg hast du mit Vogel angefangen, was hast du über ihn herausgefunden?«

Henri trat zu ihr, nahm ihr den Stift aus der Hand und skizzierte unter Dr. Erich Vogel Stichpunkte seines Werdegangs. Er war früher bei der Marine gewesen, hatte ein paar Jahre als Hochseekapitän gearbeitet, und gleich nach dem Wirtschaftsstudium hatte er beim Reuss-Konzern angeheuert, wo er nur zwölf Jahre bis in den Vorstand gebraucht hatte. Es gab einen Skandal in der Reederei, in der er gearbeitet hatte, allerdings erst zwei Jahre nach seinem Weggang. Waffenschieberei. Es war Henri allerdings nicht gelungen, eine Verbindung zu Vogel herzustellen. »Unter anderem deshalb, weil die Reederei gemauert hat. Sie haben ihre Strafe bezahlt, ein paar Köpfe rollen lassen, fertig. Weder Ann noch ich sind uns sicher, ob er noch Kontakt zu Alexander Stahl, Anns Vater, hat, der kurz nach ihrer Geburt verschwunden ist. Seine Weste ist alles andere als lupenrein …«

»… und genau deshalb perfekt«, ergänzte Natalia. Sie blickte sich im Raum um. »Hat jemand noch weitere Infos?«

Zorro, Theo, Maxim und Xaver schüttelten den Kopf. Aus der Konferenzspinne, die diesen Raum mit allen Büros verband, kam Tannis Stimme: »Wir auch nicht, wir brauchen noch eine gute Stunde.«

»Danke, Tanni. So, Henri, machen wir mit deinem neuen eMail-Konto weiter. Lass es uns von diesem PC aus machen, dann haben wir eine gesicherte VPN-Verbindung.«

Henri nahm sein Smartphone aus der Tasche und öffnete den neuen Account, in dessen Posteingang sich insgesamt zehn eMails befanden, von denen jede eMail fünf bis acht Megabyte groß war. Als Natalia die erste öffnete, erschien ein Pop-up, das fragte, ob sie den Empfang dieser eMail bestätigen wolle. Natalia wollte schon auf Nein tippen, als Henri ihre Hand festhielt und auf Ja tippte. »Lade alles runter und leg es lokal ab, in fünf Minuten sind der Account und die eMails wieder gelöscht, mit dieser Bestätigung wissen sie, dass ich alles erhalten habe.«

Natalia folgte seiner Anweisung, dann öffnete sie die Anhänge und legte die Dokumente auf die verschiedenen Bildschirme im Raum. »Eine Anleitung schreiben sie dir nicht dazu, zum Beispiel, von wem die Dokumente sind?«, fragte sie genervt.

»Nein, denn auch die Einzigartigkeit von Satzstellungen macht eine Person identifizierbar«, sagte Henri und ging an den Bildschirmen entlang.

»Da kann das LKA-Supercenter mal vom BKA lernen«, feixte Xaver.

»Schnickschnack!«, konterte Natalia. »Wenn du nicht lieb bist, hetze ich dir Maxim ins BKA, damit ihr ein bisschen mithalten könnt, was Satzstellungen, Interpunktion und Wortstellungen angeht. In Zukunft!«

»Das ist ja ein gottverdammtes Who is Who in der Welt der Mächtigen«, nuschelte Zorro neben Henri und begutachtete die Liste der letzten Bilderberg-Konferenz.

»Ja, die streng vertrauliche Website der Konferenzleitung hat Anonymous kürzlich gehackt und ihnen ein 360-Tage-Ultimatum gestellt«, sagte Henri.

Auf der Liste standen der Sicherheitsberater der US-Regierung, der US-Handelsminister, die IWF-Chefin.

»Schau mal, hier kommen die Deutschen«, sagte Zorro. »Man wundert sich doch, was der deutsche Ver.di-Chef da verloren hat.«

»Er ist ja nicht allein. Der Chef der Bayer AG ist auch dabei, ebenso der Vorstandsvorsitzende der Airbus Group. Und hier haben wir den Grund, warum wir die Liste bekommen haben.« Henri schnippte mit den Fingern. »Dr. Erich Vogel, Reuss-Konzern.«

»Das ist überhaupt nicht gut, Henri, ist dir das klar?«, sagte Natalia besorgt. »Die Bilderberg-Konferenz ist *die* Geheimkonferenz der Mächtigen der Welt!«

Henri drehte sich langsam zu ihr um. »Das alles ist mir scheißegal, wenn ich nur meine Lieben lebend und gesund zurückbekomme.«

Theo stand auf und trat zu Natalia. »Die Frage, die wir uns stellen müssen, lautet: Was hat die Bilderberg-Konferenz mit den Menschen auf einem Berg in Südtirol zu tun?« Er rief Natalias Zeichnung auf und zeichnete die Bilderberg-Konferenz ein. »Und liegt dort vielleicht der Grund, warum uns der CSIS so freundlich zu Hilfe kommt?« Er zog eine Linie von Penelope zur Bilderberg-Konferenz und zu Dr. Erich Vogel. Henri begriff als Erster, was das zu bedeuten hatte, und schloss die Augen. Wurden dort im Geheimen die Waffengeschäfte besiegelt? Vor den Augen der Öffentlichkeit und doch völlig vor ihr geschützt?

Theo warf ein weiteres Dokument auf den Bildschirm. »In diesem Jahr haben die auch in Südtirol getagt. Vielleicht nur ein Zufall? Es gibt einige als Verschwörungstheoretiker verschriene Autoren, die die Bilderberg-Konferenz für fatale Ereignisse der Weltgeschichte verantwortlich machen.«

»Ich bin für die Theorien«, scholl Tannis Stimme aus dem Lautsprecher, »spätestens seit Michael Lüders' Büchern über den Nahen Osten.«

»Organisiert wird das geheime Treffen von einem Lenkungsausschuss, derzeit unter Führung von Henri de Castries, dem Vorstandschef des französischen Versicherungskonzerns AXA«, führte Theo weiter aus.

»Wer gehört zu diesem Lenkungsausschuss?«, fragte Xaver.

Theo schickte ein weiteres Dokument auf den Bildschirm.

Henri stand auf, trat nah an den Bildschirm und las vor: »Goldman Sachs, Investmentbank, Morgan Stanley und Lazard, dann der Ex-EZB-Chef Jean-Claude Trichet und, das darf doch gar nicht wahr sein, der frühere Deutsche-Bank-Chef Josef Ackermann, Alcoa-Chef Klaus Kleinfeld und, nun sieh einer an, seit diesem Jahr auch der Chef der Rao-Bank, Daniel de Voos, und wem gehört die Bank?« Henri drehte sich zu Xaver und Natalia um.

»Dem Reuss-Konzern«, sagte Theo.

»Scheiße«, fluchte Natalia.

Ob Ann wirklich so weit mit drinsteckte?, fragte Henri sich und ging weiter an den Bildschirmen entlang. Xaver kam ihm von der anderen Seite entgegen. Auf den Monitoren waren Briefe und eMails vom Reuss-Konzern mal an die deutsche, mal an die französische, mal an die österreichische Regierung zu sehen, und immer ging es um Versicherungen, teils in Kooperation mit anderen europäischen Versicherungen, und um gewährte Kredite.

»Lauter Rückzahlungen von Krediten, Ausbezahlen von Versicherungsprämien, und wenn Anonymous recht hat, alles belegt«, fasste Xaver zusammen.

Theo und Natalia lasen auf den Bildschirmen gegenüber.

»Hier sind die Offshorekonten, aus denen die Kosten der Stahlbuden in Indien bezahlt werden«, sagte Natalia. »Aufgefüllt werden diese Konten von einem Konto in der Schweiz. Dorthin hat Anonymous es zurückverfolgt. ›Konto nicht einsehbar‹, schreibt er. Warum sollte der Reuss-Konzern die Konten in Indien mithilfe eines Schweizer Kontos befüllen? Hier, offenbar schieben die immer dann Geld auf die indischen Konten, wenn gerade eine Produktion anläuft. Moment mal.« Sie hielt inne und drehte sich zu Henri um. »Du hast doch gesagt, dass Ann, nachdem sie die Fabriken nach Indien verfrachtet hat, auch nach und nach den Vertrieb eingestellt hat und nur ein paar knallharte Händler übrig geblieben sind, die weltweit die günstigsten Rohstoffe für die diversen Produktionen kaufen.«

Henri und Zorro lauschten aufmerksam von der anderen Tischseite. »Korrekt«, sagte Henri, »mach weiter!«

Natalia löste ihr Haar und massierte ihre Kopfhaut. »Außerdem hast du gesagt, die Rohstoffe würden zeitnah an die Produktionsstandorte geliefert. Das fertige Produkt wiederum wurde dem Höchstbietenden überlassen. Was ist, wenn es den Höchstbietenden schon vorher gibt?«

»Du meinst, wer die Rohstoffe liefert, sagt, was produziert wird?« Henri ballte seine Hände zu Fäusten.

»Richtig, dann wäre die Auktion nur eine, zugegeben, sehr kluge Tarnung. Der Lieferant, der gleichzeitig der Käufer des Endprodukts ist, macht mit seinen Rohstoffen eine Anzahlung und erhält das fertige Produkt zu einem günstigeren Preis. Es sind Warenkredite ohne Zinsen. Könnten so in verschiedenen Fabriken die Teile für diverse Kriegsgeräte hergestellt werden?«

»Mühelos«, hörten sie Tannis Stimme aus der Konferenzspinne. »Im Grunde sind es doch nur Bausätze wie das Puppenhaus meiner Nichte.«

»Tanni, versuch bitte, diese Schweizer Konten zu knacken. Ich will wissen, ob die zum Reuss-Konzern gehören oder woandershin.«

»Zu Befehl, aber ohne Gewähr. Die Schweizer Banken haben ihren Namen als sicherste Banken der Welt nicht umsonst. Noch was?«

»Oh ja, durchleuchte diese Warenhändler, wir müssen wissen, aus welchem Stall die sind.«

»Du musst sie nicht suchen, Tanni«, sagte Theo, »sie werden hier in dem Dokument genannt.«

»Stimmt, sehe ich auch gerade. Ich schick euch gleich die Grandma hoch, sie ist schneller als mein Scanner«, sagte Tanni lachend. Wieder einmal fragte Henri sich, ob das alles für Tanni nur ein großes Spiel war oder ob das ihre Strategie darstellte, um die nötige Distanz zu wahren, damit sie so gut funktionieren konnte.

Der Hauptbildschirm knisterte, sie hörten ein lautes Rauschen. Natalia betätigte den Knopf, um die Leitung zu öffnen, kurz darauf erschien Penelope.

»Ich habe Sven und Fin auf Stand gebracht und wollte nur kurz Bescheid geben.« Ihre Stimme klang sehr weit weg.

»Ich beginne jetzt mit dem Aufstieg. Da der Wind sich noch verstärkt hat, muss ich zwischendrin Pausen machen. Jetzt ist es kurz vor eins, rechnet nicht vor vier oder fünf Uhr wieder mit mir. Es ist auch ein Trupp Bergretter losgezogen, die werden aber nicht vor sieben Uhr dort eintreffen. Ich mach die Kamera jetzt aus.«

»Ich dachte, wir sind die ganze Zeit dabei?«, fragte Natalia argwöhnisch.

»Nein, ich will den Akku schonen. Ich weiß nicht, ob der Empfang durchgängig erhalten bleibt, vor fünf Uhr solltet ihr euch keine Sorgen machen. Wenn ihr bis sieben nichts hört, dann schon.«

»Penelope, wer ist da oben auf dem Berg? Für wen interessierst du dich noch?«, fragte Henri.

Obwohl die Übertragung schlecht war, bemerkte er, dass ihre Augen minimal blinzelten. »Mach dir keine Sorgen, ich hole deine Kinder da raus.«

»Davon gehe ich aus. Wer ist für den CSIS relevant?«

Es gab ein kurzes Knistern und Rauschen, dann war das Bild verschwunden.

»Scheiße, sie hat abgeschaltet«, fluchte Natalia und versuchte noch einmal, Fin oder Sven per Handy zu erreichen. Keine Chance.

»Also ist jemand da oben«, sagte Henri, »das hat sie immerhin bestätigt. Und dieser Mensch hat garantiert nicht diesen erbärmlichen Erpresserbrief geschrieben, sondern es ist derjenige, der sich mit dem Sprengstoff auskennt. Machen wir mit den Unterlagen von Anonymous weiter, vielleicht finden wir ihn.«

»Wir machen jetzt erst einmal eine ganz kurze Pause!«,

kommandierte Natalia. »Wir müssen einen Moment an rosa Elefanten denken, damit der Kopf wieder leer wird. Komm, Henri, wir gehen rauchen!«

Wenig später standen sie in Natalias Büro. Sie schaltete die Alarmanlage aus, nahm Zigaretten, Feuer und Aschenbecher aus ihrem Schreibtisch und öffnete das Fenster weit. Eisige Herbstluft wehte ins Zimmer.

»Schneeregen im Oktober«, sagte Henri und trat neben sie.

Natalia lehnte sich hinaus und ließ ihr Gesicht nass regnen. Henri zündete zwei Zigaretten an und reichte eine Natalia. »Darf ich dich was fragen?«

Natalia wischte sich übers Gesicht. Ihre Haut war leicht gerötet und die Wimperntusche am linken Auge ein wenig verlaufen. »Was denn?«

»Du bist aus dem gleichen Holz wie Ann …«

»Beim aktuellen Stand der Ermittlungen kann ich nicht mit Sicherheit sagen, ob das ein Kompliment ist und ob ich das will.«

Henri lächelte sie an. Er erinnerte sich an die 48 Stunden, die sie mehr oder weniger im Bett verbracht hatten, und wäre nicht kurz danach Ann endlich auf ihn zugegangen, wäre aus ihm und Natalia ganz sicher mehr geworden.

»Stark, selbstbewusst und mit einem Hang zur Macht.« Henri schnippte die Asche trotz Aschenbecher auf der Fensterbank nach draußen. »Ann hat, ganz wie du, eine Kindheitsgeschichte, die sie stark gemacht hat, anstatt sie zu zerbrechen.«

»Ich bereue dieses Wochenende mit dir, irgendwie bin ich sonst gar nicht so ein Plappermaul.«

»Du warst sehr betrunken.«

»Trinkfest!«

»Ich verstehe, dass Macht einem Menschen Sicherheit gibt. Aber was bedeutet sie dir darüber hinaus?« Henri inhalierte noch einmal und drückte seine Zigarette dann aus, nur um sich sofort eine neue anzuzünden.

»Handlungsfreiheit«, gab Natalia unumwunden zu. »Dieser Vogel ist in der Bilderberg-Konferenz, noch mächtiger geht es fast nicht. So weit oben kannst du sehr viel bewegen und musst dich nicht mit Kleinkriegen und Eitelkeiten rumplagen.«

»Was würdest du dafür alles in Kauf nehmen?«

Natalia drückte ihre Zigarette aus und zog die Ärmel ihres Kleides über die Hände. »Henri, du kannst von mir nicht die Antwort kriegen, ob Ann mit drinsteckt oder nicht. Erfolgreiche Schauspieler und Sängerinnen, geboren mit gesundem Menschenverstand und von lieben Eltern aufgezogen, drehen völlig ab, wenn ihnen zu viel Geld und Macht in den Schoß fällt. Ich würde für niemanden, nicht einmal für mich bürgen.« Sie blickte Henri von unten an und griff nach seiner Hand. »Aber eines weiß ich sicher, ich würde mir wünschen, dass die Menschen, die mich gut kennen, so lange zu mir halten, bis das Gegenteil einwandfrei bewiesen ist.«

Henri entzog ihr seine Hand und wandte den Blick nach draußen.

Natalia fuhr fort: »Und selbst wenn meine Schuld bewiesen ist, würde ich mir wünschen, dass diese Menschen sich trotzdem bemühen, meine Beweggründe zu hören und zu verstehen.«

Plötzlich fing Henri schallend an zu lachen. »Mein Gott, das harte Jugomädel ist ja eine richtige Romantikerin.« Er küsste sie auf die Stirn. »Danke«, sagte er leise und zärtlich. Sie hörten ein Auto in der Auffahrt.

Natalia machte sich frei. »Das wird Marlin Blücher sein, die Ehefrau von Victor Blücher. Ich hole sie unten ab, sagst du im Konferenzraum Bescheid, dass sie die Bildschirme abschalten?«

Kapitel 7

Sie hatten gerade den letzten Müll beseitigt und frischen Kaffee auf einen Servierwagen gestellt, als Natalia mit der blassen Marlin Blücher hereinkam. Natalia stellte ihr Tanni und Xaver vor, dann Maxim, Theo, Zorro, Frau Zackmann und Henri Lavalle. Marlin Blücher steuerte auf Zack zu, die sofort den Stuhl neben sich zurechtrückte, ihr die Jacke abnahm und fragte, ob sie etwas trinken wollte, doch Marlin Blücher schüttelte den Kopf, nahm Platz und sagte mit dünner Stimme: »Bitte sagen Sie mir endlich, was mit meinem Mann ist. Die ganze Fahrt hierher hat niemand mit mir geredet.«

Jeder hörte die Tränen in ihren Worten. Zack tätschelte ihr den Rücken und warf Henri einen vorwurfsvollen Blick zu.

»Tanni«, sagte er, »könntest du bitte das Foto aus der Seilbahn aufrufen?«

Auf dem großen Bildschirm erschien Victor Blücher, der mit gehetztem Blick die Menschen ansah, die mit ihm in der Gondel waren.

»Victor«, sagte Marlin Blücher. »Wo ist er?«

Henri konfrontierte sie mit der ganzen Wahrheit. Zeigte ihr den Brief, berichtete von dem Sprengstoff und vom Wetter, von dem sie im Moment nicht wussten, ob es gegen oder für sie war, denn eigentlich rechneten sie seit Stunden damit, dass das gesamte Hotel in die Luft fliegen würde.

»Kann Ihr Mann mit Sprengstoff umgehen?«, fragte Henri am Ende seines Berichtes.

Marlin Blücher nickte. »Er ist Chemiker und Physiker, natürlich kann er das.« Sie schluckte. »Ich verstehe das alles nicht. Er hat zu mir gesagt, er sei in Berlin und bewerbe sich auf eine Stelle.«

»Erzählen Sie uns vom Verlust des Labors und des Grundstücks, bitte.« Henri setzte sich neben sie.

Sie erfuhren nichts, was sie nicht schon wussten.

»Die Bank hat einfach den Kredit gekündigt, obwohl wir nicht einmal im Verzug waren. Sie begründeten es damit, dass unsere Auftragslage massiv zurückgegangen sei.« Sie seufzte. »Sie haben uns nicht einmal die Zeit gegeben, den Kredit woanders aufzunehmen. Mein Mann ist daran zerbrochen. Es war der Betrieb seines Urgroßvaters. Seine Nachkommen seither waren Biologen, Chemiker, Physiker, aber in den letzten Jahren hatte sich das Unternehmen auf Zellbiologie spezialisiert.«

»Könnte er …«, setzte Henri an.

»Nein, er kann keiner Fliege etwas zuleide tun, er isst ja nicht einmal Fleisch!«

»Wie verzweifelt ist er gewesen?«, bohrte Henri nach.

»Er war wütend, bitter enttäuscht, es ging ihm um Gerechtigkeit. Er konnte nicht damit leben, dass Menschen ein Verbrechen begehen und dafür nicht zur Rechenschaft gezogen werden.«

»So leid es mir tut«, sagte Natalia, »aber das passt ganz gut zu dem Brief, finden Sie nicht?«

»Vielleicht passt es zu gut«, mischte Zack sich ein und kassierte einen vernichtenden Blick von Natalia.

»Ist es seine Handschrift?«, fragte Natalia.

Marlin Blücher nickte. »Aber es sind nicht seine Worte, so würde Victor nie formulieren.« Sie seufzte, nahm ein Taschentuch aus ihrer Handtasche und tupfte ihr Gesicht trocken. »Er ging zu dieser Journalistin, und sie hat ihm Hilfe versprochen. Aber dann plötzlich hat sie gesagt, er müsse warten, sie müssten vorsichtig sein, er solle an seine Familie denken. Dabei hatten sie die Klage schon vorbereitet, alles war fertig, um sie einzureichen, und dann hieß es plötzlich, wir müssen bis nächstes Jahr warten. Victor wollte seine Unterlagen zurück, aber sie verweigerte sie ihm und hat auch noch behauptet, es sei zu seinem Besten.« Marlin Blücher schüttelte ungläubig den Kopf, als könnte sie immer noch nicht fassen, dass ihrer Familie dieser Bankrott wirklich passiert war. »Ich bin sogar nach Berlin gefahren, weil die Reuss-Bank ja zu diesem Konzern gehört oder, besser gesagt, gehörte. Ich wollte zu einer gewissen Ann Stahl. Diese Frau hatte die Kündigung des Kredites unterzeichnet. Sie hat mich nicht einmal empfangen. Obwohl ich zwei Tage vor ihrem Büro auf sie gewartet habe. Jeden Tag ist sie mehrfach an mir vorbeigegangen und hat durch mich hindurchgesehen.« Marlin Blücher hob den Kopf und blickte Henri an. »Ein herzloses Wesen! Mein Mann war außer sich, als ich ihm davon erzählt habe.«

»Nun, genau diese Ann Stahl befindet sich bei Ihrem Mann da oben auf dem Berg«, sagte Henri.

Marlin Blücher schlug die Hände vors Gesicht. »Bitte nicht!«

»Sind Sie immer noch sicher, dass Ihr Mann niemandem etwas zuleide tun kann?«, hakte Henri nach.

Marlin Blücher ließ die Hände sinken: »Vollkommen sicher!«

Natalia wandte sich an die Frau des Hauptverdächtigen. »Frau Blücher, wir würden Sie gern hierbehalten, weil wir hoffen, Kontakt zu Ihrem Mann aufnehmen zu können. Ist das für Sie möglich?«

»Sicher.« Ihre Stimme zitterte. »Die Kinder sind bei meinen Eltern, ich bleibe so lange, wie es nötig ist.«

»Danke.« Natalia blickte Maxim an. »Könntest du bitte ein wenig mit Marlin Blücher arbeiten, damit sie, wenn wir endlich wieder Kontakt haben, die richtigen Dinge sagt?«

Maxim stand auf, sah Marlin Blücher an, und ging zur Tür. Sie folgte ihm und verließ mit ihm den Raum. Natalia nutzte die Gelegenheit und versuchte noch einmal vergeblich, erst Fin und dann Sven auf dem Handy zu erreichen.

»Deshalb könnte ich nie in den Bergen leben«, fluchte sie.

»Stromausfälle sind kein Privileg der Berge«, erwiderte Xaver und grinste. »Dafür kann man sich oben auf den Bergen darauf verlassen, dass es ein Notstromgerät gibt.«

Als die Konferenztür hinter den beiden zuging, trat Tanni an den Bildschirmtisch. »Fools, euer Menü: die Zahlen, die Grandma gefunden hat, die Daten der drei Mobiltelefone von Dr. Vogel oder Luftaufnahmen von den Reuss-Stahlfabriken in Indien?« Tanni grinste mit ihrem bunten Make-up in die Runde. Sie trug ein dunkelrotes T-Shirt, das eng anlag und ihren schlanken durchtrainierten Körper zeigte. Vorn auf dem T-Shirt stand: »I am alive«, darunter war eine Katze abgebildet, und ganz unten stand: »Schrödinger«.

»Wie bist du an die Luftaufnahmen gekommen?«, fragte Henri.

»Wenn der CSIS uns Penelope schickt, müssen die einen Verdacht haben. Also bin ich die entsprechenden Datenbanken durchgegangen. Normalerweise fange ich mit der CIA an, aber hier schien mir der CSIS attraktiver.« Sie warf Dateien auf die Bildschirme. »Es ist nicht viel zu erkennen, aber der CSIS beobachtet diese Fabriken schon seit zwei Jahren. Dabei haben sie Folgendes festgestellt: Wenn an einem Tag mehr als 100 Lkw die Fabriken verlassen, tauchen zwei Monate später die Kriegsgeräte in der Wüste auf. Und diesen Ablauf haben sie genau vier Mal dokumentiert. Die Lkw-Armada verschwindet mit der Dämmerung in den Straßen von Delhi, kehrt nach zwei Wochen in die Fabrik zurück, und nach weiteren sechs Wochen gibt es neues Spielzeug.«

»Was ich nicht kapiere – warum wissen sie mit dieser tollen Technik noch immer nicht, was da genau läuft? Kann man die Lkw nicht mit Sendern versehen?«, fragte Henri.

»Doch, aber die werden regelmäßig entfernt. Und wenn nicht, fahren die Lkw kreuz und quer und kehren wieder zurück. Der CSIS geht davon aus, dass das der Tarnung dient. Die Ware wird einfach mehrfach übergeben. Der CSIS hat die Häfen und Landwege überwacht, die man braucht, um auf die Arabische Halbinsel zu gelangen. Die zwei Wochen würden nicht reichen, selbst wenn sie Tag und Nacht durchheizen, um durch Pakistan, Iran und Irak dorthin zu gelangen. Das bestätigt, dass das Material irgendwo und vielleicht mehrfach übergeben wird und auch Flugstrecken enthalten sind. Die Teilchen gelangen also in die Nähe der Wüste oder sogar an ihren Rand. Man geht davon aus, dass sie die wenigen mondlosen und vor allem sandsturmfreien

Nächte abpassen, mit Flugzeugen oder Helis die Pakete an bestimmten Koordinaten abwerfen und hoffen, dass der Partner sie dort auch findet. Und bedenkt, die Rub al-Chali hat nicht nur diese lästigen Wanderdünen, sondern ist in weiten Teilen unerforscht. Und weil da nichts ist, knipst normalerweise kein Satellit Schnappschüsse fürs Familienalbum. Wenn die die Geräte zufällig über Satellit sehen, die Koordinaten durchgeben und ihre Leute vor Ort reinschicken, sind die frühestens 24 Stunden später an Ort und Stelle und dann, nada!«

»Es ist ihnen nie gelungen, jemanden in die Fabriken einzuschleusen oder einen Arbeiter einzukaufen?« Henri bereute, Ann nicht genau zugehört zu haben, als sie von den Fabriken dort erzählte.

»Es ist ja nicht so«, sagte Tanni, »dass die Panzer aus den Fabriken rollen. Der CSIS geht davon aus, dass dort Bausätze hergestellt werden, mit denen man Panzer bauen kann, aber nicht muss.«

»Außerdem«, gab Natalia zu bedenken, »kommen möglicherweise noch Zulieferer von anderen Fabriken hinzu. Wir haben hier zwei oder drei Fäden in der Hand von einem Netzwerk, dessen wahre Größe wir nicht einmal erahnen können.«

Henri fuhr sich mit den Händen durch die Haare. »Wer deckt die?«

»Nun«, sagte Natalia, »wenn die Käufer Regierungen sind, stehen ihnen gleich mehrere Geheimdienste zur Seite, um alles durchzuwinken.«

Theo schob Tanni zur Seite und zeichnete in Natalias Bild eine Skizze des Kriegsgeräts in der Wüste und von dort aus gestrichelte Linien zu Ann Stahl, zur Reuss-Bank, zu Penelope. Henri stöhnte innerlich. In winzig kleinen Schritten verabschiedete er sich von dem Gedanken, mit Ann weiterhin in einer Beziehung zu leben. Xaver neben ihm schien seinen inneren Schmerz zu spüren, denn er legte ihm seine große Hand auf die Schulter und sagte leise: »Vielleicht ist es gar nicht so schlimm.«

Tanni wandte sich lächelnd an Zack und machte eine auffordernde Geste. »Bitte, Grandma!«

Zack schob, wie Henri es von ihr kannte, ihren Stift in den blonden Haarturm und stand auf. Sie verteilte Kopien, dann ging sie nach vorn.

»Auf der ersten Seite sehen wir den Beleg, dass die Reuss-Bank bereits zehn Monate vor der offiziellen Bekanntgabe wusste, dass das Naturschutzgebiet in Bauland umgewandelt wird. Es ist eine Kopie der routinemäßig erfolgten Kontenprüfung, oben links steht der Vermerk: Grundstück wird zu Bauland, Kredit aufkündigen und Land erwerben. Solche Anweisungen erfolgen in einer Bank nur auf Papier und nur handschriftlich, da Papier vernichtet werden kann. Es gibt in der Reuss-Bank ein Archiv für diese Papiere, und es wird nicht in Audits mit einbezogen.«

Henri kniff die Augen zusammen. Hätte die Bank diese Insiderinfo nicht gehabt, wäre der Kredit nicht gekündigt worden, wäre die Firma nicht pleite und seine Kinder auf dem Berg nicht vom Tode bedroht. Wusste derjenige, der die Insiderinfo rausgab, derjenige, der beschloss, einen Kredit zu kündigen, welchen Stein genau er da ins Rollen brachte und mit welchen möglichen Konsequenzen? Hatte Ann das alles gewusst und in Kauf genommen? Eine Fami-

210

lie in den Ruin zu treiben für ein paar Millionen mehr in der Kasse des Reuss-Konzerns? Oder hatte die Macht eines Reuss-Konzerns ohnehin jemanden abschütteln müssen und hätte immer ein Bauernopfer wie Blücher gebraucht? War es unausweichlich?

»Interessanter aber sind die Seiten zwei, drei und vier«, meinte Zorro und holte Henri damit aus seinen düsteren Gedanken. »Am besten legt ihr die Blätter nebeneinander, dann seht ihr es eigentlich schon von selbst.«

»Soll das hier ein Quiz werden?«, bemerkte Natalia, doch im nächsten Moment murmelte sie: »Heilige Scheiße!«

»Das hätte ich an deren Stelle geschreddert. Warum heben die so was auf?«, sagte Xaver. »Das hängt sie doch hin.«

»Es sei denn, sie brauchen das als Beweis, um ihren Schutz nicht zu verlieren«, mutmaßte Henri. »Auch wenn hier nie explizit etwas von Waffenhandel steht, so zeigt diese Übersicht doch die Verbindungen im Hintergrund. Jede Regierung wird davon absehen, den Konzern oder die Bank abzusägen.«

Theo schob am Multitouch-Tisch Natalias Zeichnung an die Seite. Dann zeichnete er selbst einen Zeitstrahl über zwölf Monate eines Jahres, beginnend mit dem Monat September. »Wenn ich es richtig sehe, haben verschiedene europäische Regierungen bei der Reuss-Bank einen Kredit abgeschlossen oder bei der Reuss-Versicherung eine Police oder einen Kredit. In welchen Monaten war das?«

»November und Dezember«, antwortete Zack.

Theo trug das Ereignis in den Zeitstrahl ein und fügte in Natalias Zeichnung die Regierungen von Deutschland, Ös-

terreich und Frankreich und entsprechende Verbindungs-
linien zum Reuss-Konzern ein.

»Von welchen Summen sprechen wir?«, fragte Theo weiter.

»Von einem Kredit über zweieinhalb Milliarden. Und einer Versicherungspolice auf den offiziellen Fuhrpark des
Militärs, Gebäude und so weiter.«

»Im Januar«, fuhr Theo fort, »kündigen die Regierungen
ihre Kredite und zahlen …«

»… je eine Milliarde Strafe für vorzeitige Ablösung«, vollendete Zack seinen Satz.

»Die Bank hat also drei Milliarden in ihrer Portokasse.«

»Ich habe diese Strafzahlungen für vorzeitig abgelöste
Kredite nie verstanden«, knurrte Xaver.

Theo nickte. »Jetzt wird es spannend! Tanni, wann rollen
die 100 Lkw aus den Reuss-Fabriken?«

»Mal im Juli, mal im August, aber immer in dem Zeitfens-
ter. Zumindest, soweit der CSIS es gesehen und als relevant
eingestuft hat. Denn natürlich verlassen auch an anderen
Tagen zahlreiche Lkw die Fabriken.«

»Sechs bis acht Wochen später«, Theo zeichnete weiter,
»taucht das Kriegsgerät in der Wüste auf. Zack?«

»Die Versicherungspolicen werden fällig, angebliche
Schäden in Milliardenhöhe.«

»Seht ihr das?«, fragte Theo in die Runde. »Wir haben hier
den vollständigen Zyklus eines Warentermingeschäfts.«

Henri stand auf und ging zu Theo. Er nahm ihm den
Bildschirmstift ab und schrieb unter den Kredit »Auftrags-
eingang/Bestätigung«, unter die Lkw, die die Fabriken
verließen, »Versandbestätigung« und unter die Schadens-
meldung bei der Versicherung »Empfangsbestätigung«.

»Wie bei Amazon«, meinte Tanni grinsend.

»Das bedeutet«, Henri schloss einen Moment die Augen, weil es zu ungeheuerlich war, »dass der Reuss-Konzern für diese drei und wer weiß, für welche Regierungen noch, Kriegsgeräte baut, verschickt und an Wunschadressen ausliefert, die nie offiziell in Erscheinung treten. Bezahlt werden sie mit diesen idiotischen Kreditstrafen, die aber nie aufgefallen sind, weil Antrag und Kündigung inklusive Strafe in verschiedenen Abrechnungsjahren liegen. Das ist genauso dreist wie genial. Tanni, du hast dieses Schweizer Konto gefunden – transferieren sie damit das Geld?«

»Nein«, sagte Tanni, »es existiert kein solches Konto. Auch in Liechtenstein haben wir zero gefunden. Was nicht bedeutet, dass da nichts ist.«

»Wir nehmen einfach mal an, dass dies der Weg ist, wie eine Regierung die Reuss-Bank und damit den Reuss-Konzern bezahlt hat«, sagte Henri, »ohne dass ein schmutziges Wort wie Panzer oder Sprengsätze oder irgendwas auftaucht. Saubere Westen aufseiten der Regierung.« Er blickte Natalia an. »Hast du keine Idee, wie das Geld um die Welt reist?«

Natalia wickelte ihre Haare um die linke Hand. »Ich bin eine Jugo, ich würde es wie die Mafia machen, nämlich bar.«

»Wie erklärt, bitte schön, eine Bank, dass eine Milliarde plötzlich weg ist?«, fragte Henri ungehalten.

»Scheinkredite«, meinte Zack, »von denen dann immer mal einer abgeschrieben werden muss, hier und da ein Schuldenerlass. Banken leben und denken in Milliardenschritten. Ein Schweizer Konto hätte ihnen zum Verhängnis werden können, weil ein Konto immer eine elektronische Spur legt, die Bargeld nicht hat. Über die offiziellen Konten wird auch Geld nach Indien verschoben, aber das ist legal, es ist ein Konzern. Aber keine Milliarden.«

Henri legte den Kopf in den Nacken. »Die Händler«, sagte er leise, »Tanni, es sind die Händler, die das Bargeld transportieren, hast du schon was über sie gefunden?«

»Nein, noch nicht«, Tanni hob die Hände, »aber jetzt wissen wir, wonach wir suchen müssen.«

»Macht das und macht es schnell.« Henri wandte sich wieder an Natalia. »Denn wir brauchen gar keinen Durchsuchungsbeschluss für den Reuss-Konzern, sondern für diese fünf Personen.«

»Wenn ich noch etwas beitragen darf?« Zack blickte Henri fragend an.

»Sicher, du bist im Team!«, meinte Henri lächelnd.

»In der Bank war niemand gut auf Ann Stahl zu sprechen. Man lastete ihr den Verkauf der Bank an, denn während Imsel Manir in der Reuss-Bank an den Vorstand in Berlin berichtete, als *das* Geldinstitut des Konzerns, wurde seine Stellung durch den Verkauf der Bank an HSBF auf die Rolle eines Frühstücksdirektors gestutzt.«

»Woher weißt du das?«, erkundigte sich Henri.

»Einem alten Mütterchen, das schon längst in Rente sein sollte und sein schmales Salär als Tippse aufbessert, erzählt man gern die Wahrheit, weil man mir nichts mehr beweisen muss. Ich stelle mir nur die Frage: Hatten die von Ann verordneten Audits das Ziel, die Bank reinzuwaschen, oder ahnte sie etwas, und die Audits waren ein guter Vorwand, um tiefer in die Bücher zu blicken?«

Henri war ihr dankbar, dass sie versuchte, Anns Rolle etwas weniger schwarzzumalen. »Das werden wir erst wissen, wenn wir sie fragen können«, sagte er trotzdem.

»Vorausgesetzt, Ann Stahl sagt uns die Wahrheit«, fügte Natalia ungerührt hinzu. »Der Verkauf der Bank und nun auch der Versicherung geschieht also keineswegs, wie in der Pressekonferenz gesäuselt, um den Mitarbeitern das beste Portfolio anbieten zu können, sondern um Spuren zu verwischen. Dieser verdammte Wichser, so langsam kann ich deinen Hass auf ihn nachfühlen.«

»Gegenüber der Presse hat Ann Stahl behauptet, der Verkauf der Bank geschehe zum Wohl der Mitarbeiter und würde dem Wettbewerbsrecht in Deutschland Rechnung tragen. Später wurde dann stattdessen eine Bank in den USA gekauft.« Tanni blickte Henri mitfühlend an. »Hier ist ein Überblick über Anns Konto. Ihre wirklich sexy hohen Bonuszahlungen gehen passend zu den Auslieferungen ein. Alles schön im Zwei-Jahres-Rhythmus.« Sie schob den Kontoauszug auf den Hauptbildschirm.

Xaver klatschte in die Hände. »So, Leute, ich brauch einen Kaffee, was zu essen und wenigstens fünf Minuten kalte, frische Luft! Henri, darf ich dich dieses Mal zu mir bitten, du kannst auch draußen rauchen?«

Theo ließ den Kopf kreisen, Tanni verschränkte ihre Finger ineinander und ließ die Gelenke knacken, Natalia band ihre Haare zusammen und versuchte, Sven oder Fin zu erreichen.

»Hoffentlich meldet Penelope sich noch«, sagte sie. »Theo, können wir sie orten?«

Theo lächelte. »Musst du das wirklich immer noch fragen?«

»Nein, nimm die Uhrzeit als Entschuldigung.«

Henri wickelte sich den Schal enger um den Hals, denn der Wind hatte nun auch in Düsseldorf 80 Stundenkilometer erreicht, und es fiel ihm schwer, seine Zigarette anzuzünden.

»Willst du nicht lieber zu deinen Kindern gehen?«, fragte Xaver mitfühlend.

Henri schüttelte den Kopf.

»Komm, gib mir auch eine!«, sagte Xaver.

»Du hast vor drei Jahren aufgehört, schon vergessen?«

»Der Mensch braucht Herausforderungen.« Xaver nahm die Zigarette und entzündete sie an der Glut von Henris.

»Was ist das mit Joyce und der JVA Ratingen?«, fragte Henri. »Der Punkt fällt hier gerade ein wenig hinten rüber.«

»Mach dir da mal keine Sorgen, Natalia hat es in ihrem Diagramm und ihrem Kopf. Sie vergisst nie etwas.« Er zog an der Zigarette, die der Wind von alleine zum Glühen brachte. »Aber da geht es um die Mafia und das BKA, ich könnte mir denken, dass es nichts mit dem Reuss-Konzern zu tun hat.«

Henri schnippte seine Kippe weg. »Das ist möglich, Joyce hatte immer gern viele Eisen im Feuer.« Er schob die kalten Hände in die Jacketttaschen, starrte vor sich auf den Boden und wippte vor und zurück. »Ich bin mir sicher, der wirkliche Plan ist, die Führungsriege zu eliminieren.«

»Du weißt, ich habe gelernt, auf deinen Instinkt zu vertrauen, nur lass mich bitte teilhaben. Warum?« Xaver zog noch einmal an seiner Zigarette, verschluckte sich und bekam einen Hustenanfall. »Scheißkippen«, fluchte er heiser.

»Entweder will man ihnen den Schwarzen Peter zuschieben, als angebliche Strippenzieher, weil es bereits ein Leck zur Presse und Öffentlichkeit gibt und Tote sich nun einmal nicht wehren oder noch mehr Informationen durchsickern lassen können. Und man kann sie anschließend anklagen. Oder, andere Variante: Einer von denen dort oben auf dem Berg ist dahintergekommen, was der Konzern treibt, und diese Person soll verschwinden, bevor er oder sie handeln kann. Und weil sie einfach keine Mitwisser wollen und keine Sicherheit haben können, wen diese Person noch informiert hat, lässt man alle hochgehen.«

»In dem Fall, nehmen wir an, hat deine Ann Stahl was entdeckt und glaubt, es hat noch keiner gemerkt, dass sie etwas gefunden hat?«

»So in etwa. Vielleicht hat sie sogar jemanden eingeweiht. Oder sie hat Dr. Vogel gesagt, was sie weiß, und ihm ihre Bedingungen genannt.«

»Die extra Bonuszahlungen an deine Ann Stahl!«

Henri nickte. »Deshalb hat Dr. Vogel behauptet, er sei überhaupt nicht im Spiel. Aber das stimmt nicht, er ist der Spielgeber, er mischt und verteilt die Karten.«

»Du hast einmal über Ann gesagt, dass ihr Geld nichts zu bedeuten scheint.«

»Da wusste ich nicht, wie viel sie davon hat.«

»Du hältst sie also für mitschuldig?«

Henri hob den Kopf und blickte in den Nachthimmel, seine schwarzen Locken fielen ihm in den Nacken, das Licht der Laternen spiegelte sich in seinen klaren blauen Augen, als er antwortete: »Ja, das tue ich. Sie ist eine Meisterin der Manipulation.«

»Du glaubst, dieser Vogel lässt sich von ihr erpressen?«

»Eigentlich nein, dafür ist sie zu klug. Sie hat es vielleicht als Mittel eingesetzt, um ihre Annahmen quasi zu verifizieren. So nach dem Motto, wenn sie zahlen, haben sie Dreck am Stecken. Aber vielleicht hat sie auch geahnt, dass etwas passieren könnte, und zu ihrem Schutz hat sie meine Kinder mitgenommen.« Henri drehte sich zu Xaver.

»Das, mein Sohn, sind sehr düstere Gedanken!«

Henri zuckte mit den Schultern. »Ann hat immer mal wieder angedeutet, dass sie und Vogel ein wenig im Clinch liegen und dass er mit der Auswahl ihrer Führungsriege nicht einverstanden ist. Ich dachte, sie schwimmt sich einfach nur frei. Sie war erst Freelancer, dann auf sein Geheiß fest engagiert, und er hat wohl geglaubt, sie macht nur, was er will oder zumindest abgesegnet hat.« Henri lachte und hörte selbst die Bitterkeit dabei. »Vielleicht ist dieser Vogel sogar das Unschuldslamm, und Ann hat die Geschäfte gemacht? Womöglich hat sie nur dadurch den Konzern wieder in die schwarzen Zahlen gebracht?«

Henri schloss die Augen und versuchte, an Ann zu denken. Jedes Bild, das kam, zeigte sie lachend, in ihren Augen die Liebe, die sie für ihn empfand. »Tust du eigentlich irgendetwas ohne Kalkül?«, hatte Henri sie letzte Woche gefragt.

»Klar, ich bin schließlich mit dir zusammen, oder nicht?«

Xaver holte ihn aus seinen Erinnerungen. »Wir gehen wieder rein, ich dachte, ich kann …«

»Warte!« Henri verschränkte die Hände ineinander. »Es gab einen Mann, den Ann nicht wollte, den Vogel ihr aber aufgezwungen hat, einen Thomas Seiler, nein, Weiler, stimmt, Thomas Weiler. Ann hatte auch erzählt, dass dieser Typ sich, wie sie fand, dreisterweise auf den Leitungsposten in New York beworben hatte, für den sie vorgesehen ist.

Vielleicht wollte Vogel Ann wirklich entmachten, weil sie nicht nach seinen Regeln spielte. Komm, wir müssen mit den Unterlagen von Anonymous weitermachen, vielleicht taucht darin etwas über einen Informanten aus dem Reuss-Konzern auf. Auch wenn sie nie Namen nennen.«

Als sie wieder den Raum betraten, roch es nach würziger Brühe.

»Rindfleischeintopf«, sagte Natalia und zeigte auf einen Thermobehälter in der Ecke. »Und frischen Kaffee gibt es auch.«

Henri blickte zur Uhr, es war kurz vor zwei. »Haben wir etwas von Penelope gehört?«

»Nein, aber Theo kann sehen, dass sie schon zwei Drittel der Strecke geschafft hat. Momentan ist sie etwas langsamer geworden, was nicht verwunderlich ist. In diesem Augenblick ist der Höhepunkt des Sturms. Esst bitte auch etwas, es tut wirklich gut!«

Xaver ging in die Ecke und füllte zwei Teller mit dem dampfenden Eintopf. Henri rief an dem Bildschirmtisch die Dateien von Anonymous auf und warf sie wieder auf die umliegenden Bildschirme. »Wo ist Tanni?«

»Bei meinem Team«, ertönte ihre Stimme aus der Konferenzspinne in der Mitte des Tisches, »wir untersuchen gerade die angeblichen Vertriebler. Die haben so blütenweiße Westen, dass wir sie normalerweise als Geheimdienst oder Mafia interpretieren würden.«

Henri nahm von Xaver den Teller entgegen und rührte mit der Gabel darin herum. »Und das hat der CSIS nicht gewusst?« Er schob die Gabel in den Mund und verbrannte sich den Gaumen.

»Die wussten ja noch gar nicht, wonach sie suchen sollten«, verteidigte Natalia den CSIS, »oder es sind ihre Leute.«

Henri stellte den Teller ab und nahm sich ein Glas Wasser. »Die Vertriebler sind seit zwei Jahren an dieser Position tätig, Ann hat sie ausgesucht. Aber sie waren vorher schon im Konzern.« Er hob den Teller wieder hoch und aß vorsichtig weiter.

Nachdem er aufgegessen hatte, erzählte er Natalia von seinen Gedanken, die er im Hof bereits Xaver mitgeteilt hatte. Natalia stand sofort auf und gab am Bildschirmtisch das Suchwort »Informant« ein.

Wenig später wurde tatsächlich ein Treffer angezeigt.

»Lies vor, Henri«, bat Natalia.

»Na gut. ›Vor drei Monaten wurden wir von einem Mitarbeiter des Reuss-Konzerns aufgesucht, der uns heikle Informationen mündlich mitteilte und bat zu recherchieren.‹« Henri drehte sich zu den anderen um. »Das war im Januar dieses Jahres.«

»Lies weiter«, sagte Natalia.

»›Der Informant wurde von uns instruiert, wie er bestimmte Dokumente finden oder entschlüsseln kann.‹ Das war im März. Im Juli schreiben sie, dass der Informant den Kontakt abgebrochen hat. Tja, warum wohl?« Henri strich sich die Haare hinter die Ohren. »Ich würde drauf wetten, dass dieser Mensch den Konzern erpresst. Ihm ist es zu verdanken, dass der Reuss-Konzern einfach alle loswerden will. Das ist der moderne Darwinismus, von dem Vogel so gern spricht.«

»Das kannst du aber nicht beweisen!«, meinte Xaver stirnrunzelnd.

»Noch nicht. Und Ann Stahl ist Teil davon.«

Ein dichtes Schweigen breitete sich im Konferenzraum aus. Zack, die Henri seit über 20 Jahren kannte, stand auf, trat hinter ihn und legte ihm ihre Hände auf die Schultern. »Du kannst dich nicht so in ihr getäuscht haben«, sagte sie leise.

»Liebe ist die Täuschung schlechthin, Alex wollte damals beweisen, dass Ann die Gunst der Stunde genutzt hat und ihren Bruder Sven ermordet hat. Ich habe das verhindert. Ich habe diese Frau in mein Leben und das meiner Kinder geholt.«

Zack massierte seine Schultern, und Henri schloss die Augen. Wenn Ann mit drinsteckte – würde er je wieder einem Menschen trauen, würde er seinem eigenen Urteil je wieder trauen können?

Der Hauptbildschirm knisterte. Natalia war mit einem Satz am Computer und öffnete die Leitung. Eine Weile ertönte nur das Brüllen des Windes, und sie hatten den Eindruck, als blickten sie in eine Schneekugel. Nach einer Weile hörten sie durch den Wind auch den schweren Atem von Penelope. Henri empfand körperlich mit, wie sie kämpfen musste.

»Ich habe die Leitung aufgemacht, weil ich das Hotel bereits sehe«, erklang Penelopes atemlose Stimme. »Ich werde nicht bis zum Dach fahren, sondern mich, wie mit Tanni abgesprochen, am Mobilfunkmast abseilen. Ist Tanni da?«

»Ich bin da!«, rief Tanni, die hinter Henri stand.

»Bitte, Tanni«, Penelope rang nach Atem, »du darfst jetzt den Raum nicht mehr verlassen. Ich stelle mich auf lautlos, ich schätze, in 30 Minuten bin ich am Mobilfunkmast. Ich stelle deine Augen und Ohren dar, denken musst du.« Ohne eine Antwort abzuwarten, schaltete Penelope das Mikrofon aus. Alle starrten gebannt auf das Schneebild.

»Kannst du den Mast reparieren, und schon haben die wieder Empfang auf dem Berg?« Henri blickte Tanni an.

»Das sollte gehen. Denn dieser Ort kommuniziert mit einem anderen Mobilfunkmast, der gar nicht weit weg ist und dann ins österreichische Netz geht. Ab der Grenze verläuft die Verbindung über Bodenkabel weiter.« Tanni ging nach vorn und rief ein Netzbild auf. »Kurzras liegt im Tal und ist schlechter dran. Um dort zu kommunizieren, braucht man eine wesentlich stärkere Sendeleistung als oben auf dem Berg.« Sie warf Henri einen Blick zu, dessen Stirn tiefe Furchen aufwies. »Okay, Bulle. Du hast zu Hause im Keller dein WLAN. In der ersten Etage hat dein Computer schon Schwierigkeiten, aus dem Internet Sachen zu laden, weil die Verbindung schwach ist. In der zweiten Etage mit dem PC Filme streamen? Nada! Hat aber auf der gleichen Etage im Nachbarhaus jemand einen WLAN-Router stehen, entdeckt dein PC in der zweiten Etage den und wird sich nur ihm verbinden und kommunizieren, während vom Keller aus niemand nach oben kommt. Klarer?«

Henri starrte auf seine eigenen Hände. Sie waren kräftig und lang, seine Fingernägel gerade. Immer noch gab es die Einkerbung durch den Ehering, den er viele Jahre getragen hatte. Er hörte Natalia und Tanni und Zorro und Theo weiter zu und hörte sie doch nicht. Der Schmerz tobte mit so viel Gewalt durch seinen Körper, dass ihm das Atmen schwerfiel. Er wollte sich an die Brust fassen, aber seine Hände klebten am Tisch fest. Die Vorstellung, dass er seine Töchter Christa und Alberta vielleicht nie wiedersehen würde, dass sie dort oben hilflos dem Tod begegnen sollten, ohne dass er sie schützen konnte, stand ihm so deutlich vor Augen, dass er schreien wollte. Sie sollten leben, auch wenn er wusste, dass es nicht allen Menschen vergönnt war, lange zu leben und ihrer Zukunft frei, glücklich und gesund zu begegnen. Jede Entscheidung, die er heute getroffen hatte, konnte falsch oder richtig gewesen sein, sie konnte dazu führen, dass seine Kinder überlebten oder dass sie starben. Seine Gedanken und Gefühle schnürten ihn ein, wie ein Korsett aus Eisen. Warum war ihm nie vorher bewusst geworden, wie irre es war, für andere Menschen verantwortlich zu sein? Warum hatte er nie zuvor dieses Gewicht auch nur ansatzweise gespürt, das ihn jetzt erdrückte?

»Wenn der Mobilfunkmast läuft, sollte ich mich auf den Router schalten können. Hallo, Bulle, bist du noch auf Sendung?« Tanni wedelte mit ihren Händen von der anderen Seite des Konferenztisches. Sie erschrak, als er den Kopf hob und sie mit übernatürlich großen Pupillen ansah, durch die seine Augen fast schwarz wirkten.

»Wem nutzt das?«

»Nun«, sagte Natalia, kam zu ihm und setzte sich, »wenn sie die diversen Smartphones anschalten kann, können wir mithören, eventuell Kontakt aufnehmen, wir können Penelope mit Infos versorgen. Die Kameras zeigen uns, was da oben los ist. Wir können Marlin Blücher mit ihrem Mann sprechen lassen und ihn von dem Vorhaben abbringen.«

»Victor Blücher ist nicht allein dort oben. Es gibt eine zweite Person. Funk Penelope an, ich will wissen, was sie vorhat, sonst können wir nicht entscheiden, wie es weitergeht!«

Henri wollte sagen: Ich kann diese Entscheidung nicht treffen, ich kann es einfach nicht. Steht der Tod meiner Töchter schon hinter dieser Entscheidung oder doch erst hinter der übernächsten? Endlich konnte er seine Hände vom Tisch lösen und schob sie in seine Jacketttaschen. Henri spürte die zweite Pille, die Penelope ihm dagelassen hatte. Sie würde ihn noch einmal wach und emotionslos machen, aber war das richtig? Gab es überhaupt noch ein richtiges Vorgehen?

Er nahm die Hand aus der Tasche, schob die Pille in seinen Mund und ließ sie auf der Zunge zergehen. Dann wandte er den Kopf zum großen Bildschirm, wo sich bereits das Hotel im Sturm abzeichnete.

»Wie lange braucht sie noch, bis sie am Mobilfunkmast ist?«, wandte Henri sich an Theo.

»Der Sturm lässt langsam nach, höchstens zehn Minuten.« Theo sah Henri mitfühlend an.

Henri nickte, murmelte »Danke«, stand auf und trat vor den Bildschirm.

»Hört sie uns, Tanni?«

»Yep.«

»Penelope, sobald du Luft zum Sprechen hast, sagst du uns, wer da oben für dich interessant ist. Ansonsten lassen wir dich hängen. Kein Mobilfunkmast, keine Unterstützung.« Er drehte sich zu Tanni um und signalisierte ihr, den Lautsprecher des Konferenzraums auszustellen. Dann fragte er: »Habt ihr alle Leute überprüft, Tanni, die in Anns Führungsriege mit da oben sind?«

»Klar, Bulle, haben wir, nicht blütenrein, aber eben so, wie es sein soll. Hier und da ein Reisekostenbetrug oder ein Knöllchen, sonst nichts.«

»Keine Chance, herauszufinden, wer mit Anonymous in Kontakt getreten ist?«

»Nicht so schnell, wie du es brauchst!«

Henri nahm sein Smartphone vom Konferenztisch und ging nach draußen. Es war vier Uhr morgens, aber er wusste, dass Kai immer erreichbar war. Henri hörte nur zwei Mal das Freizeichen. »Wenn es deine Kinder dort oben auf dem Berg wären, und alles hinge an einem einzigen Namen, was würdest du dann tun, Kai?« Er lauschte dem Atem, und je länger es dauerte, desto größer wurde seine Hoffnung, dass Kai nur dieses eine Mal eine Ausnahme machen würde. Er wusste, sie konnten keine Ausnahmen machen, sie mussten ihre Informanten schützen, aber wenn es um Mord ging? »Meine Töchter Alberta und Christa werden sterben, Ann wird sterben und viele weitere Menschen. Das ist eine Ausnahmesituation, Kai!«

»Es geht nicht, Henri!« Kai unterbrach die Verbindung. Henri schloss die Augen. Er konnte die Tränen der Verzweiflung nicht mehr zurückhalten, sie rannen heiß über seine Wangen, tropften auf sein Jackett. Gerade wollte er sein Smartphone gegen die Wand schmeißen, als das Display den Eingang einer eMail vermeldete: »Ihr neues Konto steht bereit, bitte …«

Henri stürmte in den Konferenzsaal, lief zu Tanni an den großen Bildschirmtisch und hielt ihr sein Smartphone hin. »Mach schnell!«

Tanni tippte eilig. Der neue Mail-Account enthielt nur eine Nachricht, die leer war. Im Betreff stand: Thomas Weiler. Im nächsten Moment wurde der Account gelöscht und verschwand vom Bildschirm. Henri rieb sich mit den Händen das Gesicht trocken und kreise mit den Fingerspitzen über die Schläfen.

»Okay, spielen wir das durch. Xaver, du bist Thomas Weiler. Tanni, gib ihm Stoff.«

»Vorbildliche Schulbildung«, sagte Tanni, »lauter Einser, Uni im Schnelldurchlauf, vier Jahre Bundeswehr, Ausbildung zum Piloten. Er durchläuft zwei internationale mittelständische Unternehmen und setzt zum Sprung an in den Reuss-Konzern. Zwei Jahre bevor Ann Stahl dort freiberuflich tätig wird. Er hat sich auf die deutsche Leitung beworben, dann auf die europäische Leitung. Beide Male ging der Job an ihm vorbei und an Ann. Jetzt kommt New York. Spitzenkandidatin: Ann Stahl.«

»Familienstand?«, fragte Xaver und unterdrückte ein Gähnen.

»Verheiratet, keine Kinder.«

»Ehefrau?«

»Arbeitet in Paris für Texaco, sitzt im Vorstand. Elf Jahre älter als er.«

»Hat er Geschwister?«

»Nada.«

»Familiensituation?«

»Sein Vater war ein erfolgreicher Rechtsanwalt. Er starb, als Thomas fünf Jahre alt war, bei einem Autounfall in Neapel.«

»Lebt die Mutter noch?«

»Vor acht Jahren an Krebs gestorben, mit 78.«

»War sie berufstätig?«

»Anwältin mit eigener Kanzlei und 34 Angestellten. Ihr Ehemann war einer davon.«

»Hat sie nach seinem Tod wieder geheiratet?«

»Nein.«

Maxim kam wieder herein. Xaver stand auf, ging hin und her, blieb schließlich stehen und blickte zu Henri und Tanni auf der anderen Seite des Konferenztisches.

»Ich bin fünf, als mein Vater stirbt«, sagte Xaver. »Ich konnte ihn noch idealisieren, als starken Mann, der vielleicht die Schränke rückt im Haus und sich damit deutlich von meiner Mutter unterscheidet. Dennoch habe ich irgendwo wahrgenommen, dass es ihre Kanzlei ist, in der er auch arbeitet. Nach seinem Tod wird aus meiner Mutter eine MaPa. Sie erledigt alles, den Haushalt, den Job, bringt Geld nach Hause, erzieht mich, leitet mich. Ich werde zu ihrem Männerbild, glatt, glänzend und doch immer ein Stück hinter ihr. Zudem wird mein Vater nie ersetzt, er ist also nicht einmal austauschbar, er hört einfach auf zu existieren, ist überflüssig. Dass meine Mutter mein Frauenbild erheblich geprägt hat, zeigt sich darin, dass ich mich an eine ähnliche Frau binde. Älter als ich, erfolgreicher als ich. Wir bekommen keine Kinder, weil sie es nicht will oder schon drüber ist, als wir uns verlieben. Meine Ehe ist die perfekte Fortsetzung meiner Kindheit. Ich bin von der einen Frau zur anderen geglitten. Sex brauche ich nicht oder hole ich mir woanders, denn er gehört nicht zu meinem Verständnis von Partnerschaft.« Xaver setzte sich wieder und sah jetzt Natalia an. »Ich komme prima damit klar, dass eine Frau, die älter und erfahrener ist als ich, den höheren Posten bekleidet. Ich profitiere davon, siehe Macron. Aber dann begegne ich Ann Stahl, jünger als ich, weiter als ich. Erst bin ich überzeugt, dass sie sich nach oben geschlafen hat. Ich weiß, es geht nur begrenzt gut. Ich stecke den zweiten Rückschlag ein, die Europaleitung des Konzerns geht wiederum an Ann Stahl. Meine Frau stichelt, zunächst liebevoll, dass es mir nicht gelingt, an einer jüngeren und unerfahreneren Frau vorbeizuziehen. Der Stachel sinkt tiefer in mein Fleisch. Ann Stahl gewinnt immer wieder in Diskussionen, ihre Vorschläge werden angenommen und meine nicht, egal, wie sehr ich mich anstrenge. Tief in meinem Inneren sagt mir eine Stimme, dass sie wirklich besser und schneller ist, und ich hasse Ann Stahl dafür. Ich versuche aufzuholen, aber vergeblich, und ich hasse sie noch mehr!« Xaver klatschte in die Hände. »Sie wird zu meiner Obsession. Jetzt muss es endlich klappen, ich bewerbe mich auf die Stelle in New York. Dass Ann längst dafür vorgesehen ist, weiß ich, aber es spornt mich nur zusätzlich an. Ich wanze mich immer mehr an Dr. Vogel heran, lecke ihm die Eier, schmeichle ihm, lobe Ann und gebe nur hier und da etwas preis, lasse es so aussehen, als sei sie nicht immer 100 Prozent loyal zu Vogel. Ich durchwühle Anns Schreibtisch, ihre eMails, ihr Smartphone, ich entdecke, dass sie eine Europäische Führungsriege aufbaut, zu der ich nicht gehören soll. Ich biete Vogel an, seine Augen und Ohren in dieser Führungsriege zu werden. Mein erster Erfolg ist, dass Vogel von Ann verlangt, mich mit in die Führungsriege zu holen. Ich genieße es besonders, weil ich weiß, dass sie mich nicht wollte. Aber dann stockt es wieder, ich komme nicht weiter. Allerdings ist mir das eine oder andere aufgefallen in ihren Papieren und eMails, dubiose Geschäfte, seltsame Audits, komische Verkäufe, aber ich kann mir keinen Reim darauf machen. Mich beschleicht der Gedanke, dass sie gar nicht so viel besser ist als ich, sondern einfach etwas gegen Vogel in der Hand hat. Ich brauche Hilfe. Also setze ich Leute darauf an, die sich damit auskennen und mir absolute Geheimhaltung bieten. Anonymous. Ich füttere sie mit Bilanzen, fische ein wenig im Trüben, sage ihnen, sie müssten mir nur sagen, wonach ich suchen soll. Sie bringen mich auf den rechten Weg, ich finde die Waffengeschäfte, habe bald genug zusammen und spiele die Karten bei Vogel aus. Er gibt sich überrascht, dass ich davon weiß, und will wissen, woher, doch ich schweige, oder, besser noch, ich lasse durchsickern, dass Ann es mir gesteckt hat. Ich signalisiere, dass ich mitmischen will, dass ich besser als Ann bin. Ich bewerbe mich auf die Stelle in New York und drohe Vogel: Entweder die Stelle – oder ich lass es an Anonymous durchsickern.«

»Damit hat er erreicht, dass Vogel sowohl Ann als auch ihn loswerden will«, folgerte Henri.

»Genau.« Natalia ließ ihren Kopf kreisen. »Und weil Vogel nicht weiß, wen Ann noch ins Boot geholt hat, will er lieber auf Nummer sicher gehen. Er nimmt Kontakt zu den richtigen Leuten auf, und kurz drauf weiß er, was zu tun ist. Joyce war als Ann Stahl verkleidet in der Bank. Vielleicht hat Imsel Manir nur so getan, als hätte er sie für Ann gehalten, und in Wirklichkeit Vogel informiert.«

»Oh Gott«, stöhnte Henri, »wenn das wahr ist … Ann wollte ursprünglich gar nicht in dieses Hotel. Vogel hat es ihr aufgedrückt mit der Begründung, er müsse einem alten Freund ein paar ausgebuchte Tage besorgen, und sie fand das eine nette Geste. Außerdem hat ihr die Location gefallen.«

Die Konferenztür ging auf, und ein neuer Wagen mit Getränken und Brötchen wurde hereingeschoben.

»Du bist sehr gut darin, Xaver, ich wusste nicht, dass du auch Profiler bist«, sagte Maxim.

Natalia stand auf, nahm die Teller mit den Brötchen und reichte sie weiter.

»Bin ich gar nicht«, antwortete Xaver. »Henri zwingt mich nur hin und wieder dazu.« Er lachte.

Die Schaltung zu Penelope wurde geöffnet. »Ich seile mich jetzt am Mobilfunkmast ab«, rief sie gegen den Wind.

»Wer ist noch da oben?«, donnerte Henri. »Antworte, oder du kannst gleich wieder runterkommen!«

Sie hörten es rauschen und knistern, sahen das Eisengerüst des Mobilfunkmastes, dann versank alles im Schnee. Penelope stand jetzt geschützt und war besser zu verstehen.

»Er heißt Raimondo de Picariello.«

Tanni gab den Namen sofort in ihre Datenbanken ein, und auf dem Bildschirm erschien das Bild eines blassen, mittelgroßen Mannes.

»Er räumt für die freie Waffenindustrie auf«, fuhr Penelope fort. »Sehr oft im Auftrag der Vereinigten Staaten. Groß angelegte Sprengungen sind seine Spezialität, und das hier trägt eindeutig seine Handschrift.«

»Und als er sich auf den Weg nach Europa gemacht hat, da hast du beschlossen, uns zu besuchen?«

»So in etwa.« Ihre Stimme klang dünn. »Wir konnten ihn nicht in Kanada oder Amerika festsetzen, das hätte zu einem internationalen Zwischenfall geführt. Aber hier in Europa ist das was anderes. Hier könnten wir ihn ein oder zwei Tage festsetzen und befragen, ich brauche ihn also lebend. Deshalb muss ich hier allein arbeiten, denn ich werde ein paar Dinge tun, die du nicht wissen sollst. Deine Kinder und die anderen Menschen haben den absoluten Vorrang, aber danach spiele ich nach meinen Regeln. Reicht dir das?«

»Nein, was ist dein Plan?«

»Ich schalte Picariello als Erstes aus, setze ihn fest, lege ihn ein wenig schlafen. Das geschieht zum Schutze aller, mich eingeschlossen. Dann kümmere ich mich um die Sprengladung.«

»Ab wann können wir die Mobiltelefone anschalten?«

»Nun, Handysignale und Sprengsätze sind nicht wirklich cool.«

»Warum dann der Zirkus mit dem Mobilfunkmast?«

»Die ganze Technik des Hotels ist über den Mobilfunkmast zu erreichen. Tanni kann sich in die Überwachungskameras einklinken und mich dirigieren.«

»Du hast uns alle angelogen.«

»Wenn ich dir deine Kinder gesund übergeben habe, hast du das vergessen. Also, Tanni, lass hören, was ich zu tun habe.«

Kapitel 8

Xaver winkte Henri zu sich. Zorro, Theo, Natalia und Maxim setzten sich dazu, während Tanni im Hintergrund Penelope Anweisungen gab. Zack verteilte frischen Kaffee.

»Ann ist für viele Männer ein Feindbild«, sagte Henri. »Aber kann ein Typ sie so hassen, dass er diesen Weg geht?« Er nahm von Zack eine Tasse Kaffee in Empfang.

»Männer können es nicht ertragen, wenn eine Frau dauerhaft besser ist als sie. Nicht umsonst gibt es sehr wenige Ehen, in denen die Frau das höhere Einkommen hat«, referierte Natalia mit vollem Mund.

»Es ist das archaische Bild in uns«, übernahm Maxim das Wort, »deshalb ist es keine bewusste Entscheidung. Dieser Thomas Weiler trifft nur noch die Entscheidungen, wie er sein Ziel erreicht, reflektiert aber nicht, warum er dieses Ziel erreichen will.«

Henri blickte in seine Kaffeetasse. »Und es ist ein Beweis mehr, dass Ann mit drinsteckt in diesen Waffengeschäften. Ich hatte gehofft, sie ist diejenige, die sich an Anonymous gewendet hat.«

»Ach, Henri.« Xaver klopfte ihm auf die Schulter. »Das wissen wir doch noch gar nicht.«

»Was wissen wir nicht?«, fragte Henri gallig. »Dass sie die Audits durchgeführt hat, um so zu tun, als ob die Bank eine reine Weste hätte? Dass sie die Kündigung unterzeichnet hat, die Victor und seine Familie in den Ruin stürzte? Dass sie den Verkauf der Versicherung angeleiert hat, damit die Wege, die das Geld nimmt, verschleiert bleiben? Dass sie die Fabriken nach Indien verlegt hat? Die Warenhändler ausgesucht? Das Grundstück von Victor übertragen?«

»Du hast recht«, sagte Natalia mitfühlend, »es spricht nahezu alles, was wir gefunden haben, gegen Ann. Außerdem ist sie so weit oben, dass sie es gewusst haben muss. Allein das macht sie zur Mittäterin.«

»Fools, wir sind auf Sendung! Der Router hat mit mir gesprochen!«, rief Tanni.

Alle sprangen gleichzeitig auf. Brötchenhälften kullerten davon, zwei Kaffeetassen zerbrachen. Als Erstes sahen sie den Rezeptionsbereich, dort brannten nur die Notlichter. Henri erkannte sofort das Sprengstoffpaket, das am Empfangsschalter klebte. Kalter Schweiß rann an seinem Rücken hinunter.

»Er will verdammt noch einmal das ganze Hotel in die Luft jagen«, sagte Henri leise. »Penelope muss sie beide ausschalten.«

»Wir haben Victors Frau hier, sie wird ihn stoppen«, antwortete Natalia, und Zack nickte zustimmend.

»Victor kann nicht zurück«, sagte Henri. »Er muss ins Gefängnis, wenn er aufgibt. Außerdem wird niemand wollen, dass er überlebt.«

Natalia nahm ihr Smartphone vom Konferenztisch. »Ich geh kurz raus und schmeiß die Rotenburg aus dem Bett, wir brauchen eine Staatsanwältin.«

»Hast du noch mehr Kameras, Tanni?«, schnarrte Penelopes Stimme aus dem Off.

»Bin dran.«

Zorro, Theo, Xaver und Maxim kamen nach vorn und setzten sich dem Hauptbildschirm gegenüber. Keiner sprach ein Wort, jeder blickte wie gebannt auf den Bildschirm. Es folgten sieben Kameras von Zimmern, zwei von Fluren, eine vom Aufzug. Natalia kam wieder herein und stellte sich neben Tanni.

»Weiter«, kommandierte Penelope. »Es ist kurz nach fünf, in gut zwei Stunden beginnt die Dämmerung, mehr Zeit habe ich nicht. Der Sturm flaut ab, das bedeutet, die Sicht aus dem Hotel wird mit jeder Minute besser.«

Tanni tippte weiter und weiter, ihre Stirn glänzte vom Schweiß. War hier auch Tannis Grenze erreicht, alles nur als Spiel zu sehen?

»Lieber Gott, bitte mach, dass sie die neuesten Kameras haben, damit es keine roten Lämpchen an den Kameras gibt.« Tanni schloss die Augen und drückte auf Return. Im nächsten Moment sahen sie außer der Rezeption im Eingangsbereich des Hotels auch die Lobby mit Kamin, den Konferenzraum, die Küche und die Landschaft rund um das Hotel.

»Penny, siehst du etwas blinken an der Außenfassade?«

»Nein, Tanni, alles gut.«

Henri hielt die Luft an.

»Da sind sie!« Zack kam nach vorn und zeigte mit dem Finger auf eines der vielen kleinen Rechtecke. Tanni vergrößerte das Bild und schickte die anderen auf die umliegenden Bildschirme.

Ann und ihre Mitarbeiter. Sie waren mit Kabelbindern an zwei Stuhlreihen fixiert. Henri suchte den Raum hektisch nach seinen Töchtern ab, doch er konnte sie nicht finden. Er lief an den Bildschirmen entlang, keine Kamera zeigte seine Töchter. In einer Ecke saß Victor und hielt in der linken Hand einen Zünder. Gnädigerweise konnte er die Menschen, die er umbringen sollte, nicht sehen, denn er drehte ihnen den Rücken zu.

»Ihre Köpfe sind nach vorn gesackt«, stellte Natalia fest.

»Sie sind betäubt«, hörten sie Penelopes leise Stimme, »das ist Lachgas. Picariello leistet sich ein extravagantes Mitleid mit seinen Opfern. Er betäubt sie, bevor er sie umbringt. Lachgas macht erst Halluzinationen, dann merkt man nichts mehr. Victor ist ganz sicher auch betäubt. Seht ihr Picariello irgendwo?«

»Nein, auf keiner Kamera ist auch nur ein Schatten zu erkennen«, informierte Tanni.

»Konzentriere dich auf die Außenkameras.«

Tanni verkleinerte den Konferenzraum mit den schlafenden Menschen und schickte eine Außenkamera nach der andern auf den Hauptbildschirm.

»Wir sehen ja nicht einmal dich.«

»Mein Anzug passt sich der Schneefärbung an, solange ich nicht in eine Lichtquelle blicke, kannst du mich nicht sehen. Sucht nach Bewegungen.« Henri konnte Penelopes Stimme anmerken, dass sie Sorge hatte, gehört zu werden. Sie verharrte dort irgendwo im Schnee, denn das Bild, das von ihrer Brillenkamera kam, war weiß, weiß, weiß. Sie ist ganz in der Nähe meiner Kinder, sagte er sich, und sie wird sie retten, sie wird Chris und Alberta retten …

»Oberhalb des Hotels bewegt sich ein Schatten«, flüsterte Tanni.

»Richtung?«

»Mobilfunkmast.«

»Dann musst du das Ding wieder runterfahren«, Penelopes Stimme klang dringlich, »Picariello will selbst zum Mobilfunkmast, weil er den für seine Fernzündung braucht. Tanni, er darf kein Netz bekommen! Schalte alles ab, ich mach einen Freiflug!«

»Das ist nicht nötig, ich schalte die Mobilfunkfrequenz aus, gehe in ein altes D-Netz und vergebe ein neues Passwort für den WLAN-Router. So kann er auch über WLAN nicht telefonieren. Doppelt sicher.«

»Er hat so viel Sprengladung angebracht, dass er die Zündung nur über ein Telefon auslösen kann. Sonst muss er zu dicht dranbleiben. Die wollen also das Hotel nicht nur dem Erdboden gleichmachen, sie wollen es pulverisieren. Deshalb, Tanni, musst du dir ganz sicher sein. Bist du das? Tanni?«

»Tanni?«, Natalia trat zu ihr. »Willst du das auf dich nehmen?«

»Penelope braucht unsere Augen, oder nicht?« Tannis Finger rasten über die Tastatur, Maxim stellte sich neben sie und gab ihr mit ruhiger Stimme Rückmeldung, welche Funkfrequenzen sie erreicht hatte. So musste sie nicht einmal hochsehen. Eine Kamera nach der anderen schaltete sich ab, die Bildschirme wurden kurz dunkel und fuhren dann wieder hoch. Der letzte Monitor, der sich wieder einschaltete, war der Hauptbildschirm, wo jetzt wieder der Konferenzraum in Großaufnahme zu sehen war und Penelope mit ihrer Kamera im kleinen Bild unten rechts. Schließlich blickte Tanni wieder hoch.

»So, bin durch.«

»Gut, ich gehe jetzt auf stumm, aber du musst mir sagen, Tanni, wo die Bewegung ist und von wo sie auf mich zukommt«, sagte Penelope. »Mach es mit exakten Uhrzeiten für die Richtung, und gib die Distanz in Schritten an. Los.«

»Ich werde jetzt hier den Raum abdunkeln und bis auf Weiteres die anderen Kameras runterfahren«, murmelte Tanni.

Henri durchkämmte die Bildschirme im Raum noch einmal mit seinen Augen, doch er fand nirgends eine Spur seiner Töchter. Dann blieb sein Blick an Anns Gesicht hängen, während er Tannis Angaben lauschte.

»11.15, 44 Schritte, 11.08, 42 Schritte.«

Selbst in diesem Trainingsanzug sah seine Freundin Ann sexy aus, weil ihr Ausschnitt immer etwas tiefer war, als andere Frauen es im beruflichen Kontext wagten. Ihre kleinen festen Brüste machten das möglich. Er versuchte, sich gegen diese Erinnerungen zu wehren, sie fortzuwischen, aber sie zogen wie Blitze durch seinen Kopf: Ann in verschiedenen Businessanzügen und Kostümen, immer die kurzen schwarzen Haare und der klare Blick aus den grüngrauen Augen. Ann, wenn sie wach wurde. Ihre berührende Verletzlichkeit, wenn sie in seltenen Momenten von ihrer Kindheit sprach. Die Härte, mit der sie Entscheidungen durchzog. Plötzlich öffnete Ann ihre Augen und blickte in die Kamera. Henri stolperte zurück. Der Bildschirm wurde dunkel.

»Habt ihr das auch gesehen?«, fragte Henri.

»Was?«, fragte Natalia neben ihm.

Henri blickte Zack an, die den Kopf schüttelte, dann Zorro, der die Schultern hochzog. Das Licht im Raum ging aus, die Gesichter wirkten aschfahl in dem Schneelicht, das vom Hauptbildschirm auf sie zurückstrahlte.

»Sieht einer von euch Picariello?«, fragte Henri.

Theo trat neben Tanni und legte eine Maske über den Bildschirm, gab ein paar Zahlen ein und murmelte: »Jetzt kannst du es noch exakter sagen.«

Eine Taschenlampe leuchtete auf. Das Programm blinkte, und Tanni las ab. »Wieder 52 Schritt, genau auf 12 Uhr. Er hat eine Taschenlampe angemacht.«

»Das bedeutet«, sagte Natalia, »dass er sich sicher fühlt, sprich, allein.«

»Und hoffentlich Penelopes Ausrüstung nicht findet«, sagte Zorro.

»Sie ist ein Profi«, beschwor Henri, »sie weiß, was sie tut.«

Zack legte ihm ihre warme Hand auf die Schulter.

»58 Schritt, 1 Uhr, er bewegt sich von dir weg.«

Ein Zittern lief durch Henri. »Was, wenn er einen ganz anderen Plan hat? Penelope, rede mit uns!«

Sie erhielten keine Antwort. Henri knetete seine Hände ineinander. Keiner sprach, jeder im Raum durchsuchte den Hauptbildschirm nach Hinweisen. Die Taschenlampe ging wieder aus. Das über den Bildschirm gelegte Programm rechnete wieder.

»42 Schritt von 1 Uhr. Aber man kann es kaum erkennen, Penny, es ist ein Wagnis.«

»35 Schritt, 1 Uhr.«

Jetzt konnten alle die Bewegung im Schnee wahrnehmen, es wirkte so, als würde eine Raupe sich unter der Schnee-decke durchwühlen.

»12 Schritt, 1 Uhr.«

»Penelopes Kamera ist aus«, hauchte Tanni, »er ist da.«

Die Stille im Raum wurde fühlbar, legte sich wie Blei auf jeden Atemzug. War es gut, dass sie keine Bewegung wahrnehmen konnten? Oder war es schlecht? Henri wandte seinen Blick auf die Uhr im Konferenzraum. Drei Minuten vor sechs. Gegen sieben würde die Dämmerung einsetzen, und er war sich sicher, dass im Schutze der Nacht gesprengt werden sollte. Allerdings musste Picariello sicherstellen, dass er von dort wieder wegkonnte, und das ging erst jetzt, da der Sturm nachließ.

»Wie will Picariello da wohl wieder weg?«, fragte er, hörte aber kaum seine eigene Stimme, weil sie so belegt und leise war.

Plötzlich sprang Penelopes Kamera wieder an. Sie sahen Schnee, die Leitung knisterte, und wie aus dem Nichts blickte Henri plötzlich in die Gesichter seiner Töchter. Er sprang auf und fiel auf die Knie.

»Leise«, sagte Penelope. »Ich bin mir nicht sicher, wo Picariello ist. Deine Töchter haben ihn zuletzt in einem der oberen Zimmer gehört. Sie haben sich an der Rezeption ihre Smartphones geholt und wollten näher an den Mobilfunkmast, um telefonieren zu können. Ich wickle die zwei jetzt in ein Tuch, das sie vor der Kälte schützt und durch die weiße Schutzfolie außen im Schnee nahezu unsichtbar macht. Ihr dürft euch nicht bewegen, verstanden?«

Henri hatte Tränen in den Augen, als er ihre verfrorenen Gesichter sah, die Aufregung in ihren Augen und wie sie gehorsam nickten. Sie müssen zum Umfallen müde sein, dachte er. Es zerriss ihn innerlich, weil er seine Hand nicht nach ihnen ausstrecken konnte.

»Penelope«, sagte Henri, »können die zwei uns hören?«

»Nein, können sie nicht, und ich will auch nicht, dass du jetzt mit ihnen sprichst.«

»Wenn er sprengt, sind sie da in Sicherheit?«

»Unwahrscheinlich, denn bei dieser Sprengladung würde es mich wundern, wenn der Berg danach noch steht«, sagte Penelope gelassen und wechselte das Thema. »Ich gehe jetzt rein, und zwar ohne Kamera. Ich muss mich frei bewegen können. Mein Plan ist folgender: Wenn ich Picariello nicht sofort finden kann, konzentriere ich mich zunächst auf den Sprengsatz. Der Sturm flaut gerade spürbar ab. Sorgt für ein Räumungskommando. Macht so viele Helis klar, wie es geht. Sanitäter und Ärzte. Ein Suchhubschrauber für den Fall, dass Picariello die Flucht gelingt. Also, ihr Lieben, ich hoffe, bis später.«

Sie sahen noch, wie Penelope die zwei Mädchen einpackte, die Decke mit Schnee beschwerte, der sie zusätzlich wärmen sollte. Dann ging die Kamera aus.

In das dichte Schweigen des Konferenzraums platzte Angela Rotenburg, Staatsanwältin. Ihr Haar war völlig durcheinander, ihr Gesicht ungeschminkt, und sie schien unter dem Trenchcoat noch ihren Schlafanzug zu tragen. Mit verrauchter Stimme fragte sie: »Echt jetzt, ein Durchsuchungsbeschluss für den Reuss-Konzern, seid ihr irre?« Sie ließ sich auf einen Stuhl fallen. »Der Innenminister hat gleich danach angerufen und mich rundgemacht, dass ihr von mir einen Blankoscheck habt. Der Reuss-Konzern ist für euch tabu. Ihr müsst eure Ermittlungen umgehend einstellen.« Sie erhob sich wieder und wandte sich zur Tür.

Natalia sprang auf, umfasste Angelas schmale Schultern und sagte: »Lass uns bei mir im Büro einen Kaffee trinken, und ich erkläre dir die Hintergründe. Es dürfte ganz nach deinem Geschmack sein.«

»Fürs Protokoll«, Rotenburg drehte sich zum Team um, »ich habe gesagt, was ich sagen musste, klar?«

Zorro und Theo nickten synchron, Tanni hielt einen Daumen hoch. Natalia schob die Staatsanwältin aus dem Raum und schloss die Tür hinter sich.

Tanni lockerte ihre Schultern und grinste in die Runde: »So, mein Gewinnerteam hat die Schlappe mit den Banken verwunden und dafür jetzt die Daten von Dr. Vogels drittem Mobiltelefon ausgewertet.«

Maxim trat neben sie und schob die Auswertung auf den Hauptbildschirm. Das schwarze Nichts, in das Henri gestarrt hatte, verschwand.

Tanni markierte mehrere Nummern. »Er hat über dieses Handy quasi eine Standleitung zum Verteidigungsministerium. Klug gemacht, nur er ruft dort an, und zwar mit unterdrückter Nummer. Anrufe erhält er keine, aber immerhin könnte dies eine Spur sein, über die wir herauskriegen können, wer die Waren bekommt. Wir sind jedenfalls dran. Hier ein kleines Bonbon: Der gute Vogel hat auch Joyce Darlington zwei Mal angerufen. Das Teil ist leider erst vier Wochen alt, also nehme ich an, die Karte im Telefon wird regelmäßig gewechselt. Aber es könnte sein, dass die andere Prepaidnummer, die wir auf Joyce' Telefon gefunden haben und nicht zuordnen konnten, auch dem ollen Vogel gehört.«

»Ihr konntet ein Prepaid-Telefon knacken?«, fragte Zack ungläubig.

»Ja, aber nur, weil der Typ faul ist. Ein Dual-SIM-Handy, also ein Phone und zwei SIM-Karten. Schlau einerseits, weil ihm nie ein drittes Telefon aus der Tasche fällt, aber für uns ist es kein Problem, über die offizielle SIM-Karte das Smartphone zu knacken und dann beide auszulesen.«

Tanni grinste Zack verhalten an.

»So ein verdammter Scheiß«, sagte Angela Rotenburg, setzte sich auf das Sofa und ließ sich von Natalia für ihren Zigarillo Feuer geben. »Ihr seid echt am Arsch, Natalia! Gerade erst eure eigenen Reihen pressewirksam an den Pranger gehängt und jetzt gleich das Verteidigungsministerium? Man hält euch für größenwahnsinnig. Mach mir noch einen Kaffee!«

Natalia hantierte an der Kaffeemaschine herum, presste das Kaffeemehl an, ließ den Arm einrasten und blickte auf die schwarze Flüssigkeit, die sich in der Tasse sammelte. Sie war müde, überkonzentriert und spürte doch genau, dass dieser Fall das Ende ihres Kompetenzcenters sein könnte. Einen Moment schloss sie die Augen und zuckte innerlich mit den Schultern. Es wird nicht der letzte Fall sein, der ein solches Risiko birgt, sagte sie sich. Dann drehte sie sich zur Staatsanwältin um.

»Wir ermitteln in Mordfällen, das ist alles.« Sie reichte Angela den zweiten Kaffee, den diese in einem Zug leerte.

»Du weißt so gut wie ich, dass ein Mord manchmal ungeklärt bleibt, und du findest es ebenso zum Kotzen wie ich. Und doch müssen wir einen Deal machen, wenn ihr als Kompetenzcenter noch ein bisschen überleben wollt!« Angela drückte ihren Zigarillo auf der Untertasse aus.

»Was redest du da! Eine Journalistin wurde vielleicht mundtot gemacht, unsere Regierung gibt an allen offiziellen Kontrollen vorbei Kriegsgeräte in Auftrag und verdient daran so viel Kohle, dass wir jetzt auch in Kauf nehmen, dass die unschuldigen Menschen da oben auf dem Berg über den Jordan gehen?«

»Ann Stahl könnt ihr haben, auch den verrückten Biologen und den Typen, der sich an Anonymous gewendet hat, aber Dr. Vogel und der Reuss-Konzern bleiben draußen.«

»Warum?«

»Weil er in Deutschland 60 000 Mitarbeiter hat, in Europa 200 000, und der Innenminister möchte, dass das so bleibt und nicht alles nach Amerika abwandert.«

»Er benutzt Europa für die schmutzigen Geschäfte.«

»Und Europa braucht die Arbeitsplätze!« Angela hielt Natalia erneut die leere Kaffeetasse hin. »Schlafen kann ich eh nicht mehr.«

»Was nutzt uns Ann Stahl, wenn Vogel der Drahtzieher ist?«

»Der Minister sagt, Ann Stahl zieht die Fäden und kein anderer. Er ist bereit, Beweise zur Verfügung zu stellen. Stahl hat die Fabriken nach Indien verlegt und den Handel mit der Bundesregierung eingefädelt.«

»Wie gut sind seine Beweise?«

»eMail-Korrespondenz, mitgeschnittene Telefonate. Es reicht für eine solide Anklage.«

»Nichts, was ich nicht faken kann.« Natalia blickte düster auf Angela hinunter.

»Natalia, Mitschnitte von Telefonaten?«

»Ich kann nicht glauben, dass Ann Stahl so dumm wäre!«

»Wir haben alle unsere Momente, in denen wir uns überschätzen oder zu sicher fühlen.« Angela Rotenburg zündete sich einen neuen Zigarillo an und blies den Rauch in Natalias Richtung.

Natalia ging zur Kaffeemaschine und füllte beide Tassen wieder auf. »Der arme Henri Lavalle.«

»Du kannst ihn in ein paar Monaten trösten.«

»Du bist abgeschmackt, Angie.«

»Nein, nur hat man mich um vier Uhr aus dem Bett gezerrt und gleich zwei Mal zusammengefaltet, das macht mich ungehalten.«

»Wir wissen noch nicht, wer Joyce umgebracht hat und warum. Kriegen wir diese Schweine auch?«

»Solange sie nicht Erich Vogel heißen. Aber damit würde er sich ohnehin nicht die Finger schmutzig machen.«

»Wenn er es in Auftrag gegeben hat?«

»Auch das macht er nicht. Dafür gibt es andere Leute, das weißt du so gut ich. Gib mir bitte den Kaffee.«

Natalia reichte Angela Rotenburg die gefüllte Tasse, nachdem sie den Zigarillostummel von der Untertasse genommen hatte. Sie ging zum Fenster, schnippte ihn hinaus und zündete sich selbst eine Zigarette an.

»Ich dachte, dieses Land ist besser als Jugoslawien.«

»Das hat nie jemand behauptet, das hast du dir nur schöngeredet.«

Natalia inhalierte tief und blies den Rauch in die kalte Luft. Der Verkehr auf der Völklinger Straße nahm langsam wieder zu. Sie kannte diesen Rhythmus von zahlreichen Nächten, in denen sie durchgearbeitet hatten. Gegen zehn Uhr abends ebbte der Verkehr langsam ab, bis aus dem im-

mer leiser werdenden Rauschen wieder einzelne Motoren-
geräusche wurden. Ab fünf Uhr morgens verbanden sie sich
wieder zu einem gleichmäßigen Brausen. Natalia liebte dieses Uhrwerk, ihr Büro, ihr Team, die zumeist erfolgreiche
Arbeit. Das Kompetenzcenter war ihr Baby, ihr Zuhause, ihr
Traum, ihre Zukunft.

»Du sagst also, der Reuss-Konzern konnte nur überleben, weil Ann Stahl diese Geschäfte eingefädelt hat? Und
wenn wir das publik machen, brechen die Geschäfte weg
und ...«

»Dann geht der Konzern in Europa in die Insolvenz und
konzentriert sich fortan auf den amerikanischen und asiati-
schen Markt. Für den Konzern ein schwerer, aber über-
windbarer Einbruch. Für Europa nicht.«

Natalia drückte ihre Zigarette aus und schloss das Fenster.
»Würde Vogel gegen Ann Stahl aussagen?«

»In einer Videokonferenz schon.«

»Was soll das heißen? In einer Videokonferenz?«

»Wenn Ann Stahl angeklagt wird, genießt er Immunität.
Seine Aussage kann über eine Videokonferenz erfolgen,
aber nicht öffentlich. Es heißt sogar, dass ihre Beziehung zu
einem Staatsbeamten Teil ihres Plans war, nach dem Motto:
Wer mit der Polizei ins Bett geht, betrügt nicht.«

Natalia trat gegen einen Stuhl, der in ihrer Nähe stand. Er
krachte gegen die Tür und kippte.

»Wie vielen Arschlöchern hat Vogel die Taschen gefüllt,
um so leicht davonzukommen?«, rief sie.

Die Tür ging auf, und Henri trat ein. »Was ist denn hier
los?«

»Willst du rauchen?«

Henri nickte. »Tanni hat übrigens Vogels dritte SIM-Karte geknackt, und da sind nur Anrufe ins Verteidigungsministerium drauf. Ihr Team ordnet sie gerade den Geldflüssen und den in der Wüste auftauchenden Paketen zu. Übrigens auch Anrufe an Joyce.«

»Ich geh dann mal zu den anderen«, sagte Angela Rotenburg und erhob sich.

»Du bleibst schön, wo du bist, und erklärst Henri, was du mir gerade erzählt hast.«

Natalia reichte Henri eine Zigarette, machte das Fenster wieder auf und zündete sich selbst auch noch eine an.

»Was soll sie mir erzählen?«, fragte er argwöhnisch und blickte zwischen Natalia und Angela Rotenburg hin und her.

»Angie, bitte, dein Auftritt, zier dich nicht so«, sagte Natalia wütend.

Henri ließ Angela Rotenburg nicht eine Sekunde aus den Augen, während er fassungslos zuhörte. Die Staatsanwältin ging bei ihrem Vortrag hin und her, als wollte sie Henris durchdringendem Blick entkommen.

»Sie müssen bedenken, wenn Europa den Reuss-Konzern verliert, gehen nicht nur wertvolle Arbeitsplätze verloren, sondern über zwei Millionen Menschen sind davon betroffen. Ausreichend, um eine europaweite Wirtschaftskrise auszulösen. Das wird niemand in den höheren Etagen zulassen.«

Sie blieb zwei Meter von Henri entfernt stehen und hob ihre Hände.

»Es sind ja nicht Ihre Kinder, die durch diese Geschäfte in Gefahr geraten! Nicht Ihre Kinder, die mit diesen Waffen niedergeschossen werden!« Henri ballte die Fäuste und öffnete sie wieder. In diesem Augenblick schwor er sich selbst, auch wenn es ihn seinen Job kosten würde, er würde alle diese Informationen an Anonymous weitergeben, er würde ein BKA-Leak werden. Es musste einen Weg geben, die Führungsriege zu eliminieren und den Konzern zu erhalten.

Henri Lavalle empfand keinen Patriotismus für Deutschland, für kein Land, das so etwas zuließ. Sie hatten die Telefonverbindungen, die Unterlagen aus der Bank, die Zack mitgebracht hatte. Er brauchte die deutsche Politik nicht, um die Leute hinzuhängen, die dort hingehängt gehörten. Henri verließ Natalias Büro ohne ein weiteres Wort.

Angela räusperte sich. »Und wer, bitte, ist diese Frau vom kanadischen Geheimdienst?«

Natalia schnippte ihre Kippe aufs Vordach. »Eine eiskalte Agentin. Zu Henri Lavalle hat sie vorhin gesagt, dass seine Kinder, wiewohl nicht mehr im Hotel, sondern 200 Meter davon entfernt, bei einer Sprengung nicht in Sicherheit seien. So, als würde sie sagen, hier serviert man keinen Kakao. Mir ist fast das Herz stehen geblieben. Sie muss das schon oft gemacht haben, um so cool zu bleiben.«

Angela seufzte. »Ich hole meine Sachen aus dem Auto und dusche bei dir hier.«

Alle Büros im Kompetenzcenter verfügten über ein Schlafsofa und ein Badezimmer mit Dusche.

Natalia nickte. »Du kennst dich ja aus. Und so sitzt du in der ersten Reihe, falls die Sprengung gezündet wird.«

»Natalia!«

»Ich weiß, du bist eine der Guten und nicht das System. Bis gleich, ich gehe zu den anderen.«

Ihr Smartphone meldete, dass Sven und Fin wieder zu erreichen seien. »Na endlich«, murmelte sie erleichtert.

Als Natalia den Konferenzraum betrat, roch es nach gebratenem Speck und frischen Brötchen. Gierig schaufelten Zorro, Theo, Zack, Tanni und Maxim das Frühstück in sich hinein. Natalias Magen knurrte vernehmlich, Henri reichte ihr einen Teller mit einem halben Brötchen, einem Spiegelei und darüber etwas Speck. »Wir dürfen nicht zusammenbrechen«, murmelte er und zwängte sich selbst die andere Hälfte des Brötchens hinein.

»Ich habe gerade in Absprache mit Maxim die Klimaanlage des Hotels ausgeschaltet«, sagte Tanni mit vollem Mund. »Damit die Zufuhr des Lachgases gestoppt ist.«

»Wir müssen damit rechnen, dass sie eventuell schnell von dort fortmüssen«, sprang Maxim ihr bei, »dafür müssen sie jetzt langsam aufwachen, auch wenn das ein Risiko ist.«

Natalia nickte ihm zu, spülte mit einem großen Glas Orangensaft ihr Brötchen herunter und trat vor den großen Bildschirm.

»Tanni, hol uns Fin auf den Bildschirm, sie sind wieder auf Sendung, und sag deinem Team, dass sie bitte alle kontaktieren, die wir in der Gegend an Bereitschaft mobilisieren können. Wir müssen mit einer unbestimmten Zahl an Verletzten rechnen. Neben normalen Helis brauchen wir einen Löschhubschrauber, ein Bombenräumkommando, besser zwei. Außerdem den Rettungsdienst, oben und unten an der Seilbahn.«

Tanni trat, immer noch kauend, an den Multitouch-Tisch und baute eine Verbindung zu Finley Fitzpatrick auf. Als sein Gesicht erschien, erkannten alle im Konferenzraum, dass er ebenso müde und erschöpft war wie sie selbst. Seine strähnigen Haare steckten in einem unordentlichen Zopf, seine Gesichtshaut war rot vor Kälte. Er winkte erst in die Kamera, dann winkte er Sven zu sich heran, der ihnen ebenfalls zuwinkte. Er trug eine dicke Pudelmütze, um seine Glatze vor der Kälte zu schützen.

»Fin, Sven, könnt ihr uns hören?«

»Ja, was habt ihr Neues für uns?«

Natalia fasste die letzten Stunden zusammen, ließ allerdings die Informationen zu den Waffengeschäften des Reuss-Konzerns aus und auch die Tatsache, dass Dr. Vogel Immunität genoss.

»Okay, das ist mehr, als ich erwartet habe«, sagte Fitzpatrick anerkennend. »Aber wir haben auch etwas zu bieten. Um 5.23 Uhr haben die zehn Bergretter über Funk gemeldet, dass sie unterhalb des Hotels in Stellung gegangen sind. Von dort können sie in zehn Minuten im Hotel sein. Penelope hat die Seilbahn noch nicht wieder in Betrieb genommen, ich schätze, damit Picariello, über den sie uns aufgeklärt hat, dieser Weg abgeschnitten bleibt. Denn auch wenn er annehmen kann, dass wir ihn an der Endstation erwarten, so ist er doch so gut ausgebildet, irgendwo unterwegs abzuspringen und in den Wäldern zu verschwinden. Die Hubschrauber starten erst, wenn wir von Penelope die Freigabe erhalten, denn bis dahin besteht die Gefahr, dass wir Picariello so unter Druck setzen, dass er sprengt. Tanni, wir kommen über Funk nicht an die Überwachungskameras dran. Ich denke, du hast sie beim Anschalten für alle anderen gesperrt. Können wir von hier aus zusehen?«

»Schon erledigt, habt ihr genügend Bildschirme?«

»Ja, wir sind im Büro der Bergrettung.«

»Dann verbinde dein Smartphone mit dem Bluetooth eines ihrer PCs.«

»Warte … erledigt.«

»Here we go!«

»Oh, jetzt sehe auch ich, warum Penelope alleine da rauf-wollte und die Bergretter angewiesen hat, unterhalb der Kante zu bleiben. Gott stehe uns bei.« Fitzpatrick bekreuzigte sich, weil er offenbar die Sprengladung an der Hotelrezeption erkannt hatte.

»Es ist unfassbar«, sagte Sven, »wie so eine Menge Sprengstoff ungehindert einreisen kann!«

»Theo hat mir erklärt, dass die Geräte die chemische Zusammensetzung des Sprengstoffs kaum erkennen können«, sagte Tanni. »Zwar mengt man seit einiger Zeit Geruchsstoffe für die Hunde bei und Metallstaub für die Röntgengeräte am Flughafen, aber wenn die bösen Jungs ihn selbst herstellen, verzichten sie ganz gern auf diese Extravaganzen.«

Angela Rotenburg kam herein und drückte sich auf einen Stuhl direkt neben der Tür.

Natalia stellte sich direkt vor die Kamera. »Also, Fin, ich hoffe, die Kollegen in Südtirol wollen nicht ihre Gefängnisse füllen?«

»Nein, wir haben bereits deutsche Fahrzeuge vor Ort.«

»Ich schicke dir gleich Haftbefehle für Ann Stahl, Thomas Weiler und Victor Blücher auf dein Smartphone.«

»Willst du die sofort in Düsseldorf haben, oder reicht es, wenn sie erst einmal zum LKA nach München gebracht werden?«

»Da wir nicht genug Helis haben, schlage ich vor, sie fahren mit dem Auto nach München. Schätze, die werden eh in Berlin angeklagt.«

»Was ist mit Picariello?«, fragte Fitzpatrick mit gerunzelter Stirn. »Gehen wir gar nicht erst davon aus, dass …«

»Wir gehen davon aus, dass Penelope ihn stellt«, meinte Natalia und nickte ihm zu.

»Und wir ihn nicht bekommen?«

»So in etwa, Fin. Ich denke, das sind wir ihr schuldig.«

»Hm«, brummte er, »du weißt, dass ich auf so was nicht stehe.«

»Ich auch nicht, aber ohne sie würden wir schon jetzt nicht mehr hier sitzen, keiner von uns hätte das tun können, was sie gerade tut.«

»Da hast du recht.«

»Tanni hat im Hotel die Klimaanlage ausgestellt, da wir davon ausgehen, dass das Lachgas über die Anlage in den Raum strömt. Sie werden eine gute Stunde brauchen, bis sie wieder einigermaßen wach sind.«

»Ist das sicher?«, vergewisserte sich Fitzpatrick.

»Soweit Maxim es ausrechnen konnte, ohne zu wissen, welche Dosis in den Raum fließt. Wir müssen das Risiko eingehen, damit sie eventuell wegrennen können, auch wenn …«

»Moment«, rief Fitzpatrick, »auf den Bildschirmen tut sich was, seht ihr es auch?«

Henri sprang auf und rannte an den Bildschirmen entlang. »Was sieht er, Tanni?«

»Moment, ich hole es nach vorn auf die große Wand.«

Im kalten Licht des Schneemorgens sahen sie Penelope über den Fußboden robben. Sie fürchtete offenbar Lichtschranken. Zentimeter für Zentimeter schob sie sich näher an das Grauen heran. Plötzlich ging im Flur direkt über der Rezeption das Licht an. Picariello war zu sehen. Ein kleiner, drahtiger Mann mit einer unnatürlich glatten Gesichtshaut. Er war schwarz gekleidet, trug einen Rucksack und um die linke Schulter ein dünnes Seil.

»Er hat eine sehr lange Zündschnur dabei«, sagte Natalia fassungslos. »Tanni, wir müssen Penelope warnen, geht das?«

»Nicht ohne dass er es mitbekommt.«

Angela Rotenburg sprang auf und wollte den Raum verlassen, da sie die Anspannung nicht ertragen konnte.

»Bleib hier!«, zischte Natalia und war mit zwei Sätzen an der Tür. »Du wirst dir genau ansehen, was du da entschieden hast.«

»Natalia!«

»Setz dich wieder hin, und wenn es das Ende unserer Freundschaft bedeutet!«

»Sie hat ihn bemerkt«, sagte Henri leise, denn Penelope rollte sich zur Wand und verschwand hinter der Rezeption. »Sie wird ihren Plan nicht umsetzen können, erst die Sprengladung zu entschärfen und dann Picariello …«

Da verschwand Picariello aus dem Fokus der Kamera im oberen Stockwerk, wurde kurz auf der Treppe sichtbar und betrat schließlich den Empfangsraum des Hotels. Man sah seinen Bewegungen an, dass er sich allein und in Sicherheit wähnte.

»Er will die Nylonzündschnur anbringen«, mutmaßte Natalia und trat ganz nah an den Bildschirm heran. »Sie gibt ihm 50 Meter. Mehr schaffen die Dinger nicht. Er hat sie auch von außen mit Schwarzpulver versehen, damit der Wind und der Schnee sie nicht auslöschen können.«

»50 Meter?«, fragte Henri. »Das rettet ihn nicht, oder?«

»Er wird über die Kante abspringen. Was er da auf dem Rücken hat, ist kein normaler Rucksack, sondern ein Gleitschirm. Die Druckwelle wird ihn vom Hotel wegschleudern, und mit etwas Glück lässt sie ihn davonschweben, bevor ihm ein Stück Mauer den Kopf zertrümmert. Wenn es wirklich funktioniert, ist es einfach genial«, sagte Natalia anerkennend.

»Muss er die Bombe entschärfen, um die Zündschnur anzubringen?«, fragte Henri.

»Wenn er nicht obercool oder lebensmüde ist, schon.« Natalia schnellte herum. »Hör zu, Tanni, wenn ich ›jetzt‹ sage, und das tue ich genau in dem Moment, wenn er den Kontakt an der Bombe unterbricht, nimmst du für zwei Sekunden das Hotel vom Strom und schaltest dann alles wieder ein. Penelope muss einfach verstehen, dass es für sie ein Zeichen ist. Geht das?«

Tanni tippte fieberhaft auf ihrer Tastatur herum, Maxim gab ihr kurze Anweisungen.

»Nein, das schaffen wir nicht«, sagte Tanni. »Wir könnten aber ein Signal über das WLAN-Netz jagen, dass ihnen die Ohren bluten.«

»Gut, sei bereit.«

Alle im Raum starrten wie gebannt auf den Bildschirm. Sie sahen, wie Picariello in die Hocke ging, und beteten, dass er zu seiner eigenen Sicherheit die Bombe kurz entschärfen würde, um die Zündschnur anzubringen. Als Henri bemerkte, dass Picariello einen Code dafür eingab, hielt er sich die Hand vor den Mund, weil er das Gefühl hatte, sich übergeben zu müssen.

Natalia wollte gerade »Jetzt!« rufen, als sie Penelope wie eine Spinne über die Rezeptionstheke springen sahen. Sie hatte die Eingabe des Codes gehört. Picariello rollte nach hinten und wich ihr aus. Mit einem Satz war Penelope wieder auf den Füßen, machte einen Flickflack und krallte sich an seinem Rücken fest. Picariello versuchte, sie gegen die Theke zu drücken, aber sie machte gemeinsam mit ihm eine Rolle vorwärts und schleuderte ihn so an die gegenüberliegende Wand. Er rutschte an der Wand entlang auf den Boden, Penelope kniete auf seiner Brust und schlug ihm mit der Handkante mehrfach hart gegen beide Schläfen. Aus dem Nichts kam ein Lampenschirm und prallte gegen Penelopes Kopf. Victor Blücher stand mitten in der Szene und brüllte, den Zünder in der einen Hand, die Lampe in der anderen.

»Tanni! Ton, wir brauchen Ton! Zack, hol die Ehefrau aus Maxims Büro hierher! Dritte Tür rechts.« Zack sprang auf und verschwand. Henri atmete erleichtert auf, als er sah, dass Penelope wieder auf die Füße sprang, Picariello aber liegen blieb.

»Sie schafft das«, sagte Xaver hinter Henri, der zusammenzuckte, weil er seinen Chef völlig vergessen hatte. Henri stand auf und stellte sich an die Wand. Er war so angespannt, dass er niemanden in seiner körperlichen Nähe ertragen konnte.

»Leg das bitte weg«, waren die ersten Worte, die im Konferenzraum ankamen.

»Könnte der Zünder noch scharf sein?«, fragte Henri und blickte Natalia an, die lange genug zögerte, um ihm damit die Antwort zu geben. Neben ihm ging die Tür auf, und eine schluchzende Marlin Blücher wurde von Zack in den Konferenzraum geschoben. Henri fasste Marlin hart an der Schulter und drehte sie zu sich.

»Hören Sie, meine Töchter und viele andere Menschen, die völlig unschuldig an der Misere Ihrer Familie sind, hängen von einem Daumendruck Ihres Mannes ab. Bringen Sie ihn zum Aufgeben.«

Tanni trat zu ihnen und brachte ein kleines Mikrofon an Marlin Blüchers Bluse an.

»Der Zünder befindet sich in der rechten Hand Ihres Mannes. Haben Sie eine Idee, wie Sie ihn dazu bringen können, ihn wegzulegen?«, fragte Zack, die hinter Marlin stand.

Durch die Frau ging ein Ruck, und sie ließ sich vor die Kamera führen.

»Ich bin direkt hinter Ihnen«, flüsterte Zack und drückte die Hand von Marlin Blücher.

Diese räusperte sich mehrfach, um ihre Stimme zu finden. »Victor, Victor, mein Liebling, kannst du mich hören?«

Victor Blücher zuckte so heftig zusammen, dass Henri einen Moment fürchtete, er würde versehentlich den Zünder auslösen.

»Victor, du hörst mich aus einem der Lautsprecher, bitte erschreck dich nicht. Mein Liebling, was ist mit dir passiert?«

Tränen rollten über Victor Blüchers Wangen. »Du hättest einen viel besseren Mann als mich verdient.«

»Das stimmt nicht. Was tust du da?«

Natalia nickte Henri zu, erleichtert, dass Marlin intuitiv die richtigen Fragen stellte, um Victor von seinem Vorhaben abzubringen. Henri ahnte, dass Maxim seinen Teil dazu beigetragen hatte.

»Ich muss das zu Ende bringen, damit du und die Kinder versorgt seid.«

Marlin knetete ihre Hände. »Wie kommst du darauf, dass uns das helfen könnte? Wir sind verloren ohne dich.«

»Sie geben euch Geld, wenn ich das hier tue. Du darfst den neuen Jeep behalten, den SUV, den hattest du dir doch so gewünscht. Deshalb habe ich ihn auf dich zugelassen. Finanziell ist alles geregelt. Ich tue das für euch!« Wie ein kleiner Schuljunge, der mit der Hand in der Keksdose erwischt worden war, hielt er den Zünder hinter dem Rücken versteckt.

»Liebling, würdest du mit mir beten, bevor wir weitersprechen?«

»Ich kann das jetzt nicht ...«

»Victor, tu es für mich und unsere Kinder, ja?«

Marlin sank auf die Knie und starrte auf den Bildschirm. »Ich warte auf dich, knie mit mir nieder und schließe für einen Moment deine Augen, damit wir die Welt außen vergessen und nach innen blicken. Bitte, Victor!«

Natalia sah mit offenem Mund zu, wie Victor tatsächlich niederkniete, den Zünder vor sich ablegte, die Hände faltete und seine Augen schloss.

Mit lauter Stimme sprach Marlin das Gebet des Jona im Bauch des Fisches:

Ich rief aus meiner Not zum Herrn,
er gab mir Antwort.
Aus der Tiefe der Unterwelt flehte ich,
du hörtest meine Stimme.
Du hast mich in die Tiefe geworfen,
in das Herz der Meere.
Die Flut umschloss mich,
all deine Wogen und Wellen schlugen über mir zu-
sammen.

Das Team sah gebannt zu, wie Penelope langsam auf Victor zuging. Ihr Schritt war so leicht, als wollte sie jeden Luftzug vermeiden, den ihr Körper verursachen konnte.

Schon dachte ich:
Ich bin aus deiner Nähe verstoßen.
Ach, werde ich deinen heiligen Tempel
je wieder erblicken können?
Schwer drückte das Wasser auf meine Kehle,
Fluten umfingen mich,
Meerestang
umschlang meinen Kopf.
Bis zu den Wurzeln der Berge,
tief in die Erde sank ich hinab,
ihre Riegel schlossen mich ein
auf ewig.

Penelope trat neben Victor, beugte sich gelenkig nach vorn und zog ganz sachte mit ihrem Fuß den Zünder aus seiner Reichweite. Dann hob sie den Zünder hoch, und ihre gerunzelte Stirn sagte Henri, dass sie noch nicht außer Gefahr waren. Es gibt einen zweiten Sprengsatz, schoss es durch seinen Kopf.

Da zogst du mein Leben,
oh Herr,
mein Gott,
heraus aus der Grube.
Als mir das Leben schwand,
dachte ich an den Herrn.
Mein Gebet erreichte dich
in deinem heiligen Tempel.

Penelope lief in den Raum neben der Empfangshalle, wo noch immer alle schliefen. Tanni schob nun auch diesen Raum auf den Hauptbildschirm.

Die sich an nichtige Götzen halten,
verlassen dich, der du ihre Zuflucht bist.
Ich aber will dir opfern
mit lautem Danken.

Penelope war mit zwei Sätzen bei dem einzig freien Stuhl, nämlich dem, auf dem Victor geschlafen hatte. Sie drehte ihn herum. Tanni zoomte näher ran. Eine digitale Uhr lief, noch drei Minuten. Mit angehaltenem Atem starrte das gesamte Team auf die Zeitanzeige. Penelope trennte zwei Kabel durch. Beim dritten zögerte sie. Angela Rotenburg sprang auf, aber Natalia drückte sie auf ihren Stuhl zurück. Dann knipste Penelope das gelbe Kabel durch.

Was ich gelobt habe,
will ich erfüllen.
Vom Herrn
kommt Hilfe.

Die Uhr blieb bei 59 Sekunden stehen.

Als Marlin zu Ende gesprochen hatte, blieb sie mit geschlossenen Augen weiter auf den Knien, ebenso wie ihr Mann im Hotel. Allerdings bekam er nun von Penelope einen gezielten Schlag auf den Hinterkopf, kippte vornüber und blieb liegen. Sie sahen, wie Penelope sich nun an der zweiten Bombe zu schaffen machte und auch hier Kabel für Kabel durchtrennte.

»Sie will ganz sicher sein«, murmelte Natalia.

Plötzlich stand Picariello hinter ihr, wickelte die Zündschnur um Penelopes Hals und zog zu.

»Nein!«, brüllte Henri.

Penelope kämpfte, versuchte, auf die Füße zu kommen, ruderte mit den Armen, aber bekam den kleinen, wendigen Mann nicht zu fassen.

»Mach was!«, brüllte Henri, der seiner Verzweiflung nicht mehr Herr war. »Penelope!«

Außerhalb ihres Blickfelds krachte etwas. Picariello drehte sich überrascht um, und im gleichen Moment landete ein so massiver Fußtritt auf seinem Kiefer, dass sie das Bersten der Knochen bis ins eigene Mark spüren konnten. Penelope sprang hoch und knockte Picariello endgültig aus. Sie zog sich die Schnur vom Hals, die deutliche Spuren hinterlassen hatte, bückte sich und half jemandem hoch.

Dann zeigte sie Christa Lavalle, wo die Kamera hing, und

gemeinsam winkten sie dem Team im Konferenzraum in Düsseldorf und im Büro der Bergwacht zu. Auch Henri sank jetzt auf die Knie und konnte sein Schluchzen nicht mehr bremsen. Die anderen im Raum klatschten. Zack half Marlin Blücher auf.

»Sie waren großartig«, sagte sie und strich der Ehefrau des Mannes, der alle hatte ermorden wollen, beruhigend über den Rücken.

»Natalia und Fin, ihr könnt jetzt die Kavallerie schicken«, sagte Penelope und holte Alberta zu sich, damit sie auch in die Kamera winken konnte. »Hut ab, Henri, für den Ungehorsam deiner Töchter, das hat mir heute tatsächlich den Arsch gerettet. Wir sehen uns in Düsseldorf.«

Penelope verschwand aus dem Blickfeld der Kamera und mit ihr der leblose Körper von Picariello. Kurz darauf erschien Penelope wieder, löste den Sprengsatz und verstaute ihn in einer Tasche. Sie sagte etwas zu Henris Töchtern, machte das Daumen-hoch-Zeichen in die Kamera. Alberta und Christa nickten Penelope zu, die ihnen offenbar Anweisungen gab, wie sie sich jetzt verhalten sollten.

»Junge, komm hoch, es ist vorbei«, sagte Xaver und berührte Henri sacht an der Schulter.

»Ich muss telefonieren«, erklärte Henri, verließ den Konferenzraum und ging in Natalias Büro. Dort schloss er die Tür hinter sich, schaltete die Alarmanlage aus, öffnete das Fenster, zündete sich mit zittrigen Fingern erst eine Zigarette an und rief zuerst Henriette und dann seine Exfrau Lisa an.

Gerade als er das zweite Gespräch beendet hatte, hörte er, wie Natalia eintrat und die Tür schloss.

»Ich will niemand anderen mehr hier haben«, sagte sie.

»Soll ich gehen?«

»Nein, so war das nicht gemeint.«

»Du warst großartig«, sagte Henri, nahm eine zweite Zigarette aus seiner Packung, zündete sie an und reichte sie ihr. »Ohne dich hätte ich nicht durchgehalten.«

Natalia nahm die Zigarette und trat neben ihn. »Für mich war es leichter, es sind nicht meine Kinder. Christa war einfach unglaublich. Sie ist ein sehr mutiges Mädchen.«

Henri seufzte. Seine Tochter hatte zwar viele Menschenleben gerettet, aber er war sich trotzdem nicht sicher, ob es ihm gefiel. Sie schien ein paar Gene aus Henriettes Familie zu haben, die Penelope hatten werden lassen, was sie heute war: eine eiskalte Agentin.

»Christa wird ihren Weg gehen, mit oder ohne deinen Segen!«, bemerkte Natalia und inhalierte tief. Als jemand an die Tür klopfte, rief sie: »Nein, jetzt nicht!«

Dann klemmte sie sich die Kippe in den Mundwinkel, holte zwei Flaschen Bier aus ihrem kleinen Kühlschrank, öffnete sie mit ihrem Taschenmesser und gab eine davon an Henri weiter.

»Willst du dich nicht mit Angela Rotenburg versöhnen?«, fragte er.

»Nein, jetzt noch nicht. Und ich möchte jetzt auch nicht mit Xaver scherzen, mir Maxims Resümee anhören oder Tannis Auswertungen zur Best Practice. Ich weiß, dass sie das brauchen, um langsam wieder runterzukommen, aber heute möchte ich einfach nicht Teil davon sein.«

Henri leerte seine Flasche gierig und stellte sie auf der Fensterbank ab. »Aha, auch die emotionale Belastbarkeit von Frau Dr. Rac hat ihre Grenzen«, bemerkte er lächelnd und schnippte seine Kippe auf das Vordach.

»Willst du nicht für ein paar Stunden nach Hause? Deine Töchter kommen zwar mit dem ersten Heli, aber auch der ist nicht vor elf Uhr hier.«

»Nein, im Moment bin ich genau da, wo ich sein will, und ich werde hier nicht weggehen, bis sie da sind.« Henri stützte seine Hände auf der Fensterbank ab und blickte in den erwachenden Morgen. Er hatte das Bedürfnis, unbändig zu lachen, spürte die Tränen, die über seine Wangen liefen, und fühlte, wie das Blut in seinen Adern pulsierte. Hier stehe ich also, dachte er, die Scherben meines Privatlebens wollen wieder einmal aufgekehrt werden. Wie oft denn noch? Damals, als er sich in Ann verliebt hatte, weil er seine Ehe leid war, hatte Lisa versucht, sich umzubringen. Er hatte gehorsam reagiert und sich selbst eingeredet, es sei das oberste Gebot, seiner Ehe noch eine Chance zu geben. Ein Jahr später war er zu seiner Schwiegermutter ins Haus gezogen und hatte seine große Liebe Ann noch einmal erobert.

Jetzt hatte Ann seine Kinder in Gefahr gebracht, und Natalia hatte ihm geholfen, sie zu retten. Ann hatte ihm so viel verheimlicht, hatte ihn vielleicht sogar vorsätzlich angelogen. So betäubt war er von den Gefühlen der letzten Stunden, dass ihn diese Einsicht zumindest im Moment nicht schmerzte.

Er hörte Natalias tiefe Atemzüge hinter sich und drehte sich zu ihr um. Sie ist genauso verschwitzt, übermüdet und grau wie ich, dachte er.

»Ich weiß nicht, wie ich dir danken soll«, sagte er heiser.

Sie schüttelte den Kopf. »Wenn du duschen möchtest?«

Henri zog sie an sich, nahm ihr die Bierflasche aus der Hand, küsste sie sanft und flüsterte in ihr Ohr: »Ja, duschen würde ich gern, komm …«

Kapitel 9

Ann Stahl, Thomas Weiler und Victor Blücher stiegen als Erste aus der Seilbahn. Sie hatten verklebte Augen und tranken gierig das Wasser, das ihnen gereicht wurde. An ihren Handgelenken waren die tiefen Abdrücke von Kabelbindern zu sehen. Direkt hinter ihnen kamen Henri Lavalles Töchter. Sie waren umgezogen und hatten ihre Taschen dabei.

»Warum durfte ich meine Sachen nicht mitnehmen?«, erkundigte sich Ann bei Finley Fitzpatrick.

»Ann Stahl, ich verhafte Sie wegen Insiderhandels, unerlaubten Waffenhandels und Betrugs in mehreren Fällen. Sie haben das Recht …«

»Vor allem habe ich das Recht, einen Anruf zu tätigen. Geben Sie mir ein Telefon.«

Fitzpatrick staunte über Anns Befehlston, reichte ihr aber sein Smartphone.

»Ann, lass uns Papa anrufen, das kann doch gar nicht sein«, schimpfte Christa und wedelte aufgebracht mit den Händen herum. »Haben Sie auch ein Telefon für mich? Ich will sofort meinen Vater anrufen!«

»Gleich zwei von dieser Sorte«, sagte Fitzpatrick irritiert und dachte: Dieser Lavalle hat wirklich ein Händchen für Frauen, die wissen, was sie wollen. »Dein Vater erwartet euch in Düsseldorf, ihr zwei steigt bitte sofort in den Heli dort drüben. Ich habe strikte Anweisung, euch so schnell wie möglich nach Düsseldorf zu bringen.«

»Ohne Ann gehen wir nirgends hin«, sagte Christa bestimmt und legte den Arm um ihre kleine Schwester.

Fin hatte gesehen, was diese Christa auf dem Berg geleistet hatte, und ahnte, dass in ihrem Blut noch reichlich Adrenalin pulsierte.

»Du warst sehr mutig und sehr gut da oben«, versicherte er.

»Ich steige trotz Ihrer Komplimente nicht ohne Ann in diesen Hubschrauber.«

»Herr Fitzpatrick?« Ann gab ihm sein Smartphone zurück. »Für Sie.«

»Fitzpatrick hier?« Fin hielt das Telefon ein wenig von seinem Ohr weg, um den Schwall an Drohungen, Erklärungen und Anschuldigungen über sich ergehen zu lassen, ohne taub zu werden.

»Sie werden Ann Stahl in diesen ersten Hubschrauber setzen, damit sie umgehend bei ihrem Spezialisten in der Kaiserswerther Diakonie behandelt werden kann. Tun Sie das nicht, und Ann Stahl erleidet einen anaphylaktischen Schock, werden Sie bis an Ihr Lebensende dafür zahlen. Und glauben Sie mir, Sie werden in diesem unwahrscheinlichen Falle beten, dass Ihr Lebensende sehr bald ist.«

Fin drückte auf den roten Knopf und wollte gerade Luft holen, als sein Telefon wieder klingelte. Es war Angela Rotenburg.

»Ja, Angie, du brauchst nichts mehr zu sagen, Ann Stahl fliegt mit nach Düsseldorf.«

»Braver Junge. Ich erklär es dir ein anderes Mal im Detail. Ich kann mir einfach nicht leisten, deswegen eine Niederschlagung der Anklage zu riskieren.«

»Immer gern!«, grollte Fin und legte auf. »Die Damen, darf ich bitten?« Er führte Ann und Lavalles Kinder zum Heli. »Den Kindern zuliebe verzichte ich auf Handschellen.«

»Danke«, sagte Ann leise.

Fitzpatrick winkte zwei Kollegen vom LKA Bayern zu sich.

»Jon und Marijke, ihr fliegt mit und stellt sicher, dass der Heli nirgendwo anders als in Düsseldorf landet. Ann Stahl hat keine Handschellen, braucht sie auch nicht. Begleitet sie auch in dieses Krankenhaus, dessen Chefarzt mir gerade blutende Ohren beschert hat, und bleibt dort, bis mit der örtlichen Polizei die Überwachung geklärt ist.«

Als der Heli abgehoben hatte, verlas Finley Fitzpatrick nacheinander Victor Blücher und Thomas Weiler ihre Rechte und das, was ihnen vorgeworfen wurde.

»Ich möchte einen Deal vorschlagen«, sagte Thomas Weiler. »Ich habe eine Menge Insiderinformationen über den Reuss-Konzern.«

»Sicher, das können Sie versuchen, aber zunächst müssen wir Sie nach München karren, denn hier gibt es nichts zu verhandeln. Es sei denn, Sie möchten politisches Asyl in Südtirol beantragen?«

»Hören Sie bitte …«

»Nicht jetzt, setzen Sie sich in dieses Auto, und wir sehen uns in ein paar Stunden in München.«

Fitzpatrick schob Thomas Weiler, bei dem er nicht auf die Handschellen verzichtet hatte, auf den Rücksitz der

Limousine. Er drehte sich zu Victor Blücher um. »So, und für Sie gilt das Gleiche, Sie steigen in das zweite Auto, und wir sehen uns in München.«

»Ich möchte ein umfassendes Geständnis machen, ich habe Joyce Darlington getötet und wollte auch das Hotel mit allen Insassen sprengen.«

»Dann überlegen Sie sich im Auto in Ruhe Ihre Worte, wir nehmen es dann in München auf.«

Müde blickte Fitzpatrick den abfahrenden Limousinen hinterher. Die dritte, in der Ann hätte sitzen sollen, fuhr leer. Er hatte einen Moment überlegt einzusteigen, aber er wollte sich lieber oben auf dem Berg noch selbst ein Bild machen.

Durch den tiefen Schnee stapfte er Richtung Seilbahn. Für den klaren Sonnenaufgang hatte niemand Augen. Mit jeder Gondel kamen neue Mitarbeiter des Reuss-Konzerns herunter, die medizinisch versorgt werden mussten. Als endlich alle eingetroffen waren, gab Fin seinem Team vor Ort Anweisungen, welche Fragen sofort gestellt werden mussten und welche warten konnten, bis die Leute auf die umliegenden Krankenhäuser verteilt waren.

»Sven, kommst du mit nach oben?«

»Nein, ich steig in den zweiten Düsseldorf-Heli, ich hab Sehnsucht nach Natalia.« Sven zog seine Mütze vom Kopf und strich sich über die Stoppeln auf seiner Glatze.

»Verstehe. Dann wünsche ich guten Flug – und grüß mir das Team. Ich bin nächste Woche wieder in Düsseldorf. Die sollen für morgen Vormittag eine Videokonferenz planen, damit wir absprechen können, wie wir weiter vorgehen.«

»Ich sag Bescheid. Waren spannende Tage mit dir, Chef!«

Fin klopfte ihm auf die Schulter und stieg die Stufen zur Seilbahn hoch. Oben angekommen, drehte er sich noch einmal um und rief Sven hinterher: »Sag mal, diese Penelope war in keiner der Gondeln, oder?«

Sven runzelte die Stirn, nahm die Liste aus seinem Rucksack und blätterte sie durch. »Nein, Penelope und Picariello scheinen noch oben zu sein.«

Fin winkte ihm zu, stieg in die nächste Gondel, schloss die Tür und dachte: Die sind garantiert nicht mehr dort oben. Mit einem Ruck löste sich die Gondel und schwebte dem Berg entgegen. Die Sicht war klar, und die unberührte Schneefläche, die das Sonnenlicht spiegelte, strahlte eine solche Ruhe aus, dass man kaum glauben mochte, dass soeben viele Menschen nur knapp dem Tod entronnen waren. Fin schüttelte den Kopf. »Manchmal sind Geheimdienste doch was wert«, murmelte er vor sich hin, denn ihm war klar, dass sie ohne Penelope nur noch Scherben hätten zusammenfegen können, wenn überhaupt. Und vielleicht, dachte er, ist sie längst nicht so zufällig aufgetaucht, wie sie getan hat.

Da er allein in der Gondel war, nahm er seine Zigaretten aus der Tasche, setzte sich auf die Bank und rauchte in Ruhe. Seine Gedanken wanderten zu seiner Herzkönigin, Leana Meister, die gerade versuchte, ihre Ehe zu retten. Ich hätte nicht ausgehalten, was dieser Lavalle gerade durchgemacht hat, dachte er respektvoll.

Als Fin oben ankam, nahm er einen der Spurensicherungsanzüge vom Geländer an der Gondel, zog ihn über und lief durch die Schneegasse zum Hotel hinüber. Er prüfte alle Zimmer, suchte nach Wanzen, stolperte über die Leute von der Spurensicherung, und einer von ihnen zeigte ihm die Vorrichtung, mit der das Lachgas in den Konferenzraum gepumpt worden war. Man hatte keine Fingerabdrücke sichern können. Schließlich nahm Fin sein Smartphone aus der Tasche und rief in Düsseldorf an.

»Was kann ich für meinen neuen Chef tun?«, meldete sich Tanni am anderen Ende.

»Kann ich den Leuten ihre Smartphones zurückgeben, oder musst du sie noch auslesen?«

»Das fragst du doch nicht wirklich, oder? Hallo, wir sind das Kompetenzcenter.«

»Also kann ich.«

»Yep. Noch was?«

»Was ist mit den Laptops?«

»Die hätte ich schon gern hier. Könntest du die wohl fälschlicherweise nach Düsseldorf schicken, und wir suchen erst mal zwei Tage, wohin die wohl verschwunden sind?«

»Das machen wir so. Der Heli mit den Kids und Ann Stahl ist schon auf dem Weg nach Düsseldorf. Ruf schnell Sven an, der kommt mit dem nächsten Heli, vielleicht kann er die Laptops gleich mitbringen. Sonst musst du länger warten.«

»Höre ich da richtig, Ann Stahl? Ich dachte, die sollte ins LKA nach München gebracht werden?«

»Weißt du, in dieser Liga haben die Verdächtigen Anwälte und Ärzte, und die haben wiederum eine Direktleitung zur Staatsanwaltschaft ...«

»Na ja, sei nicht so kleinlich, die andere Seite muss ja wenigstens hin und wieder mal einen Etappensieg einfahren, sonst macht es keinen Spaß mehr, und wir werden zu lässig. Soll ich Natalia Bescheid geben?«

»Gern, wir hören und sehen uns morgen in der Videokonferenz. Danke für deine Arbeit, Tanni.«

»Immer gern.« Tanni schickte Sven eine Nachricht, schob ihr Smartphone in die hintere Hosentasche, checkte die Flugstrecke des Helis und lief die Treppe hoch zu Natalias Büro. Zu ihrer Überraschung ging gerade die Bürotür auf. Natalia und Henri kamen hintereinander heraus, beide mit nassen Haaren.

»Sind meine Kinder unterwegs?«, erkundigte sich Henri.

»Ja, sie brauchen noch knapp 90 Minuten. Aber du solltest vielleicht wissen, dass Ann Stahl im gleichen Heli sitzt.«

»Wie bitte, warum das denn?«, blaffte Natalia.

»Frag Angie, hat Fin eben gesagt«, antwortete Tanni mit einem Schulterzucken.

»Ich fahr schnell nach Hause und ziehe mir frische Sachen an. Bis gleich.« Henri bog ab, lief die Treppe zum Ausgang hinunter und verschwand durch die Drehtür.

»Echt jetzt?«, fragte Tanni.

»Was?«

»Also, wenn du in dem Ton fragst …«

»Halt die Klappe«, sagte Natalia.

Auf dem Weg zurück zum Konferenzraum fasste Tanni zusammen, was Fin gesagt und gefordert hatte und woran ihr Team gerade arbeitete.

»Das war es, ich geh jetzt schlafen«, schloss sie. »Theo, Zorro, Maxim, Xaver und die Rotenburg sind schon länger weg, und auch die Grandma ist vorhin gegangen. Sie lässt die Unterlagen aus der Bank hier. Könnten wir die wohl einstellen?«

»Warum?«

»Damit mein Computerprogramm ihre Vorgehensweise lernen kann. Außerdem mag ich sie.«

»Ich denk drüber nach.« Natalia schloss die Tür des Konferenzraumes hinter ihnen. »Ich möchte, dass alle diese Unterlagen in unseren gesicherten Raum gebracht werden und du dort einen ganz neuen Rechner installierst, der keine Verbindung zum Internet hat.«

Tanni legte den Kopf schräg und gähnte herzhaft. »Wir sind noch nicht durch mit den Ermittlungen?«

Natalia schüttelte den Kopf. »Das könnte etwas langwieriger werden, und ich will alles an einem sicheren Ort haben.«

»Okay, ich kümmere mich drum. Schätze, wir sehen uns dann morgen früh?«

»Sicher. Hast du was von Penelope gehört?«

»Nada, kein Funk, kein Smartphone, alles aus, selbst die Konstruktion, mit der sie rauf ist, ist verschwunden.«

Natalia runzelte die Stirn und fuhr sich durch die nassen Haare. »Also dann, schlaf gut. Und danke für alles, du hast die letzten zwei Tage einen echt kühlen Kopf behalten. Deine Meisterprüfung!«

»Danke für die Blumen.« Tanni wandte sich Richtung Treppe, hielt inne und fügte hinzu: »Sven sitzt übrigens im zweiten Heli, der kurz nach dem ersten ankommt.«

Natalia winkte ihr nur müde zu.

Tannis Smartphone gackerte, und sie zog es aus der Gesäßtasche.

»Das ist Fin. Was will der denn jetzt noch?«, maulte Tanni. »Ja, Fin? Was ist?«

»Tanni, ich erreiche Natalia nicht.«

»Die war anderweitig beschäftigt«, konterte Tanni grinsend und fing sich einen strafenden Blick von ihrer Chefin ein. »Sie steht hier neben mir, ich stelle auf laut.«

»Ich hoffe, ihr sitzt«, meinte Fin düster.

»Mach's nicht so spannend«, sagte Natalia, »wir wollen alle ins Bett.«

»Das sollt ihr auch, ich möchte aber dem Tagesteam noch eine Aufgabe geben. Es gab einen Unfall, noch auf der italienischen Seite, am Reschensee …«

Natalia setzte sich und stützte ihren Kopf in die Hände. Sie wusste schon, dass sie nicht gern hören würde, was jetzt kam.

»Alle drei Limousinen mit ihren Insassen, darunter Thomas Weiler und Victor Blücher, wurden von einem Sattelschlepper in den See geschoben. Keiner rechnet mit Überlebenden. Um ein Haar hätte ich in der dritten Kutsche gesessen, die für Ann Stahl bestimmt war.«

Natalia schlug mit der flachen Hand auf den Tisch. »Das kann doch nicht wahr sein!«

»Schätze, es gab einen Plan B, den man nur aktivieren musste. Man wollte wirklich sichergehen. Diese Strecke hätte normalerweise der Bus genommen, der die Mitarbeiter des Reuss-Konzerns zurück nach München bringen sollte. Hin ging es mit dem Heli, zurück mit dem Bus …«

»Stadt, Land, Fluss …«, sagte Natalia lakonisch.

»Ich fahr jetzt diese Strecke ab und sehe zu, was es am See noch zu retten gibt. Setz das Tagesteam darauf an, schlaft ein paar Stunden, ich melde mich. Okay?«

»Pass gut auf dich auf. Bis später.« Natalia drückte auf den roten Hörer des Displays. »Pack die Sachen jetzt noch in den Raum, dann kannst du gehen.«

»Mach ich.« Tanni hatte die Türklinke schon in der Hand, hielt noch einmal inne und blickte Natalia aus ihren bunt geschminkten Augen an. »Ann hätte in einem dieser Autos sitzen sollen.«

»Das beweist keineswegs ihre Unschuld«, winkte Natalia ab.

»Nein, natürlich nicht. Aber es zeigt, wie unglaublich mächtig dieser Reuss-Konzern ist. Wir sollten, wenn wir weitermachen, wirklich vorsichtig sein. Weißt du, ich hänge doch noch so ein bisschen an meinem Leben.«

»Verschwinde!«

Der Konferenzraum war endlich leer. Natalia schloss die Tür hinter Tanni. Sie wusste, auch sie sollte jetzt nach Hause gehen und schlafen, aber sie konnte nicht. Diese Tage hatten jeden im Team an den Rand seiner Belastbarkeit gebracht, auch sie. Aber bei ihr war noch viel mehr geschehen. Sie zog langsam einen Stuhl vom Tisch weg, setzte sich darauf, legte ihre Handflächen nebeneinander auf den Tisch, ihren Kopf darauf und schloss die Augen.

Natalia schreckte hoch, als das Telefon des Konferenzraums klingelte. Es war der Pförtner Otto. »Frau Dr. Rac, hier steht ein privater Krankenwagen mit dem Anwalt von Ann Stahl und einer Freundin, die Zugang zum Helilandeplatz wollen. Sie haben das auch schriftlich, also …«

»Ich komm runter, eine Sekunde.«

Natalia streckte sich, band ihre noch nassen Haare zusammen, rieb sich die Augen und lief nach unten. Schon auf der Treppe erkannte sie Marie von der Weide, die beste Freundin von Ann Stahl. Natalia seufzte innerlich. Dass die Reichen und Privilegierten doch immer einen Weg fanden, sich herauszuwinden! Glitschig wie ein Aal, versuchten sie, dem zu entkommen, was sie selbst verbockt hatten. Natalia hielt einen Moment inne, atmete tief ein und aus. Sie wusste, sie konnten diesen Kampf jetzt und hier nicht gewinnen. Wortlos nahm sie die Papiere in Empfang, die ihr der Anwalt Dr. Kaltenbach, den sie bereits aus anderen Zusammenhängen kannte, mit ausdruckslosem Gesicht hinhielt.

»Otto, ruf bitte drüben an. Der Arzt und die Sanis dürfen mit der Trage aufs Dach, Frau von der Weide und Dr. Kaltenbach nicht, die können hier warten.«

Sie drehte sich um und zog ihre Karte am Lesegerät entlang.

»Als würde das etwas ändern«, sagte Marie von der Weide hinter ihr. Natalia zögerte kurz, ob sie sich zu der filigranen Frau mit den roten Locken umdrehen sollte, besann sich dann eines Besseren und verschwand im Gebäude. Sie wollte wenigstens eine Stunde schlafen, bevor Ann Stahl mit Henris Töchtern landen würde.

In ihrem Büro angekommen, verdunkelte sie die Fenster, zog die Decke aus dem Schubfach unter der Schlafcouch, rief Otto an und bat ihn, sie zu wecken, sobald der Heli im Landeanflug war. Zur Sicherheit stellte sie sich den Wecker in ihrem Smartphone, glitt unter die Decke und schlief augenblicklich ein.

»Natalia, aufwachen, der Heli landet in zehn Minuten!« Henri schüttelte Natalia, die langsam die Augen öffnete. »Ich mach dir einen starken Kaffee.«

»Weißt du schon«, krächzte sie mit rauer Stimme, »dass Ann Stahl in demselben Heli sitzt?«

Henri machte sich an Natalias Kaffeemaschine zu schaffen. »Ja, Marie hat mich angerufen und mit Wutausbrüchen überschüttet.«

Während Natalia sich langsam erhob, die Decke zusammenfaltete und ihre Haare ordnete, berichtete sie Henri von dem Anwalt, dem Krankenwagen und ihrem Groll gegen diese Welt der Reichen.

»In meinem Land, in meinem Dorf, da gilt ein Handschlag, und man steht ein für das, was man verbrochen hat.« Sie blickte auf Henris Rücken. Seine Haare waren ähnlich strubbelig wie ihre.

»Ist das deine Kaffeemaschine?«, fragte er abgewandt.

»Nein, ich habe sie geerbt, von Leana. Die wollte sie nicht mehr, weil sie von Dr. Köhler war …«

»Der nie angeklagt wurde.«

»Noch so einer.«

Ihr Festnetztelefon klingelte. »Otto hier, Landung in fünf Minuten. Sven kommt eine halbe Stunde später.«

»Danke, Otto. Wir kommen.« Sie legte auf. »Der Kaffee muss warten, los geht's.« Sie zog ihre Jacke von der Stuhllehne, sicherte ihre Waffe und wandte sich zur Tür. Henri hielt sie am Arm zurück.

»Alles okay mit uns?«, fragte er.

Natalia machte sich los. »Dafür ist jetzt keine Zeit.« Sie konnte ihm nicht in die Augen sehen, wusste nicht, ob sie ihm jetzt schon sagen sollte, was mit den anderen beiden Hauptverdächtigen passiert war.

Vor dem Haus warteten die Privatambulanz, Anns Freundin und ihr Anwalt.

»Marie, Dr. Kaltenbach«, sagte Henri leise, als er an ihnen vorbeiging. Sie konnten den Heli bereits hören.

»Komm hier lang, das ist eine Abkürzung«, sagte Natalia. Gerade als sie aufs Dach hinaustraten, begann der Heli mit seinem Landeanflug. Der Himmel strahlte in einem kalten, tiefen Blau, und ein eisiger Wind fegte über das Dach. Henri atmete flach. Seine Zunge war taub, der Mund trocken, und seine Augen brannten, als hätte er tagelang geweint. Als er den Wind der Rotoren in seinen Haaren spürte, blickte er hoch und erkannte die schwarzen Locken von Alberta, die mit beiden Händen winkte. »Gott sei Dank«, murmelte er und legte den Arm um Natalias Schulter. »Dir ganz besonders.«

»Das war mein Job«, antwortete Natalia brüsk und befreite sich wieder von seiner Berührung. Mittlerweile hatte sie beschlossen, Henri wenigstens einen Tag mit seinen Kindern zu gönnen, bevor sie ihm von dem Unfall erzählte.

Sie lief mit entsicherter Waffe auf den Heli zu. Als die Tür aufging, kam als Erstes die Kollegin Marijke vom LKA München die Treppe herunter und nickte Natalia zu. »Sie hat keine Handschellen.«

Hinter Marijke stieg Ann Stahl gebückt die Treppe hinunter. Sie trug immer noch ihren Trainingsanzug, ihre Haut war blass, ihre Lippen aufgesprungen und blutig. Sie hob ihren Blick und sah Henri an. Das versetzte ihm einen so heftigen Stich, dass er kaum atmen konnte. Die Sanitäter schoben die Liege an den Heli heran, der Arzt nahm Ann Stahl vorsichtig in den Arm und half ihr, sich hinzulegen. Schneller, als alle reagieren konnten, hatte Natalia Anns rechte Hand mit einer Handschelle versehen und hielt Marijke die andere hin: »Würdest du Frau Stahl bitte in dieses Privatkrankenhaus begleiten, bis weitere Anweisungen kommen?«

Jon kam ebenfalls die Treppe hinunter. »Ich fahre auch mit, Fin hatte schon drum gebeten. So«, er drehte sich um, »und hier kommen die beiden Stars.«

Christa ließ Alberta den Vortritt, die einfach von der Treppe hinuntersprang und sich in die Arme ihres Vaters warf. Sie versteckte ihren Kopf unter seinem Jackett und begann zu weinen. Henri strich ihr durch die schwarzen Locken und über den Rücken. Christa nickte ihm zu und ging zu Natalia. Henri schob seine jüngste Tochter ein wenig von sich weg, ging in die Knie und sah ihr in die müden Augen: »Henriette wartet mit einem Riesenfrühstück auf euch, und danach könnt ihr so viel und so lange schlafen und weinen und erzählen, wie ihr wollt. Aber die halbe Stunde jetzt, die müssen wir noch durchstehen, geht das, Mademoiselle?«

Alberta seufzte und rieb sich die Augen trocken. »Klar. Christa ist stinkig, wegen Ann.«

»Das erkläre ich euch alles, eines nach dem anderen.«

Henri hatte bis zu diesem Moment keine Zeit gehabt zu überlegen, wie er seinen Kindern das alles erklären sollte. Er wusste ja nicht einmal selbst, was er davon halten sollte.

»Christa, kommst du bitte? Wir fahren nach Hause.« Er sah, dass Natalia etwas zu ihr sagte und sie in seine Richtung schob. Dann ging Natalia wortlos an ihm vorbei zum Ausgang. Am Lastenaufzug mussten sie warten, so lange, bis auch Ann mit ihrem Arzt, den Sanis und ihren Bewachern ankam. Henri weigerte sich, sie anzusehen. Er verließ den Aufzug als Erster, zog seine Kinder mit sich, nahm den Hinterausgang und lief zum Parkplatz vor dem LKA.

Bevor er in sein Auto steigen konnte, war Marie bei ihm, die offenbar auf Ann gewartet hatte. Sie versuchte, ihn zu ohrfeigen, aber Henri hielt ihr Handgelenk fest.

»Du Lappen, du lässt sie also schon wieder im Stich?«, rief Marie.

»Steigt ein!«, kommandierte Henri, und seine Töchter gehorchten augenblicklich. Dann wandte er sich an Marie. »Rede keinen Unsinn, Marie. Verschwinde und lass uns in Ruhe. Wenn du in den letzten Tagen das gehört hättest, was ich zu schlucken hatte, würdest du dich hier nicht so aufspielen.«

Er zog die Autotür zu, startete und fuhr mit quietschenden Reifen zur Schranke. Otto, der alles mit angesehen hatte, öffnete eilig die Schranke. Henri bog auf die Völklinger Straße ab und trat das Gaspedal durch.

Henriette hatte einen Brunch für alle vorbereitet. Auch Zorro war gekommen. Henri bat seine Töchter immer wieder, ihm zu erzählen, was genau geschehen war, was sie gesehen hatten und ob ihnen etwas aufgefallen war. Er wusste, sie würden vieles schnell vergessen, und gleichzeitig würde das Sprechen darüber den Geschehnissen ein wenig den Schrecken nehmen. Selbst seine Lisa kam mit seinen anderen beiden Töchtern, Ilse und Patricia, und so mussten Alberta und Christa das Ganze noch einmal erzählen.

Als Lisa, Ilse und Patricia am Nachmittag wieder gingen, packte Henriette den Cognac aus, öffnete für Henri eine Flasche Rotwein und stellte Zorro ein Bier hin.

Es folgen Cornichons, Salamischeiben, Oliven und kleine Sardellen. Henri rieb sich die Augen. Allmählich sank der

Adrenalinspiegel in seinem Blut, und er war dankbar, dass sich die Müdigkeit in ihm ausbreitete. Er gähnte. Henriette legte ihre Hand auf seine Rechte und drückte sie sanft.

»Gott sei Dank, dass alle drei heil von diesem Berg zurück sind. Wie gut, dass sie diesen Vater haben.«

»Ohne diesen Vater wären sie gar nicht da gelandet.« Henri goss sich Wein ein und trank, während er seine Ex-schwiegermutter über das Glas hinweg ansah.

»Komm schon, Henri, das hätte jedem passieren können«, nuschelte Zorro und spielte am Etikett seiner Bierflasche herum.

»Du hast doch genauso viel über Ann gehört wie ich, oder habe ich mir das alles nur eingebildet?«

Zorro winkte ab.

»Darf ich darüber etwas wissen?«, fragte Henriette.

Henri leerte sein Glas, schenkte sich nach, sah Zorro von der Seite an und begann zu erzählen. Während der Tag sich dem Abend zuneigte, hörte Henriette Stück für Stück, mal von Zorro, mal von Henri, was das Team des LKA alles über Ann Stahl zusammengetragen hatte. Mal runzelte sie die Stirn, mal schlug sie die Hände vors Gesicht. Irgendwann wurde Henri klar, dass sie im Zeitraffer das erlebte, was er in den letzten Tagen durchgemacht hatte. Man glaubt, einen Menschen gut zu kennen, hat nur positive und schöne Gefühle für ihn, und plötzlich löst sich das alles in Wohlgefallen auf.

Als die beiden zu Ende erzählt hatten, stand Zorro auf. »Ich muss jetzt auch mal nach Hause zum Duschen und Schlafen. Natalia hat schon für morgen früh um acht Uhr wieder eingeladen.«

Henri fummelte sein Smartphone aus der Jacketttasche.

»Mich nicht«, sagte er verwirrt.

Zorro nahm seine Jacke und zog sie langsam an. »Sicher schon wieder ein neuer Fall, so geht das manchmal bei uns.«

»Die App ist auch weg«, sagte Henri irritiert.

Zorro lachte. »Wir sind das Kompetenzcenter, da wird nichts dem Zufall überlassen. Ich melde mich die Tage.« Er klopfte Henri auf die Schulter, nickte Henriette zu und ging. Als er die Haustür öffnete, zog nasskalte Herbstluft unter der Ritze hindurch in die Küche, und Henri fröstelte.

»Ich habe noch eine Hühnersuppe. Wollen wir einen Teller essen, und du gehst auch schlafen?«

»Guter Plan, Madame.« Henri schloss kurz die Augen. Als er sie wieder öffnete, sagte er: »Und jetzt zu dir, Henriette.«

Sie drehte sich zu ihm um.

»Ich habe immer meine Karten auf den Tisch gelegt«, fuhr er fort, »aber jetzt würde ich gern mal deine sehen, und zwar alle!«

Henriette kam mit zwei Tellern heißer Suppe an den Tisch und setzte sich. Dann erzählte sie von ihrem Leben, wie sie als junge Frau rekrutiert worden war, wie ihre Männer nur Fassade gewesen und die Kinder eben dabei entstanden waren. Nur bei Lisas Vater hatte sie sich verliebt, und beide hatten den aktiven Dienst verlassen. Nach der Scheidung war sie wieder in den Dienst eingetreten. Es waren nie große Aufgaben gewesen. Sie sollte einfach irgendwo wohnen und mit den Nachbarn gut Freund werden. Lisa hatte sie aus allem raushalten können, sie wusste bis heute nichts. Die anderen Kinder waren quasi hineingewachsen. Das war auch der Grund, warum sie sich selten sahen oder auch nur telefonierten.

»Eine Geheimdienstoma – ich weiß noch nicht, ob ich dir das übel nehme oder nicht.« Henri gähnte.

Henriette wechselte das Thema. »Und willst du noch mit Ann reden?«

Henri gähnte wieder. »Ich fahre morgen früh in dieses Krankenhaus und höre mir ihre Version an. Dieses Recht hat schließlich jeder Kriminelle. Egal, ob Mord, illegale Waffengeschäfte oder Wirtschaftsdelikte.«

Er blickte auf den geraden Rücken seiner Exschwiegermutter, die an der Spüle herumhantierte, und plötzlich wurde ihm bewusst, dass er sie noch gar nicht gefragt hatte, wie es ihr in diesen Tagen ergangen war. Schließlich bangte sie auch um ihre eigene Tochter.

»Es tut mir leid, ich habe mich gar nicht nach dir erkundigt«, murmelte er.

Henriettes Turban wippte. »Schon gut, ich kann eine Menge ab, nicht umsonst vertrage ich mehr Cognac als andere«, sagte sie abgewandt.

Henri füllte ihr Cognacglas auf und kam zu ihr. Er lehnte sich mit dem Rücken an den großen Kühlschrank und sah sie von der Seite an. »Von Penelope haben wir keine Spur. Sie ist mitsamt ihrer Ausrüstung im Nichts verschwunden. Keine Idee, wie sie das angestellt hat.«

»Sie wurde darauf trainiert.«

»Hast du dir nie Sorgen um sie gemacht?«

Henriette nahm das Cognacglas in Empfang und antwortete: »Auch das kann man trainieren.«

»Das klingt zynisch.«

»Es hat mir in den letzten Tagen den Arsch gerettet, mein Lieber.« Sie grinste ihn an. »Los, jetzt trinken wir noch ein Glas Wein, und danach gehen wir schlafen.«

Henri zog sich in seinem Wohnzimmer aus, ging ins Bad und stellte fest, dass die Mädchen den Boiler für ihn angelassen hatten. Er wartete unter dem heißen Wasser, bis seine Haut glühte. Dann hüllte er sich in seinen Bademantel und ging erst in Albertas Zimmer, aber sie lag nicht in ihrem Bett. Auch in Christas Zimmer war das Bett leer. Er fand die beiden in seinem Bett. Christa hatte ihre kleinere Schwester im Arm, und ihre Hände umklammerten sich. Henri schloss die Tür vorsichtig wieder, setzte sich an den Wohnzimmertisch und konnte seine Tränen nicht mehr bremsen. Er weinte und schluchzte so bitterlich, wie er es zuletzt mit zehn Jahren getan hatte, als die Polizei in Paris seinen Vater abgeholt hatte, weil er ihn angezeigt hatte. Wegen andauernder körperlicher Misshandlung.

Henri stieg vorsichtig aus dem Bett, er wollte Christa und Alberta schlafen lassen. Sie hatten sich in der Nacht oft hin und her gewälzt. Um vier Uhr morgens hatte Christa unbedingt über Ann sprechen wollen. Um kurz vor sechs Uhr hatte er sie dann wieder ins Bett gebracht, sich danebengelegt und gewartet, bis sie wieder eingeschlafen war. Als er gerade seine Kaffeemaschine anstellen wollte, hörte er erleichtert, dass Henriette auch schon wach war.

Er zog seinen langen Bademantel über und blickte sich in der Wohnung um. Überall waren Erinnerungen an Ann. Die englischen Kaffeetassen, die De'Longhi, die Champagnerkelche, die Blumen, lauter Geschenke von Ann. Genauso wie der Seidenpyjama, den er trug, oder der lange Bademantel, den er gerade zuband. Ann war so mit seinem Leben verwoben, dass er sich gar nicht vorstellen konnte, das alles herauszureißen und zu vergessen. Henri schüttelte den Kopf, um diese Gedanken loszuwerden, und lief die Treppe hinunter. Zu seinem Erstaunen stand Penelope mitten im Flur, wieder auf dem Kopf.

»Guten Morgen, Superbulle«, schleuderte sie ihm ausgeschlafen entgegen. »Wie geht es dir?«

Henri setzte sich auf die drittletzte Stufe und sah Penelope an.

»Hattest du eine angenehme Rückreise?«, brummte er.

»Ja. Danke, dass du fragst.« Mit einem Satz stand sie auf den Füßen, reichte ihm die Hand und zog ihn von der Treppe.

»Frühstück ist fertig.«

Henriette stand am Herd, und an der Art, wie sie Töpfe und Pfannen hin und her schob, wusste Henri, dass dicke Luft war. Er schob sich in die Bank und füllte seine Tasse. »Es war in den letzten Tagen doch genug los. Was ist jetzt hier?«

Henriette kam zum Tisch und ließ die Pfanne mit Rührei und Speck auf den Tisch fallen. »Madame will mir nicht sagen, was sie da oben gemacht hat.«

»Mama! Das kann ich nicht!«

Henri lachte plötzlich, es war absurd, dass diese schmale und kämpferische Penelope zu Henriette mit dem Turban »Mama« sagte.

»Ich würde das auch gern wissen«, sagte er und blickte die Frau mit den weißblonden Locken an.

Penelope biss in ein Croissant. »Geheimdienst, hallo! Über so was wird nicht zu Hause geplaudert.«

»Fragen wir anders: Lebt Picariello noch?« Henri fixierte sie über den Rand seiner Kaffeetasse.

»Das ging nicht«, antwortete Penelope.

»Das höre ich gern«, sagte Henri lakonisch, »denn sonst hätten meine Töchter ab heute im Schutzgewahrsam leben müssen.«

»So sieht es aus«, Penelope tauchte ihr Croissant in den Kaffee, »ich musste eben Prioritäten setzen. Was wir wissen wollten, wissen wir. Er hat Joyce Darlington übrigens im Auftrag ermordet.«

»So dilettantisch?«, fragte Henri.

»Das war Teil des Auftrags.«

»Wer hat ihm diesen Auftrag gegeben?«

»Das muss noch verifiziert werden«, erklärte Penelope lächelnd und trank von ihrem Kaffee.

»Du bist nicht mein Fleisch und Blut!«, sagte Henriette aufgebracht.

»Der Gentest sagt was anderes«, witzelte Penelope und fischte mit ihrer Gabel Rührei aus der Pfanne.

Henriette schlug auf ihre Hand. »Nimm den Löffel wie andere Menschen auch.«

»Au! Es schmeckt dann aber nicht so gut!« Penelope stach in die Pfanne und eroberte eine Scheibe Speck.

»Du wirst es uns wissen lassen, wenn es verifiziert ist?«

»Wenn es geht, ja.«

Henri hörte oben die Tür zu seiner Wohnung aufgehen, und wenig später standen Christa und Alberta in der Küche. Sie hielten sich immer noch an den Händen und sahen nicht aus wie 11 und 19, sondern wie zwei 5-Jährige. Henri machte ihnen Platz. Kaum saßen sie neben ihm, legte er den Arm um Alberta.

»Wie hast du das eigentlich alles gelernt?«, wandte sich Christa an Penelope, die sofort einen warnenden Blick von Henri auffing.

»Das erzähle ich dir irgendwann einmal. Ihr wart beide sehr tapfer da oben auf dem Berg, euer Papa kann wirklich stolz auf euch sein.«

Henriette schenkte beiden Kakao ein und löffelte frische Sahne obendrauf.

»Bleibst du länger hier?«, fragte Alberta, die von ihrem Kakao schlürfte und einen weißen Sahnebart auf der Oberlippe hatte.

»Ja, das hatte ich vor«, antwortete Penelope, blickte ihre Mutter an und setzte hinzu: »Wenn ich darf.«

»Platz ist genug«, antwortete Henriette und blickte Henri fragend an.

»Was willst du denn hier?«, fragte er.

Penelope stützte ihre Ellbogen auf die Tischkante und tauchte ihr Croissant wieder in den Kaffee. »Ich werde in wenigen Tagen 40«, sagte sie leise und ohne aufzublicken. »Ich mache den Mist schon fünf Jahre länger als geplant. Ich könnte in den Innendienst wechseln, dazu habe ich aber keine Lust. Also haben wir uns darauf geeinigt, dass Picariello mein letzter Job ist. Ich habe genug für den kanadischen Geheimdienst getan. Dabei ist das ja nicht einmal mein Vaterland.«

»Und du glaubst, Deutschland wird es jetzt?«, fragte Henriette spitz.

»Nein, Mama, ich will mich erst einmal ausruhen, und dann sehe ich weiter.«

»Siehst du weiter oder ziehst du weiter?«

»Wir werden sehen. Was ist denn los? Es war dir doch sonst nie so wichtig, wo deine Kinder sich rumtreiben, und das habe ich immer geschätzt.«

»Ich werde älter«, gab Henriette zu und legte ihre Hand auf Penelopes. »Bleib, solange du willst.«

»Was ist jetzt mit Ann?«, fragte Christa unvermittelt ihren Vater.

Henri stöhnte innerlich. Es war ihm gelungen, einen Moment nicht an Ann zu denken.

»Sie bekommt ihre Chance wie jede und jeder Verdächtige«, antwortete er mit rauer Stimme. »Ich werde sie heute in diesem Krankenhaus besuchen, vernehmen wird sie allerdings jemand anderes.«

»Dürfen wir mit?«, fragte Alberta.

»Nein, beim nächsten Mal, aber heute nicht. Lasst mich mal raus.« Er schob seine Töchter aus der Bank und stand auf. Sie rutschten wieder in die Eckbank. An der Tür sagte er: »Penelope, auf ein Wort?«

Sie stand auf und folgte ihm auf den Flur. Wieder setzte Henri sich auf die dritte Stufe. Penelope blieb stehen und sah ihn aus ihren fast durchsichtig blauen Augen an.

»Du hast meinen Töchtern das Leben gerettet. Ich glaube nicht, dass wir ohne dich eine Chance gehabt hätten. Du bist Henriettes Tochter, und ich bin ganz sicher, dass sie froh ist, dich hier zu haben.«

»Aber?« Penelope wippte auf ihren Füßen vor und zurück und legte den Kopf schräg. »Du machst dir Sorgen, weil ich einen schlechten Einfluss auf deine Töchter haben könnte?«

»So in etwa.«

»Ich kann dich beruhigen.«

»Weißt du, meine Töchter sind naiv und grundehrlich. Auch wenn ich als Kriminalmensch nicht immer alles von ihnen fernhalten konnte, so sind sie doch unbedarft.«

»Du möchtest nicht, dass ich ihnen was beibringe?«

»Ganz genau. Gut, dass wir uns verstehen. Für die kämpferische Ausbildung meiner Töchter ist Natalia zuständig. Das ist ein kleiner, freundlicher Verein, und es geht nur darum, sehr gut zu lernen, wie man sich verteidigen kann.« Er ging ein paar Stufen hoch, drehte sich noch einmal um. »Wenn sie nach deiner Arbeit oder Ausbildung fragen, lüg sie nicht an, aber schwärme nicht davon.«

»Einverstanden«, sagte Penelope und lächelte.

Ann starrte an die Decke und zählte die Flecken, wo Farbe abgeblättert war. Sobald sie aufhörte zu zählen, kehrten die Erinnerungen zurück. Hinter ihr piepste alle fünf Sekunden ein Gerät, vor ein paar Minuten hatte der Pfleger einen neuen Tropf angehängt, weil sie immer noch dehydriert war. Er hatte ihren Blutdruck gemessen, die Medikamente für den Morgen auf ihren Tisch gelegt und war wieder verschwunden. Als er die Tür öffnete, hatte sie die Schatten der beiden Uniformierten gesehen.

Sie hatte die ganze Nacht nicht schlafen können. Sobald sie die Augen schloss, sah sie Thomas Weiler vor sich, erinnerte sie sich an das Gefühl der Gänsehaut, kurz bevor sie ohnmächtig geworden war. Dann das jähe und schmerzhafte Erwachen, die Übelkeit und dann die Dankbarkeit, Christa und Alberta lebend zu sehen. Schließlich die Festnahme. Sie hatte sich zum ersten Mal in ihrem Leben offenbar maßlos überschätzt und dadurch alle in Gefahr gebracht. Joyce Darlington hatte mit dem Leben bezahlt. Wie oft hatte sie mit Henri gestritten und gesagt: »Du hast keine Ahnung, wie mächtig Dr. Vogel ist.« Sie hatte offenbar selbst keine Ahnung gehabt. Sie alle da oben auf dem Berg hätten beinahe für ihre Fehleinschätzung mit dem Leben bezahlt.

Ann kniff die Augen zusammen und hielt die Luft an. Ihr Herz raste, stolperte, wenn sie daran dachte, wie sehr Henri sie hassen musste. Hinter ihrem Kopf sprang ein Alarm an. Sie konnte einfach nicht mehr atmen. Die Tür flog auf, zwei Pfleger stürmten hinein, riefen über die Sprechanlage den diensthabenden Arzt. Ann hörte ihn noch rufen: »Ihr Zungenbein drückt auf die Luftröhre, wir müssen einen Schnitt setzen.«

Dann sank sie in eine tiefe Wärme, ihr ganzer Körper entspannte sich, die Schmerzen waren verschwunden, die Ängste tanzen davon.

Plötzlich wurde sie geohrfeigt.

»Das geht auch ohne Luftröhrenschnitt. So, Mund auf!« Der Arzt drückte Anns Zunge hinunter. »Verdammt, Leute, sofort den Tropf weg!« Er zog die Kanüle aus ihrem Handrücken. »Welcher Idiot hat das veranlasst?«

Ann wusste, wer dieser Idiot war. Er stand groß und breit im Türrahmen und sah lächelnd zu, wie die Ärzte Ann Stahl ins Leben zurückholten. Dr. Erich Vogel.

Als sie wieder atmen konnte, half der Arzt ihr, sich aufzusetzen. Eine Schwester brachte ihr Pfefferminztee. Dann waren sie allein. Erich Vogel baute sich am Ende ihres Bettes auf.

»Warum lebe ich noch?«

Vogel lachte schallend. »So kenne ich dich. Keine Umwege, direkt auf den Punkt.« Er löste seine Hände vom Fußende, rieb sie aneinander und legte sie wieder ab. »Wir brauchen dich noch, so einfach ist das. Du bist unsere Marke, du wirst uns in Amerika weitere Türen öffnen und schön dafür sorgen, dass wir positiv in der Presse wahrgenommen werden.«

Ann kämpfte mit sich, um nicht auszuspucken. Sie trank einen Schluck, ließ den heißen Tee durch ihre raue Kehle rinnen und antwortete heiser: »Ich werde für deinen Scheißkonzern nicht einmal mehr einen Bleistift anspitzen. Verschwinde aus meinem Leben!«

Dr. Erich Vogel lächelte, schüttelte den Kopf, kam um das Fußende herum und setzte sich zu ihr aufs Bett.

»Ganz sicher wirst du das, Ann. Wir haben für die Staatsanwaltschaft alles fertig, selbst Telefonate von dir, die belegen, dass du verantwortlich für diese Geschäfte bist. Du hast die Fabriken nach Indien verlegt, du hast mit der Bundesregierung verhandelt, nicht wahr? Dann die passenden Bonuszahlungen zu den Lieferungen. Erfreulicherweise hast du uns den Gefallen getan und sie auf ein Extrakonto überwiesen, und von dort haben wir sie in die Schweiz geschoben, in deinem Namen. Ich werde gegen dich aussagen, nicht hier in Deutschland, aber doch über Videokonferenz. Es wird mir wahnsinnig leidtun, wie meine Ziehtochter mich enttäuscht hat. Bleibst du hier in Deutschland, erwarten dich 20 Jahre in einer staatlichen Besserungsanstalt.« Als er aufblickte, lächelte er noch immer.

»Was willst du von mir? Nimm doch lieber deinen Super-kandidaten Thomas Weiler.«

Dr. Vogel tätschelte ihre Hand. »Der hatte leider gestern auf dem Weg nach München einen schlimmen Autounfall, auch den armen Victor Blücher hat es getroffen.« Vogel schüttelte unmerklich den Kopf, als könnte er selbst nicht glauben, was da passiert war. »Gut, dass du nicht auch in einem der Wagen gesessen hast.«

Ann unterdrückte ein Würgen.

»Ich meine, es hätte ja genauso gut deinen Lavalle oder seine Töchter treffen können, nicht wahr? Und ich denke doch, dass er die Mädchen noch aufwachsen sehen möchte. Hm, was meinst du?« Er tätschelte ihr die Wange und stellte sich wieder ans Fußende des Betts. »Nur, wenn du mich nach New York begleitest, werden die Beweise gegen dich vernichtet. Ann Stahl, du gehörst mir, ob dir das nun passt oder nicht. Haben wir uns verstanden?«

»Wann ist Abflug?«, fragte Ann mit leiser Stimme.

»So kenne ich mein Mädchen. Heute Abend um 20.30 Uhr, Lufthansa, Abflug A. Dein Ticket ist hinterlegt, deine Sachen werden gerade gepackt, ab morgen ist deine Wohnung auf dem Markt.« Er verließ den Raum ohne ein weiteres Wort.

Vor der Tür stolperte er über Henri Lavalle. »Ein Kranken-besuch, wie nett. Wie geht es Ihnen, Kommissar Lavalle?«

Henri atmete tief durch. »Lassen Sie mich vorbei.« Er zeigte den Uniformierten seinen Ausweis vom BKA. Aber Dr. Vogel versperrte ihm weiter den Weg.

»Ich denke, Sie wurden bereits informiert, dass Ann Stahl nicht vernommen werden darf?«

»War es das jetzt?«, fragte Henri und schob Vogel zur Seite.

»Ich sagte Ihnen doch bereits, ich bin gar nicht im Spiel. Ann Stahl hingegen schon. Leben Sie wohl, Lavalle.«

Henri hatte die Türklinke schon in der Hand, aber er konnte nicht anders, er musste dem alten Mann mit dem wehenden Kamelhaarmantel einfach hinterherblicken. So sieht personifizierte Macht aus, dachte er gallig. Und als hätte Dr. Vogel seinen Blick im Rücken gespürt, winkte er noch einmal lässig nach hinten.

Henri drückte die Klinke herunter und trat ein. Als er die Kälte in Anns Augen sah, schauderte er.

»Wie geht es dir?«, fragte er trotzdem.

»Interessiert dich das noch?«

Er erinnerte sich an den Tag vor vielen Jahren, als er Ann kennengelernt hatte. Sie hatte ihm die Tür geöffnet, geradewegs in die Augen gesehen und nicht einmal gezuckt, als er ihr mitteilte, dass ihre Mutter ermordet worden sei.

»Vogel sagte, du darfst nicht vernommen werden. Erzählst du mir trotzdem, was passiert ist?« Er wunderte sich über sich selbst. Obwohl er wusste, dass er nie wieder mit dieser Frau würde zusammen sein können, benahm er sich, als wollte er ein klärendes Beziehungsgespräch führen.

»Ich kann darüber nicht sprechen«, sagte Ann, und einen Moment glaubte er, eine Bitte in ihren Augen zu sehen.

»Du hast meine Kinder in Gefahr gebracht.« Er verschränkte die Finger und ließ die Gelenke knacken. »So wie ich dich kenne, wusstest du, wie heiß das Eisen ist, mit dem du spielst. Trotzdem hast du Christa und Alberta mitgenommen. Warum? Hast du vielleicht sogar gedacht, sie schützen dich, weil man sich an Kindern gemeinhin nicht vergreift?«

Ann schlug die Augen nieder.

»Die Antwort lautet also Ja?«, setzte Henri nach und trat mit dem Fuß leicht vor das Bett.

»Könntest du denn meine Unschuld beweisen?«

»Nein, das kann ich nicht, weil ich selbst nicht daran glaube. Uns wurden Mitschnitte von Telefonaten mit dir angeboten.«

Ann blickte auf. »Dann habe ich dir nichts zu sagen.«

Henri schüttelte den Kopf. »So leicht machst du es dir? All die gemeinsamen Jahre und nicht einmal eine Antwort.«

»Ich fliege heute Abend mit Dr. Vogel nach New York. Abflug ist 20.30 Uhr.«

»Na dann, leb wohl, Ann Stahl.« Henri schob sich zur Tür, wartete kurz, ob sie doch noch etwas sagen würde, dann ließ er sie allein.

Als Ann sicher sein konnte, dass Henri fort und die Tür geschlossen war, entließ sie das tiefe Schluchzen aus ihrer Kehle.

Sie ohrfeigte sich selbst, um den aufsteigenden Weinkrampf niederzukämpfen. Sie schaltete die Monitore ab und zog den Tropf aus der Kanüle. Dann ging sie zum Schrank und zog auf wackeligen Füßen ihren Trainingsanzug an. Wieder öffnete sich ihre Tür, diesmal trat Marie ein.

»Die Uniformierten sind weg, was hat das zu bedeuten?« Sie umarmte Ann.

»Ich bin frei und fliege heute Abend mit Erich nach New York.«

Marie schob sie von sich. »Muss ich das verstehen?«

»Nein, jetzt nicht, Marie, wir haben einiges zu tun.«

»Zu Befehl!« Die beiden ungleichen Frauen umarmten sich noch einmal, und Ann hielt sich einen Moment an Marie fest, denn sie hatte das Gefühl, als löste sich gerade ihr ganzes Leben auf.

»Hast du beide Wohnungsschlüssel, ein Prepaidhandy und dein Cape dabei?«

»Klar. Alles im Auto.«

»Gut, dann los.« Ann nahm ihre ganze Kraft zusammen, um allein gehen zu können, denn sie wusste, dass man sie beobachtete, und wollte keine Schwäche zeigen. Als sie es endlich bis zu Maries Auto geschafft hatten, ließ sie sich auf den Beifahrersitz fallen und versuchte, ihren Atem zu beruhigen.

»Okay«, sagte sie, als sie den Parkplatz verließen, »bitte frag mich jetzt nicht, warum. Eines Tages werde ich dir alles erklären. Bitte sieh nicht in den Rückspiegel, und dreh dich nicht um. Wir werden ganz sicher verfolgt. Deshalb fahr in den Rheinufertunnel Richtung Landtag, gib Vollgas und bleib auf der rechten Spur. Dann musst du ein Manöver wagen: bremsen und die Ausfahrt links zum Graf-Adolf-Platz nehmen. Am neuen U-Bahnhof lässt du mich raus und fährst weiter Richtung Hauptbahnhof.«

Marie von der Weide starrte auf die Rücklichter des Autos vor ihr. »Ann, das ist alles der Wahnsinn.«

»Es ist mehr als das, glaube mir.« Ann beugte sich nach vorn, nahm die Schlüssel aus der Tasche, die am Boden lag, und schob sie in die Seitentaschen ihres Trainingsanzugs.

Das dunkelgrüne Cape faltete sie so auf ihrem Schoß, dass sie es beim Aussteigen direkt anziehen konnte. Sie strich über den grünen Lodenstoff. Es war vor vielen Jahren ein Weihnachtsgeschenk für Marie gewesen, die Farbe passte perfekt zu ihren roten Haaren. Sie näherten sich der Rheinuferstraße. Als sie abbogen, sagte Ann: »Setz dich vor den Lkw da, danach ducke ich mich, damit sie denken, ich bin vielleicht ausgestiegen.«

Ann wagte einen Blick in den Seitenspiegel und erkannte die dunkle Limousine, die sie schon am Krankenhaus gesehen hatte. Es wurde dunkler, sie hatten den Rheinufertunnel erreicht. »Bleib rechts«, flüsterte sie, ihren Kopf auf den Knien. »Siehst du die schwarze Limousine hinter uns?«

»Ja, sie folgt uns auf der linken Spur.«

»Lass sie auf unsere Höhe kommen.« Ann hoffte, dass sie wissen wollten, ob sie noch mit im Wagen saß oder nicht. Marie gab Gas, bremste, gab Gas.

»Sie sind neben uns«, flüsterte sie.

»Brems kurz vor der Ausfahrt, damit sie deine Rücklichter sehen. Wenn es nicht geht, lass es.«

»Es wird gehen.« Marie trat so fest auf die Bremse, dass ihre Beifahrerin gegen das Handschuhfach stieß. Ann hörte quietschende Reifen und lautes Hupen, dann setzte Marie den Blinker und bog links ab. Sie gab wieder Gas.

Ann kam hoch und blickte sich um. »Sie sind weg, gut gemacht.«

Als sie sich dem U-Bahnhof Graf-Adolf-Platz näherten, sagte Ann: »Ich erkläre dir alles, eines Tages. Es kann sein, dass du lange nichts von mir hörst, ich … Ach, Marie.« Sie schloss die Augen.

»Alles wird gut.« Marie legte ihre Hand auf Anns Oberschenkel. »Ich bin in zwei Monaten sowieso in New York, dann reden wir.«

Sie waren da. Ann nickte und sprang raus. »Fahr sofort weiter!«, rief sie, warf sich das Cape über, zog die Kapuze bis zur Nase und lief zum Eingang des Bahnhofs. Sie stieg in die nächste U-Bahn, am nächsten Bahnhof wieder aus und in ein Taxi, das sie zum LKA brachte.

»Halten Sie hier vor der Schranke.«

Ann wählte die Nummer des Kompetenzcenters und landete beim Pförtner. Ohne sich vorzustellen, sagte sie: »Ich sitze hier im Taxi vor Ihrer Schranke. Sagen sie Dr. Rac Bescheid, dass Ann Stahl wartet.« Sie legte auf. Wenige Sekunden später wurde die Schranke geöffnet.

»Fahren Sie rein«, sagte Ann und lugte unter ihrer Kapuze hervor. Hinter der Glastür sah sie ein bekanntes Gesicht. Dr. Natalia Rac kam die Treppe herunter, öffnete die Fahrertür und fragte: »Rauchen Sie?«

Der Taxifahrer nickte.

»Gut, dann lassen Sie bitte die Uhr laufen und rauchen Sie zwei. Ist ein bisschen kalt hier draußen, aber man kann nicht alles haben. Also, raus.« Sobald der Taxifahrer ausgestiegen war, setzte sich Natalia Rac zu Ann Stahl ins Auto.

»Was verschafft mir die Ehre?«

Ann zog die Kapuze ab.

»Sie sind frei«, fuhr Natalia Rac fort, »wir mussten vor zwei Stunden alle Unterlagen rausgeben. Möchten Sie Beifall, ausgerechnet von mir?«

»Hier«, Ann reichte ihr zwei Schlüssel, »der hier führt Sie in meine Wohnung. Durchsuchen Sie sie. Kann sogar sein, dass dort Beweise deponiert wurden. Besser, Sie finden die vorher. Der zweite Schlüssel ist für das Haus meiner Freundin Marie von der Weide. Marie weiß von nichts, und das muss auch so bleiben. Im Keller gibt es einen Safe. Notieren Sie sich den Code: 2244876543098. Dort liegt, so nehme ich an, das Laptop von Joyce, das alle Unterlagen bereithält, die meine Unschuld beweisen können.«

Natalia schrieb sich den Code auf den Handrücken, hielt ihn Ann hin, die ihn prüfte und nickte.

»Wieso Ihre Unschuld, wenn Sie Immunität besitzen?«

»Ich habe vor zwei Jahren das erste Mal merkwürdige Überweisungen in den Büchern gefunden. Ausgezahlte Kredite und im neuen Jahr Kündigungen derselben mit hohen Strafzahlungen. Deshalb die Audits mit der Begründung, dass wir Transparenz bieten müssen. Da ich für das strenge Befolgen von ISO-Vorgaben bekannt bin, ging es so durch. Dachte ich damals zumindest. Noch bevor die Ergebnisse des letzten Audits kamen, wurde die Bank verkauft. Das hielt ich noch für eine Koinzidenz. Als ich die Ergebnisse erhielt, stolperte ich über den Fall Victor Blücher. Es war nicht meine Unterschrift, aber eine verdammt gute Fälschung, das werden Sie selbst überprüfen müssen. Da ich nicht selbst mit ihm Kontakt aufnehmen konnte, holte ich Joyce mit ins Boot.« Ann hielt einen Moment inne und schluckte. »Wir beschlossen, Joyce im Konzern als Pressefrau zu engagieren, damit sie vor Ort ermitteln konnte. Das war der Zeitpunkt, an dem wir Victor auf später vertrösteten. Da wussten wir bereits, dass ein weiterer Deal geplant war. Wir wollten die Mächtigen in flagranti erwischen und so viel Wirbel veranstalten, dass niemand mehr mundtot gemacht werden konnte.«

»Das ist Ihnen nicht gelungen«, sagte Natalia ruhig.

»Nein, ganz und gar nicht. Hätte ich geahnt, dass man so dicht hinter mir her ist, hätte ich alles abgeblasen. Ich habe die Macht dieser Menschen unterschätzt. Aber«, Ann reckte sich, »keine Zeit für Mitleid. Sie finden alles auf diesem Laptop, ich stelle nur eine Bedingung.«

»Hört, hört – und die wäre?«

»Henri muss weiter glauben, dass ich schuldig bin. Ich weiß, dass Sie belastendes Material von mir haben. Telefonmitschnitte zum Beispiel. Geben Sie ihm das. Bitte!«

»Sie wissen, dass Ihnen darin unterstellt wird, selbst Lavalle habe Ihnen nur als Alibi gedient? Die Freundin eines Bullen macht keine krummen Geschäfte … Sie werden als Verantwortliche für die Waffendeals hingestellt.«

»Sehr gut.«

»Warum?«, fragte Natalia.

»Wenn Henri nur einen Funken Hoffnung sieht, dass ich unschuldig bin, wird er weiter ermitteln, und genau das darf nicht passieren.« Ann blickte wieder nach vorn und beobachtete den Taxifahrer, der sich die Hände rieb, um sich warm zu halten.

»Aber wir schon?«

»Erstens haben Sie laut Henri mehr Möglichkeiten als das BKA«, sie wandte sich wieder Natalia zu, »zweitens ist es mir egal, wenn Sie dabei draufgehen.«

»Verstehe«, sagte Natalia leise und zollte dieser Frau innerlich Respekt.

»Victor Blücher starb, weil er sein Leben an den Reuss-Konzern verkauft hat. Thomas Weiler starb, weil er versuchte, den Konzern zu erpressen. Ich will nie so etwas über Henri oder seine Töchter sagen müssen. Und das würde sicherlich so kommen, wenn er weiter gegen Erich Vogel und den Konzern ermittelt.«

»Und was wird aus Ihnen?«

Ann starrte auf ihre Hände. »Wenn ich leben will, muss ich mitspielen, bis Sie die Wahrheit ans Licht bringen.«

»Das könnte für immer sein.«

»Das weiß ich. Geben Sie mir Ihr Wort?« Sie hielt Natalia ihre rechte Hand hin.

»Sie können sich auf mich verlassen«, sagte Natalia und schlug ein. »Ich nehme an, ich werde Sie nicht kontaktieren können?«

»Irgendwann schon, wenn alle etwas weniger nervös sind. Ich melde mich.«

»Wir ermitteln nicht offiziell.«

»Das ist mir klar. Im Moment ist das sicher auch besser. Ich würde jetzt gern gehen, übernehmen Sie das Taxi? Ich habe nämlich kein Geld dabei.«

Natalia lachte. »Sie waren sich sehr sicher, dass ich Sie anhören würde!«

Ann legte ihre rechte Hand auf den Türöffner. »An irgendwas muss auch ich mich festhalten. Leben Sie wohl, Dr. Rac.«

»Leben Sie wohl, Ann Stahl.«

Natalia blieb im Taxi sitzen, bis Ann, wieder unter der Kapuze verborgen, Richtung Hafen verschwunden war. Dann stieg sie aus, gab dem Taxifahrer einen 50-Euro-Schein und verschwand wieder im Gebäude.

Als sie den abgeschirmten Raum betrat, sahen Tanni, Sven, Zorro, Maxim und Theo sie erwartungsvoll an.

»Wir ermitteln weiter gegen den Reuss-Konzern, gegen Dr. Erich Vogel und gegen Ann Stahl«, sagte Natalia. »Letzteres ist besonders wichtig, denn sollten wir einmal auffliegen, könnte sie das am Leben erhalten. Also, was haben wir?«

Theo fing an: »Die Sicherheit, dass Picariello Joyce Darlington umgebracht hat, denn er hatte die passende Größe von 1,60 Meter und ein Gewicht von 70 Kilo.«

»Der Hautscan bestätigt das«, pflichtete Maxim bei.

»Victor Blüchers Ehefrau ist mit den Kindern unterwegs nach Kanada, dort gibt es schon ein Konto für sie, auf das die Flöckchen geflossen sind«, sagte Tanni und grinste.

»Die lassen wir unangetastet«, Natalia löste ihren Haarknoten und massierte die Kopfhaut. »Ihr Ehemann hat mit seinem Leben dafür bezahlt, dass seine Familie neu anfangen kann.«

»Zum Glück hat er nicht den ganzen Plan ausführen können, aber es gibt ein schriftliches Geständnis, dass er Joyce umgebracht hat«, nuschelte Zorro.

»Auch das kann so bleiben«, entschied Natalia. »Was noch?«

»Henri will die Unterlagen an Anonymous geben«, sagte Zorro.

»Darum kümmere ich mich«, antwortete Natalia. »Was ist mit den Warenhändlern, Tanni?«

»Ich bin dran, wir nähern uns, aber eben langsam, wie du angeordnet hast, ohne Staub aufzuwirbeln.«

»Brav. Zorro, Theo, Sven, ihr fahrt noch einmal zur Wohnung von Joyce Darlington, getarnt als Abschlussermittlung. Und im Keller des Hauses, es muss gut versteckt sein, holt ihr etwas, das für uns nützlich sein könnte …« Sie nahm den Schlüssel heraus und notierte den Code auf einem Zettel.

Henri drückte sich schon seit halb acht am Abflug A herum. Erich Vogel hatte er entdeckt und gesehen, wie dieser durch den Sicherheitsbereich entschwunden war. Irgendwas in ihm hoffte, dass Ann nicht gehen würde, dass sie alles aufklären würde, dass sie unschuldig war. Plötzlich sah er sie am Schalter für die erste Klasse, wo sie ihre Koffer aufgab. Sie trug eine Jeans und dicke Boots, einen Rollkragenpullover und ein schwarzes Jackett. Sie drehte sich um, fand sofort seine Augen und lächelte unmerklich. Unauffällig zeigte sie auf die kleine Bar im Eingangsbereich.

Er begab sich dorthin. Der Barmann fragte nach seiner Bestellung. »Nichts«, sagte Henri so barsch, dass der Barmann die Hände hob und sich an das andere Ende verdrückte.

Henri nahm einen Bierdeckel hoch. Ann stellte sich neben ihn. Sie roch vertraut, ihre Gesten waren vertraut, aber sie konnte nie mehr der Mensch sein, den er gekannt und geliebt hatte.

»Du hast dich also entschlossen weiterzumachen.«

»Ja.«

»Mehr nicht, nur ein Ja. Sollte ich deshalb hierherkommen?« Henri zerdrückte den Bierdeckel.

Ann drehte sich zu ihm um und legte ihre linke Hand auf sein Herz. Eine Geste, um ihm zu sagen, dass ihr die Worte fehlten. Henri umfasste ihr Handgelenk, um ihre Hand wegzunehmen, aber dann gelang es ihm nicht.

Ann blickte nach unten und murmelte: »Meine Liebe zu dir war immer echt, egal was andere dir noch sagen werden.« Dann sah sie ihm in die Augen. »Du musst aufhören, gegen Erich Vogel zu ermitteln.«

»Niemals!«

»Wenn dir dein Leben, das Leben deiner Töchter und mein Leben ein bisschen was wert sind, lässt du ihn in Ruhe.«

»Hat er gedroht?«

»Das braucht er nicht. Es genügt, was mit Victor Blücher und Thomas Weiler passiert ist.«

»Wie meinst du das?«

Ann runzelte die Stirn. »Willst du es nicht verstehen? Sie sind so viel mächtiger, dass selbst ich es unterschätzt habe.« Sie atmete tief durch. »Ich *muss* gehen. Leb wohl, Henri.« Sie zog ihre Hand zurück, und Henri hatte das Gefühl, als erfriere sein Herz.

Als er sich umdrehte, war sie bereits in der Sicherheitsschleuse.

Sie blickte nicht noch einmal zurück.

Epilog

Henri Lavalle saß an seinem Lieblingsplatz in Düsseldorf, dem Apollo-Varieté, und ihm gegenüber sein ältester Freund Walter. Der hagere Mann mit dem Dalí-Bart und der verschlissenen Lederweste war so etwas wie der Hausmeister hier und saß jeden Abend in der Show. Er kannte Henri so gut, dass er ihm selbst im Dunkeln ansehen konnte, ob er reden wollte oder nicht. Heute offenbar nicht. Also bestellte Walter beim Personal eine Flasche Rotwein für Henri und widmete sich wieder der aktuellen Show.

Henri trank das erste Glas in einem Zug leer. Er war stinksauer, dass Natalia ihm die Unfälle vorenthalten hatte. Nun verstand er Anns Bitte und Warnung. Er fuhr sich durch die Haare, schüttelte den Kopf und schenkte sich Wein nach. Wie oft hatte Ann gesagt, dass Dr. Erich Vogel sehr mächtig sei, und er hatte es stets belächelt. Natalia hatte am Telefon auf ihn eingeredet, aus genau diesem Grund seine Drohung, alles an Anonymous weiterzugeben, nicht wahr zu machen.

Henri blickte zur Bühne, und der Vorhang ging auf. Ein Mann lag auf einem schwingenden Schlappseil und schlief. Henri setzte sich aufrecht hin, er kannte ihn. Vor über zwei Jahren hatte er hier im Apollo ermitteln müssen und einige Künstler näher kennengelernt. Der zierliche Chinese auf dem Seil hieß Pu Tian. Die Balance auf einem straff gespannten Seil galt bereits als hohe Kunst, aber auf einem durchhängenden Seil zu balancieren, war die Königskür der Seiltänzer. Weltweit konnten das nur wenige, wie er damals von Walter erfahren hatte. Aber Pu Tian lief über das Seil, fuhr darauf Fahrrad und jonglierte gleichzeitig mit Bällen und Ringen, als wäre die Balance sein Naturell.

Während Henris Geist sich beim Zusehen etwas entspannte, kamen ihm Natalias Worte wieder in den Sinn.

»Aber eines weiß ich sicher«, hatte sie gesagt, »ich würde mir wünschen, dass die Menschen, die mich gut kennen, so lange zu mir halten, bis das Gegenteil einwandfrei bewiesen ist. Und selbst wenn meine Schuld bewiesen ist, würde ich mir wünschen, dass diese Menschen sich trotzdem bemühen, meine Beweggründe zu hören und zu verstehen.«

Er hatte Anns Beweggründe nicht gehört und sie daher auch nicht verstehen können. Aber wollte er das überhaupt? Sie hören und, wenn er sie gehört hatte, verstehen?

Während Pu Tian auf der Bühne seinen verdienten Applaus erhielt, leerte Henri sein Weinglas. Dann gab er Walter ein Zeichen, dass er gehen würde, und verließ leicht geduckt den dunklen Saal.

Er lief ein Stück Richtung Altstadt am Rhein entlang. Plötzlich wusste er, was zu tun war. Wenn es ein Team gibt, dachte er, das den Reuss-Konzern zur Strecke bringen kann, dann ist es das Kompetenzcenter. Er schickte Natalia eine Nachricht, dass er bereit sei, ins Kompetenzcenter zu wechseln, wenn man ihn noch haben wolle. Dann stellte er seinen linken Fuß auf die niedrige Mauer der oberen Promenade und zündete sich eine Zigarette an.

Sein Smartphone gackerte.

Natalia hatte geantwortet.